나의 이웃

조선, 조선인 제재 중국 단편소설선 1919~1945

엮은이

민정기(閔正基, Mihn, Jung Ki)_ 서울대 중문과 박사, 현재 인하대 교수. 주요 논문으로는 「지식과 도상 －신민총보 '도화'란의 인물초상에 대한 검토」 등이, 저역서로는 『언어횡단적 실천』, 『근대 중국의 풍 경』(공저) 등이 있다. mihn@inha.ac.kr

옮긴이

고재원(高在媛, Ko, JaeWon)_ 가톨릭대, 숭실대 중문과 강사. 중국 화동사대(華東師大) 중문과에서 중국 현대문학과 문화연구로 박사학위를 받았다. 주요 연구 분야는 현대 중국의 근대성과 청년담론이 고, 사회주의 시기 문화연구에도 관심을 가지고 있다. 공역서로 『가까이 살피고 멀리 바라보기-왕샤오 밍 문화연구』가 있다. klee302@hanmail.net

동아시아한국학연구 번역총서 5

나의 이웃 조선인 제재 중국 단편소설선(1919~1945)

초판 인쇄 2017년 8월 20일 **초판발행** 2017년 8월 30일
엮은이 민정기 옮긴이 고재원 **펴낸이** 박성모 **펴낸곳** 소명출판 **출판등록** 제13-522호
주소 서울시 서초구 서초중앙로6길 15, 1층
전화 02-585-7840 **팩스** 02-585-7848 **전자우편** somyungbooks@daum.net **홈페이지** www.somyong.co.kr

값 14,000원 ⓒ 고재원, 2017
ISBN 979-11-5905-209-5 03820

이 책은 2007년도 정부재원(교육부 학술연구조성사업비)으로 한국연구재단의 지원을 받아 연구되었음
(NRF-2007-361-AM0013)

인하대 한국학연구소 번역총서 05

나의 이웃

조선인 제재 중국 단편소설선 1919~1945

민정기 엮음 | 고재원 옮김

My Neighbour
Selection of Chinese Short Stories Featuring Koreans

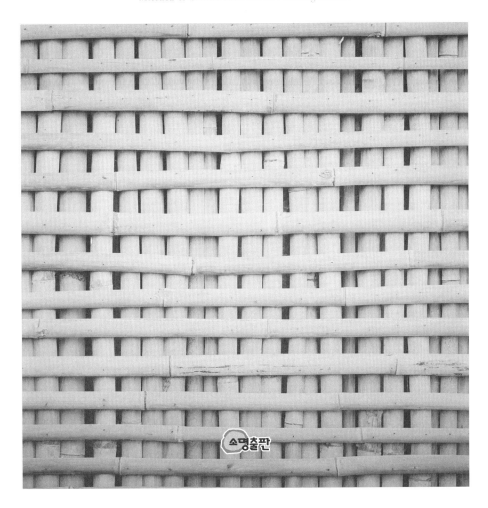

소명출판

인하대학교 한국학연구소는 2007년부터 '동아시아 상생과 소통의 한국학'을 의제로 삼아 인문한국(HK) 사업을 수행하고 있다. 상생과 소통을 꾀하는 동아시아한국학이란, 우선 동아시아 각 지역과 국가의 연구자들이 자국의 고유한 환경 속에서 축적해 온 '한국학(들)'을 각기 독자적인 한국학으로 재인식하게 하고, 다음으로 그렇게 재인식된 복수의 한국학(들)이 서로 생산적으로 소통할 수 있는 방법을 구성해내는 한국학이다. 우리는 바로 이를 '동아시아한국학'이라는 고유명사로 명명하고 있다. 따라서 동아시아한국학은 하나의 중심으로 수렴된 한국학을 지양하고, 상이한 시선들이 교직해 화성和聲을 창출하는 복수의 한국학을 지향한다.

이런 목표의식하에 한국학연구소는 한국학이 지닌 서구주의와 민족주의적 편향성을 극복하기 위한 방법으로 근대전환기 각국에서 이뤄진 한국학(들)의 계보학적 재구성을 시도하고 있다. 주지하듯이 한국에서 자국학으로 발전해온 한국학은 물론이고, 구미에서 지역학으로 구조화된 한국학, 중국·러시아 등지에서 민족학의 일환으로 형성된 조선학과 고려학, 일본에서 동양학의 하위 범주로 형성된 한국학 등 이미 한국학은 단성적單聲的인 방식이 아니라 다성적多聲的인 방식으로 존재하고 있다. 우리는 그 계보를 탐색하고 이들을 서로 교통시키고자 한다. 다시 말해 본 연구소는 동아시아적 사유와 담론의 허브로서 동아시아한국학의 방법론을 정립하기 위해 학문적 모색을 거듭하고 있다.

더욱이 다시금 동아시아 각국의 특수한 사정들을 헤아리면서도 국경을 넘어서는 보편적 가치를 모색할 필요성이 절실해지는 이즈음, 상생과 소통을 위한 사유와 그 실천의 모색에 있어 그간의 학문적 성과를 가름하고 공유하는 것은 여러 모로 의미가 있으리라 여겨진다. 이에 우리는 복수의 한국학에 대한 계보학적 탐색, 상생과 소통을 위한 동아시아한국학의 방법론 정립, 연구 성과의 대중적 공유라는 세 가지 지향점을 중심으로 지속적으로 축적되고 있는 연구 성과를 세 방향으로 갈무리하고자 한다.

본 연구소에서는 상생과 소통을 위한 동아시아한국학 연구에 있어 연구자들에게 자료와 토대를 정리해 연구의 기초를 제공하고, 또한 현재 동아시아한국학 연구의 범위와 향방을 보여줄 뿐만 아니라 그 연구 성과들을 시민들과 공유하는 것까지 고려하는 방향으로 총서를 발행하고 있다. 모쪼록 이 총서가 동아시아에서 갈등의 피로를 해소하고 새로운 상생의 방법을 모색하는 데 일조할 수 있기를 기대한다.

인하대학교 한국학연구소

이해利害의 상충은 개인이나 집단, 나라 사이에 갈등이 일어나는 가장 일차적이고 중요한 이유일 터다. 그런데 개인 간의 갈등이 종종 그렇듯, 집단 사이의 갈등, 나라 사이의 갈등 역시 종종 실제의 이해관계와는 무관하게, 서로 간의 오해에서 비롯되기도 한다. 여기에는 이해관계와 직접 관련된 오해도 있겠고, 서로에 대한 불신이나 편견이 낳는 보다 일반적인 오해도 있을 것이다. 이런 오해들은 실제의 이해관계와 중첩되어 그렇게까지 갈 이유가 없는 데도 갈등을 극단으로 몰아가기도 한다.

2015년 초에 공론화되기 시작해 2016년을 거치면서 실행에 옮겨진 한반도 내 사드THAAD(종말고고도지역방어) 체계의 도입과 배치, 그리고 이에 대한 중국 측의 거친 반응과 보복적 조치는 양국 간 실제 이해관계의 충돌 못지않게 상호 오해와 불신이 갈등을 증폭시킨 경우에 속한다. 이와 같은 오해와 불신은 상호 이해의 부족으로 구체적인 맥락 속에서 상대방의 처지나 속내를 제대로 파악하지 못한 데서 비롯되기도 했지만, 상대방에 대해 지나친 기대를 갖거나 제각기의 희망을 근거 없이 상대에게 투사함으로써도 비롯되기도 했다. 이쪽에서는 이쪽대로 중국이 그처럼 민감하게 반응하는, 또는 그렇게 반응하는 것처럼 보이는 이유를 깊이 헤아리지 못했다. 중국은 중국대로 한국에서 사드 배치를 허둥대듯 서두르는 이유를 제대로 헤아리기 힘들었다. 그리고 이 모든 것을 둘러싼 수사적 언설들은 오해와 불신을 부추겼다. 기실, 근대에 들어서기 전까지 한중 양측은 오랜 역사를 함께했으며 서로에 대해 제법 잘 헤아리고 있던 사이였다고 할 수 있다. 그런데, 근대에 들어서면서 시작되어 한국전쟁과 냉전 시기를 거치면서 증폭된 상

7

호 부정과 적대, 1992년에 수교한 이후로 산업구조와 경제발전 정도의 비대칭성에 따라 한 동안 지속된 이쪽의 '갑' 행세, 그리고 최근 들어와서 보이기 시작한 그 기울기의 역전, 이런 형편이 오늘날 서로를 있는 그대로 허심탄회하게 받아들이고 이해하기 어렵게 만들고 있다. 수교 이래 사반세기가 훌쩍 지났지만, 이질적인 서로의 체제와 문화, 미국으로 대표되는 서방세계와의 다를 수밖에 없는 이해관계 등은 중요한 사안이 불거지면 새삼 지각되는 여전한 장애물들이다.

양국 정상이 만날 때마다 안보협력이나 경제교류의 확대 못지않게 문화교류니 인문교류니 하는 것을 강조하는 것도 그런 이유에서일 것이다. 인문 차원에서의 상호교류와 이해가 축적되지 않으면 제2, 제3의 '사드 국면'은 거듭 출현할 것이다. 이해관계의 충돌이야 언제고 일어날 수 있다고 치더라도, 상대방의 의중과 언술을 오해해서 사태가 더 나빠지는 것은 적어도 피해야 하지 않을까.

인하대학교 한국학연구소에서 기획해 이번에 결실을 보게 된 20세기 전반기 조선인 제재 중국단편소설선은 좀 거창하게 보자면 이와 같은 맥락 속에서 의의를 갖지 않을까 싶다. 한술 밥에 배부를 리 없듯, 이 작은 단편선집이 무엇을 단번에 이룰 수야 있겠는가. 다만 그간 인하대학교 한국학연구소가 '동아시아 한국학', '동아시아 역내 학적 소통'이라는 어젠다를 가지고 벽돌 한 장 한 장 쌓듯 소중한 성과를 축적해 가고 있는 데 조그만 기여가 된다면 다행이고, 그렇다고 한다면 좀 더 넓은 맥락에서도 의의를 갖는 일일 듯싶다. 이런 작은 기여가 한중 간 상호 몰이해와 불신의 벽을 허무는 데 힘을 싣는다고 믿는다.

이 선집에는 20세기 전반기를 우리 못지않게 간난하게 살았던 중국인들이 제 '이웃'인 조선인들을 등장시킨 단편 아홉 편을 골라 번역해 실었다.

동병상련의 감정으로 그려진 가엾은 이웃부터 흉악한 무뢰배, 망명한 투사에 이르기까지 여러 모습의 '이웃'이 등장한다. 당초 한국학연구소로부터 제안을 받았을 때 조선인 항일 투사의 형상이 동지애적 관점에서 그려진 단편들을 모은 권과 함께 짝을 이루도록 기획했다. 다소 곡절이 있었지만 이번에 나란히 출간하게 되어 다행스럽게 생각한다.

김시준 서울대학교 명예교수, 박재우 한국외국어대학교 교수 등 선배들의 선행 연구와 목록 작업이 이 선집의 주요한 기초가 되었다. 한국학연구소에서 추가로 작품을 몇 편 더 발굴했고, 잡지에 실린 초판본들을 찾아냈다. 가급적 이 초판본들을 저본으로 삼아 번역하려고 하다 보니 인쇄가 선명치 않은 등 문제들이 있었다. 쉽지 않은 여건에도 선뜻 번역을 맡아 애써 준 고재원 선생께 깊이 감사드린다.

엮은이 민정기

본 선집에는 작가 일곱 명의 작품 아홉 편이 실려있다. 중국현내문학의 형성과정에서 큰 영향을 미치고 중국현대문학사에 큰 발자취를 남긴 궈모뤄郭沫若의 작품부터 작품집 한 권 없는 무명작가의 작품까지 담겨 있다. 특히, 표제작인 「나의 이웃」의 작가 타이징능臺靜農, 「또 다른 거래」와 「새로운 계획」의 작가 리후이잉李輝英, 「이웃」과 「바다 저편」의 작가 수췬舒群, 「인견」의 작가 자오샤오쑹趙小松, 「풋사랑」의 작가 뤼빈지駱賓基는 당시 20대로 이른바 '문학청년'의 시기를 거쳐 이제 막 작품을 발표하기 시작한 신진작가들이었다. 20년대 말에 작품을 발표하기 시작한 타이징능 외에 나머지 작가 대부분은 1930년 루쉰을 비롯한 중국작가들이 문학의 기치아래 뜻을 모아 결성한 "좌련(중국좌익작가연맹)"의 직, 간접 영향과 1930년대 일제의 중국 침략에 대한 대응으로서의 "항일투쟁"이라는 시대적 사명 속에서 작품을 창작하고 발표하였다. 이런 상황 속에서 이들 젊은 중국작가들의 작품 속에 등장하는 조선인은 일제와의 연관 속에서 형상화되었고, 그들에게 조선인은 중국과 일제 사이에서 한편으로는 동지애와 연민의 대상이었고, 다른 한편으로는 일제와 마찬가지로 만행을 저지르는 무뢰배이기도 했었다.

본 선집에 수록된 작품들은 타이징능의 작품을 제외하고 모두 문학잡지에 처음 실린 초판본을 저본으로 하고 있다. 문학잡지는 당시 신진작가들이 작품을 발표할 수 있는 장이자 문학 활동을 할 수 있는 기반이 되었다. 그래서 당시 중국작가들은 동인그룹을 형성하여 직접 문학잡지를 발간하곤 했다. 하지만 발행기간이 그리 길지 못했는데, 가장 큰 이유는 국민당

정부의 탄압과 재정 문제 때문이었다. 본 선집에 수록된 작품이 실린 문학 잡지들은 주로 '좌련' 소속 작가들이나 진보적인 작가들이 중심이 되어 발간한 것으로 그중에서 대표적 잡지를 소개하면, 1933년 상하이에서 창간한 『문학文學』을 들 수 있다. 이 잡지는 정전뒤鄭振鐸와 마오둔茅盾 등 "좌련" 소속 작가들과 진보적인 작가들이 편집위원과 주요필진으로 참여하여 만든 문학잡지로, 소설, 산문, 시, 희곡 등의 문학작품과 문학이론 및 비평, 세계문학 소개, 서평 등 다양한 내용으로 구성되었다. 특히, 『문학』은 당시 가장 영향력 있던 문학잡지 중 하나로 신진작가들이 작품을 발표할 수 있는 중요한 장이었다. 하지만 1937년 중일전쟁이 일어나자 그 해 11월 총9권 4호로 정간되었다. 1937년 중일전쟁이 일어난 후에는 기존에 발간되었던 문학잡지들이 대부분 정간되었다. 그럼에도 불구하고, 1940년 국민당 통치구역인 충칭에서 문예잡지인 『문학월보文學月報』가 발간되었다. 발행기간(1940.01~1941.12)은 그리 길지 않았지만 당시 국민당 통치구역에서 비교적 영향력이 있던 잡지로, 신진 작가들의 작품 발표 외에 주로 문예이론과 비평을 중심으로 러시아와 소련의 작가와 작품을 소개하고 미국 작가의 작품도 소개하였다. 이렇듯 전쟁의 포화 속에서도 작가들은 잡지를 만들고, 문학을 탐구하고, 작품을 발표하였다.

앞서 언급했듯이 이 선집의 작가들은 당시 대부분 신진작가였지만 나중에는 자신만의 작품세계를 형성한 작가로 성장하여 중국현대문학사에서 그 이름을 발견할 수 있다. 하지만 「어느 조선인」의 작가인 페이얀非厂은 중국현대문학사 그 어느 곳에서도 발견할 수 없었다. 이 작품이 실려 있던 문학잡지인 『질문質文』도 쉽게 찾아볼 수 없었는데, 그래도 검색 과정에서 이 잡지가 재일본 중국유학생들이 주축이 되어 도쿄와 상하이에서 발간된 문학잡지라는 것을 알게 되었고 또한 페이안의 본명이 야오얼줴姚尔覺라는 것도 발견하게 되었다. 「어느 조선인」은 일본의 한 학교에서 유학하고 있는 중국인 학생의 눈으로 본 조선인 학생의 모습을 아주 핍진하게 그리고 있는 작품이나. 작가의 실제 경험이 바탕이 되었을 거라 추측했었는데 역시 작가인 페이안 즉 야오얼줴姚尔覺는 일본에서 공부하고 있던 중국유학생이었다. 하지만 중일전쟁이 일어나자 그는 중국으로 돌아가 국공인사들이 함께 만든 『구망일보救亡日報』의 기자가 되어 항일투쟁의 최전선에서 활동하였다. 이렇게 야오얼줴라는 이름을 가진 이 무명작가의 모습은 중국근현대사 속 그의 고향에서, 일본에서, 광저우에서, 상하이에서 파편처럼 흩어져 희미하게 빛을 내고 있었다. 난감함으로 시작된 '페이안을 찾아서'의 여정은 당시 시대와 맞서, 또한 시대를 앞서 살아간 한 중국 청년의 모습을 상상할 수 있어서 오히려 흥미로운 시간이 되었다.

인하대 한국학연구소에서 기획한 '조선인 제재 중국현대단편소설'에 대한 번역을 의뢰받았을 때, 중국현대문학 연구자로서 기쁘면서도 조금 부끄럽기도 했다. 중국현대문학을 연구하는 한국학자로서 당연히 관심을 기울여야 할 부분임에도 그렇지 못했기 때문이다. 다행히 김시준 선생님과 박재우 선생님 등 선배 학자들의 작품 연구와 목록 작업이 선행되어 있어서 작품을 이해하고 번역하는데 큰 도움을 받았다. 이에 감사드리며, 후속 세대로서 중국현대문학을 좀 더 다양한 관점에서 연구하도록 노력할 것이다.

마지막으로, 미흡한 초고를 꼼꼼히 읽어 봐주시고 관심과 격려를 보내주신 이인화 선생님과 세종대 김승구 선생님께 감사의 말씀을 드리고 싶다. 그리고 이 번역의 시작부터 끝까지 든든한 버팀목이 되어주신 민정기 선생님께 진심으로 감사드린다.

고재원

| 차례 |

13

양치기의 슬픈 이야기

牧羊哀話

궈모뤄郭沫若

궈모뤄(1892~1978)는 쓰촨[四川]성 출신으로 본명은 궈카이전[郭開貞]이다. 1914년에 일본으로 건너가 예과를 거쳐 1918년 규슈제국대학 의학부에 입학했다. 1919년 오사운동의 자극과 휘트먼, 타고르, 괴테 등의 영향을 받아 시를 쓰기 시작했으며, 1921년에는 위다푸[郁達夫] 등과 낭만주의 문학단체인 창조사[創造社]를 결성했고 시집 『여신(女神)』을 냈다. 1925년에는 광저우[廣州]로 가서 국민혁명군 정치부 비서처장으로 일했다. 1927년 장제스[蔣介石]의 반공 쿠데타에 대항해 주더[朱德] 등이 주도한 난창[南昌] 봉기에 참가했으나 뜻을 이루지 못하고 1928년 일본으로 망명해 주로 갑골문과 금석문을 연구했고 『중국 고대사회 연구』를 저술했다. 1937년 중일전쟁이 일어나자 일본을 탈출해 상하이로 건너갔고 후에 국민정부와 함께 우한[武漢]을 거쳐 충칭[重慶]으로 옮겼다. 장제스 정부에 의해 용공분자로 지목되어 정치활동의 제약을 받게 되자 『굴원(屈原)』 등의 역사극 집필 및 고대 사상 연구에 힘을 쏟았다. 1949년 중화인민공화국이 수립되고서 중화전국문학예술회의 주석으로 당선되었으며 이후 과학원장, 인민대표대회 상무위원회 부위원장 등의 요직을 거쳤고 대일관계 개선에도 힘을 써서 1963년 중일 우호협회 명예회장이 되었다.

1

금강산 1만 2천봉의 산신령들이 내 영혼을 이끌었는지 나는 바다 건너 저 멀리에서 조선으로 오게 되었다. 조선에 온 후 나는 금강산 기슭 아래 일본해에 접해 있는 조그만 마을에 머물렀다. 마을 이름은 선창리仙蒼里였다. 마을은 십 여 가구뿐이었는데, 전부 산을 등지고 바다를 마주하고 있었고 그리 오래되지 않은 초가집들이었다. 집집마다 앞에 어떤 집은 담장이 남가새로 둘러싸여 있었고 대개는 꽃나무나 뽕나무와 소나무가 담장 위로 보였다. 마을의 남쪽과 북쪽 그리고 해안 일대는 온통 소나무 숲이었고 마을 옆에는 수십 마지기의 논밭과 뽕나무밭이 있었으며, 유채꽃과 보리 이삭이 그 논밭을 옅은 금빛과 청록색으로 물들여 놓고 있었다. 마을 동남쪽에 있는 소나무 숲에는 적벽이라 불리는 작은 강이 있었다. 금강산 1만 2천봉에서 흘러내려오는 시냇물들이 애달픈 소리를 품은 채 아침저녁으로 이 강으로 모였다가 무자비하게 입을 벌리고 있는 일본해 쪽으로 빨려들 듯이 흘러갔다.

마을에 처음 왔을 때, 마을 사람들은 나를 중국인 행세를 하는 자로 의심해 누구도 나를 받아주려고 하지 않았다. 마을 남쪽 끝에 윤씨네 아주머니는 나이가 쉰이 넘었는데 부처님을 모시며 홀로 살고 있었다. 그녀는 내가 이곳에 온 사연을 듣고 내가 머나먼 이국에서 와 아는 사람 하나 없는 처지인 것이 불쌍했는지 다행히도 그녀 집에 머무르게 해 주었다. 윤씨네 아주머니 집 문에는 하얀 종이에 쓰인 대련對聯이 붙어있었다.—조선에서는 흰색을 숭상하여 새해에 대문에 붙이는 대련에도 하얀 종이를 사용했다. 우리나라에서 장례 때 쓰는 것과 같은 모양새다. 대련은 시 구절을 이루고 있었다. 집 안으로 들어서면 작은 마당 군데군데 꽃과 나무가 심어져 있었고 정면에는 나란히 이어진 세 칸으로 된 집이 있었다. 가운데가 대청마루이고 양 옆이 기거하는 방이었다. 대청은 격벽을 두어 앞 뒤 두 칸을 이루고 있었는데 뷰을 누어 통하게 했다. 대청 앞 칸의 위쪽으로 신단이 차려져 있었는데, 신단 가운데 옥으로 만든 관음보살이 모셔져 있었고 왼쪽에는 위패를 모시고 있었다. 문에서 바라보니 집 뒤란에 텃밭이 있었는데 바로 금강산 기슭으로 이어지는 것 같았다. 윤씨네 아주머니는 나에게 오른쪽 방을 내 주었다. 방에는 작은 등잔대 말고는 다른 물건은 없었고 양쪽으로 여닫이 창문이 나 있었다. 오랫동안 사람이 살지 않은 듯 먼지가 뽀얗게 쌓여 있었다.

윤씨네 아주머니 집에서 보낸 한 주일 남짓한 시간이 어느새 지나가 버렸다. 나는 날씨가 맑든 비가 오든 매일 아침 일찍 일어나 산에 올라가 아름다운 경치와 명승지를 유람하고는 해가 져서야 돌아왔다. 그 동안에 나는 마을 뒤에 있는 구선봉九仙峰을 빼고는 이 큰 금강산에서 안 가본 곳이 거의 없었다. 비로봉毗盧峰과 미륵봉彌勒峰, 백마봉白馬峰과 영랑봉永郎峰 등 1만 2천봉의 아침저녁의 모습, 비오는 날의 정취와 맑은 날의 자태는 내 뇌리에 깊이 아로새겨져 있었다. 내가 눈을 감고 생각에 잠기면 그 모습이 마치 영화의 한 장면처럼 눈앞에서 펼쳐졌다. 내가 문인도 아니고 화가도 아니어서 이 모든 것을 그대로 글로 써내거나 그림으로 그려서 내 형제와 친구들에게 보여줄 수 없어 안타까울 뿐이었다.

2

구선봉 정상에 있는 선인정仙人井 옆에 홀로 앉아 노을빛으로 물든 금강산을 바라보았다. 불그스름한 노을빛에 운무가 떠다니는 모습은 장엄했다. 내 영혼은 어느새 그 절경에 푹 빠져들어 몸을 벗어나 유유히 날아다니고 있었다. 그런데 갑자기 앞산 아래에서 맑은 바람을 타고 노랫소리가 들려왔다. 처량하면서도 구성진 노랫소리는 분명 여자 목소리였다. 귀 기울여 들을 때만 노랫소리가 들렸다.

태양은 나를 맞이하러 산으로 오르고
태양은 나를 배웅하러 산에서 내려가네요.
태양은 내려갔다가도 올라올 때가 있지만
양치기는 가서 돌아오지를 않네요.
양들이 우는데
소리가 구슬프네요.
양들이 목동을 그리워하는데, 목동은 알까요?

노랫소리가 멈추고 이어 숫양이 슬피 우는 소리가 들려왔다. 그 소리는 잔잔히 울리는 방울소리와 분간하기 힘들었다.

양들 목에는 방울이 달려있어요.
하나하나 목동이 손수 달아준 것이지요.
방울을 달아준 사람은 가서 돌아오지를 않네요.
아슬아슬 방울 단 줄이 끊어지려고 하네요.

양들이 우는데

소리가 구슬프네요.

양들이 목동을 그리워하는데, 목동은 일까요?

　노랫소리는 점점 멀어지면서 맑고 고즈넉한 저녁 공기 속을 맴돌았다. 그 노랫소리 하나하나가 내 마음을 울려 눈물이 났다.

나에게 가위가 없어

양털을 자르지 않은 것이 아닙니다.

아직 영(英) 오라버니의 손길이 남아있기 때문입니다.

그것이 사라지면 내 영혼도 사라질 것입니다.

푸른 실이 없어서

방울을 달지 않은 것이 아닙니다.

방울 줄이 끊어지면

영 오라버니 곁으로 가려는 것입니다.

　여기까지 듣고는 나는 흐르는 눈물을 참을 수가 없었다. 나는 얼른 자리에서 일어나 산 정상 서북쪽에 있는 소나무 아래에 가서 섰다. 아래를 내려다보니 고성高城으로 가는 길에 한 무리의 면양이 있는 것이 보였다. 십 여 마리 되는 양떼가 해질 무렵 석양 속에서 한 아가씨를 둘러싸고 느릿느릿 가고 있었다. 아가씨는 담록색 장옷을 머리에 쓰고 있었고 아래에는 진회색 치마가 드러나 있었으며 전족을 하지 않은 발에 신을 신고 있었다. 그 아가씨가 걸어가며 부르는 노랫소리가 점점 멀어지자 그녀의 모습도 점점 희미해져 갔다.

> 양들아, 양들아!
> 슬퍼 말아라!
> 내가 아직 있으니,
> 호랑이와 표범은 감히 오지 못할 거다.
> 호랑이와 표범이 설령 온다고 해도,
> 우리가 목숨을 다해 막으면
> 몰아낼 수 있을 거야!
> 양들아, 양들아!
> 돌아가자! 가자꾸나!
> ……

아가씨의 노랫소리는 지는 해를 따라 서쪽으로 잦아들었고, 아가씨의 그림자도 앞산에 가려져 보이지 않게 되었다. 내 영혼은 차가운 눈물의 샘에서 세례를 받고 있었다. 소나무 아래에 서서 시간이 얼마나 지났는지 몰랐다. 온 산은 벌써 잠이 들어서 별들은 눈을 반짝이고 있었고, 아득히 먼 동해 바다 수평선 위로는 거울 같은 반달이 떠 있었다.

3

"손님, 그분은 민씨 집안의 패이佩姨 아가씨입니다."

나는 윤씨네 아주머니와 같이 툇마루에 앉아 낮에 본 것에 대해 이야기하기 시작했다. 아주머니는 그 양치기 아가씨의 이름을 알려주었다.

"명문가의 아가씨가 왜 여기에서 손수 양을 치고 있는 거죠?"

내 이 질문이 아주머니의 마음 깊은 곳을 울린 것 같았다. 그녀는 하늘에 떠 있는 달을 한참 동안이나 바라보며 아무 대답도 하지 않았다. 나는 달빛 아래서 그녀의 두 눈에 눈물이 고이는 것을 슬며시 보았다. 나는 아주머니의 가슴 아픈 사연을 캐물어 괴롭게 한 것은 아닌지 후회가 되었다. 마음에 걸렸지만 어떠한 위로도 해 줄 수가 없어 그냥 잠자코 있었다. 아주머니는 천천히 눈물을 닦더니 다시금 나를 돌아보았다.

"가슴 아픈 일이라 말을 꺼내고 싶지 않았어요. 하지만 손님이 조심스럽게 물으니 기대를 저버릴 수가 없군요. 하지만 이 복잡하게 얽혀있는 이야기를 어디서부터 시작해야 할지 모르겠습니다."

아주머니는 잠시 말을 멈추더니 다시 이야기를 이어나갔다.

"패이 아가씨는 원래 이곳 사람이 아닙니다. 십년 전에 아가씨네는 경성 대한문大漢門 밖에서 살았지요. 아가씨의 부친인 민숭화閔崇華라는 분은 조선의 자작子爵이었어요. 당시 조정에 간신배 무리가 나타나 외국인들을 끌어들여 무슨 합방조약이라는 것을 맺었지요. 민 자작께서는 이에 대해 조정에 간신배를 제거하고 나라를 안정시킬 것을 청하는 상소문을 여러 차례 올렸지만 하나도 왕에게 보여지지 않았어요. 이미 대세가 기울어져 돌이킬 수 없다고 본 나리는 관직을 버리고 식솔을 전부 데리고 경성에서 이곳으로 온 것입니다."

"나리의 전 부인은 김씨라는 분인데 16년 전에 병으로 돌아가셨어요. 후처로 들어온 이씨 부인에게는 자식이 없었지요. 김씨 부인이 돌아가실 때 패이 아가씨는 겨우 다섯 살이었는데 나리는 아가씨를 몹시 아끼고 예뻐하셨어요. 저에게 아가씨를 곁에서 잘 보살피라고 했지요. 저희 윤가는 조상 대대로 민씨 집안의 하인이었어요. 제 남편 윤석호尹石虎도 민씨 집안의 집사였고요. 저에게는 원래 아들 하나가 있었는데…….”

아주머니는 여기까지 말하다가 갑자기 흐느껴 울기 시작했다.

“저희 아들 이름은 윤자영尹子英이라고 하는데 나리께서 지어 주셨어요. 나리는 우리 아들도 아주 예뻐하셨는데 언제나 그 애를 ‘영아, 영아’ 하고 불렀지요. 자영이는 패이 아가씨보다 한 살 많았는데 아가씨는 항상 오라버니라고 불렀어요. 자영이는 신분 차이에도 불구하고 동생처럼 아가씨 이름을 불렀지요. 그 애들은 서로 항상 아끼고 보살펴주었지요. 진짜 친남매 사이 같았어요.”

“이씨 부인도 명문 집안의 아가씨였어요. 어릴 때 일본에서 유학했고 학교를 마친 후에도 뉴욕, 런던, 파리, 비엔나 등을 두루 여행했던 분이였지요. 조선에 있던 시간보다 외국에서 지낸 시간이 더 많았다고 할 수 있지요. 이씨 부인이 귀국했을 때가 스물두 살이었는데 때마침 김씨 부인이 돌아가신 후 3년 상이 끝난 때였어요. 그래서 이씨 가문에서 중매쟁이를 보내 혼담이 오갔고 얼마지나지 않아 나리의 후처가 된 것입니다. 나리가 관직을 버리기 전까지 이씨 부인은 경성 사교계에서 손꼽히는 새로운 명사였어요. 손님도 한번 생각해 보세요. 이렇게 똑똑하고 영민하며 배운 것도 많고 능력도 있는 신여성이 이런 산골에서 고생스럽게 사는 삶을 어떻게 담담하게 받아들이겠어요?”

“민 자작께서는 이곳으로 온 후로 고성高城의 정안사靜安寺에서 살면서 어떠한 겉치레도 하지 않고 세상일에도 관여하지 않았지요. 절 안이 좁아서 여럿이 살 수는 없었어요. 아가씨도 점점 크고 하니까 우리 부부에게 선창리에서 살도록 했지요. 하지만 자영이는 절에 남겨두고 양 이삼십 마리를

양치기의 슬픈 이야기

사서 돌보게 했어요. 그때 우리 자영이도 이미 열두 살이었거든요. 맑은 날이면 산 여기저기로 양떼를 몰고 가서 풀어놓았어요. 어떤 날은 패이 아가씨도 함께 양떼를 방목하러 갔지요. 그런데 그 애들이 같이 가서는 길을 잃은 적이 얼마나 많았는지 몰라요. 그때마다 우리 속을 얼마나 태웠던지."

"한번은 한밤중이 되었는데도 그 애들이 절로 돌아오질 않는 거예요. 나리는 우리 집에서 자는 줄로 생각하고 스님 몇을 보내 데려 오게 했는데 우리 집에도 없다는 것을 알게 된 거지요. 우리 모두 놀라서 허둥대다가 서둘러 사방으로 찾으러 다녔지요. 해금강에 도착했을 때 멀리서 양떼들이 바닷가에서 잠들어 있는 것을 봤어요. 자영이는 바위에 기대어 있고 패이 아가씨는 자영이 어깨에 기대어 함께 곤히 잠들어 있더군요. 그날 밤도 이렇게 달빛이 밝았어요. 달빛이 그 애들이 잠자는 모습을 환하게 비추고 있었고 바다 물결은 잔잔히 출렁거리고 있었지요. 그 애들은 마치 커다란 요람 속에서 자는 것 같았어요. 그때 그 애들의 모습은 아직까지도 잊을 수가 없어요!"

"비가 와서 양들을 방목할 수 없을 때마다 자영이는 절에서 스님들에게 무술을 배우고 저녁에는 아가씨와 함께 나리께 글을 배웠어요. 그렇게 큰 탈 없이 4년이 지났지요. 우리 자영이는 벌써 열여섯 살이 되었고 패이 아가씨도 열다섯 살이 되었어요. 나리는 머지않아 그 애들을 손님네 대국에 데리고 가서 견식을 넓혀 주겠다고 항상 말씀하셨어요. 허나 하늘도 무심하시지! 우리 자영이는 바로 그해에⋯⋯."

윤씨네 아주머니는 슬픔이 복받치는 듯 울기 시작했다. 나 역시 뭔가 큰 불행의 전조가 나를 덮쳐오는 것 같아 몸서리쳤다. 때마침 그날 밤에 뜬 둥근달도 먹구름에 가려져 더욱더 처량한 마음이 들었다. 나는 더 이상 물을 수가 없어 아주머니가 울음을 그치기만 기다렸다. 조금 지나서야 아주머니는 눈물을 머금은 채 다시 이야기를 시작했다.

"우리 자영이…… 그 애가 그 해에 제 아버지…… 제 아버지에게 살해되었어요!"

이렇게 말하며 아주머니는 다시 울기 시작했다. 나 역시 가슴이 메어지며 코가 시큰해졌다. 위로의 말을 하고 싶었지만 어떠한 말도 할 수가 없었다. 단지 일어나서 그녀에게 차를 따라 줄 뿐이었다. 그녀는 찻잔을 손에 들고 몇 모금 마시고는 말을 이어 나갔다.

"이야기가 길어질 테니 내가 자영이의 유서를 가져 오고 나서 다시 이야기하지요."

4

밤이 깊어져 바깥 날씨가 쌀쌀해졌다. 아주머니는 방으로 들어가자고 했다. 나는 그녀와 함께 내 방으로 들어가 방바닥에 앉았다.—조선 사람들은 방바닥에 앉고 방바닥에서 자는데, 이는 고대 우리나라 풍습이 남아 있는 것이었다. 아주머니가 편지봉투를 가지고 오자 나는 받아서 등불 아래서 읽기 시작했다.

어머니!

제가 오늘 양을 몰고 돌아왔을 때 양 우리 옆에서 한 통의 편지를 주웠는데 분명히 아버지가 잃어버린 편지였습니다. 왜냐하면 제가 편지를 열어서 그 내용을 다 봤기 때문입니다. 아! 제가 이 편지를 보지 않았으면 몰라도 편지를 본 저는 너무 놀라서 정신이 나갈 지경입니다.

어머니! 저는 이미 나리와 패이 그리고 아버지를 구하기로 결심했습니다. 저는 도저히 아버지가 이런 불의의 죄를 저지르게 힐 수는 없습니다. 아버지는 이미 절에 오신 것 같은데 사방으로 찾아다녀도 찾을 수가 없습니다. 어머니! 이 사실이 알려지면 아버지뿐만 아니라 관련된 사람들도 모두 문제가 될 것입니다. 저는 밤새도록 절에서 순찰을 할 것입니다. 아버지를 찾으면 일을 저지르지 못하게 할 것입니다. 이것이 가장 좋은 방법입니다.

어머니! 혹시 제가 죽게 되더라도 절대로 슬퍼하지 마십시오! 저는 망국의 백성으로 사느니 죽는 것이 낫다고 생각합니다.

어머니! 이제 시간이 다가와서 더 이상 쓸 수가 없습니다. 밀서는 읽은 후에 꼭 태워버리세요. 그리고 제 책상 서랍에 일기책 두 권이 있으니 패이에게 간직해 달라고 전해 주세요.

아들 자영이 삼가 큰 절을 올립니다.

이외에 편지 한통이 또 있었다.

석호(石虎)군 보게,

자네를 열흘 동안 보지 못했네. 오늘 저녁에 절로 오게. 내가 방에서 신호를 보냈을 때 한 번에 끝내는 것이 가장 좋은 방법이네. 시가 적힌 쪽지 한 장이 있는데 분명 반역의 뜻을 담은 시라고 할 수 있으니, 일이 성공하면 그것을 가지고 장안사(長安寺)에 있는 헌병대에 가서 자수하게. 이 시가 바로 자네를 석방시켜줄 부적일세. 부디 실수하지 말게!

민이(閔李)씨 6월 11일

이글거리는 태양은 어찌 이리 밝아

우리 산봉우리의 새싹을 말려버리는가.

산봉우리가 무너지고 새싹도 죽어버리니

이글거리는 태양이 우쭐거리는구나.

어디에서 후예(後羿)의 활을 구해

너를 쏘아 파도치는 바다에 떨어뜨릴 것인가.

어디에서 노양(魯陽)의 창을 구해

너를 찔러 산기슭으로 던져 버릴 것인가.

후예의 활도 노양의 창도 구할 수 없으니

흐르는 눈물이 피가 되어 산기슭을 적시는구나.

긴 낮은 끝없으니 어느 시절에 밤이 올 것인가.

큰 원한은 끝없는데 어느 시절에 끝날 것인가.

해를 원망하다(怨日行), 대한 유민 민숭화가 땀 훔치며 쓰다.

내가 편지와 시를 다 보고 나자 아주머니는 감정을 억누른 목소리로 말문을 열었다.

"그간의 정황은 손님이 이해하신 대로일 터입니다. 우리 자영이는 바로 그날 6월 11일 밤에 죽었어요. (조선인들은 오늘날에도 대개 음력을 쓰고 있다) 그날 점심 후에 정안사의 사미승이 와서 남편에게 편지 한 통을 주고 갔어요. 남편은 편지를 보자마자 바로 집을 나갔지요. 나는 그냥 나리께 일이 있어서 남편을 불렀다고 생각했어요. 그런데 남편은 한밤중이 되어서야 비틀거

27

리면서 집으로 돌아왔어요. 그리고 얼마 지나지 않아 문 두드리는 소리가 났지요. 제가 나가 문을 열었더니 스님 두 분이 저를 부르고 있었어요. "윤씨댁 아주머니, 큰일 났어요. 아주머니 아들이 살해당했어요!'"

"저는 이 소리를 듣고는 맑은 하늘에 날벼락을 맞은 듯했지요. 남편도 이 말을 들었는지 방에서 튀어나와 "잘못 알고 죽인 거야! 잘못 죽인 거라고!"라고 소리치며 뛰어나갔어요. 저도 바로 정안사로 뛰어 갔지요. 저는 먼저 자영이가 지내던 방으로 가서 작은 책상 위에 놓인 편지를 한 통 봤어요. 봉투에는 '어머니만 보세요. 자영'이라고 쓰여 있었어요. 저는 편지를 가슴에 숨기고는 바로 사람들이 웅성거리는 곳으로 달려갔어요. 제가 자영이를 찾았을 때 아이의 얼굴은 이미 피투성이였고 가슴은 싸늘히 식어 있었어요. 저는 그 자리에서 바로 쓰러져 의식을 잃어 버렸지요."

"깨어나 보니 벌써 한낮이었고 악몽을 꾼 것 같았어요. 주위를 둘러본 후에야 제가 패이 아가씨 방에서 잤다는 것을 알았지요. 아가씨는 울어서 두 눈이 새빨개진 채 제 옆에 앉아 있었어요. 그제야 저는 가슴이 찢어져 목 놓아 울었지요. 저는 일어나려고 했지만 사지가 마비된 것처럼 조금도 움직일 수가 없었어요. 아가씨는 제가 깨어나자 저를 안으며 위로해 주었어요. 제가 슬퍼할수록 아가씨도 제 옆에서 엉엉 울었지요."

"얼마 후에 나리 내외분이 들어오셨어요. 나리께서 말씀하셨어요. "영이 장사를 치러야 하는데, 석호는 어째 그림자도 보이지 않는가?'"

"저는 나리의 말을 듣고서야 남편이 절에 오지 않은 것을 알았어요. 갑자기 자영이가 남긴 유서가 생각나서 아가씨에게 내 품에 있는 편지를 꺼내서 나리께 보여드리라고 했지요. 나리가 편지봉투를 열자 또 다른 편지가 떨어졌어요. 바로 이씨 부인의 밀서였지요. 이씨 부인은 바로 나가버렸어요. 나리가 자영이의 유서를 다 읽자 패이 아가씨도 방에서 나갔어요. 저는 아가씨가 자영이의 일기책을 가지러 갔다고 생각했는데 나중에 보니 제 추측이 맞았어요. 이씨 부인의 밀서를 태워버리지 않았기에 결국 나리께서 보시게 된 거지요. 나리가 화가 머리끝까지 난 것은 말할 필요가 없는 것이고요. 나리는 한참 동안 괴로워하더니 "영아, 영아" 하며 울면서 말했어요. "영아, 나는 네가 얼른 어른이 되어 나라를 위해 힘쓰기를 바랐는데, 네가 우리 부녀를 대신해 죽게 되다니. 아! 내가 어떤 심정으로 더……?""

"이때, 패이 아가씨가 뛰어 들어와서는 이씨 부인이 영이 오빠 방에서 자진했다고 외쳤어요.……"

등잔불의 심지가 거의 다 타자 방 안이 어둠침침해졌다. 아주머니는 비녀로 심지를 돋우며 잠시 쉬다가 이야기를 이어 나갔다.

"이씨 부인과 자영이의 무덤은 모두 정안사 뒷산에 있어요. 저는 절에서 이레나 잤어요. 그리고서야 겨우 겨우 몸을 추스르기 시작했지요. 남편은 그날 밤에 나간 이후로 아무 소식이 없었어요. 도대체 미쳤는지 죽었는지 지금까지 아무도 몰라요. 저는 몸이 나으면 절에 남아서 나리와 아가씨를 모시려고 했어요. 하지만 나리는 절대로 허락하지 않았지요. 나리는 이미 머리를 깎고 스님이 되어 있었어요. 다행히 아가씨가 절에 남아서 나리를 봉양하고 자영이가 생전에 방목하던 양들을 맡아 돌보기로 마음을 먹었어요. 손님! 여기까지가 바로 우리 패이 아가씨가 손수 양치기를 하게 된 사연이랍니다. 생각해 보세요, 얼마나 딱한 일이에요. 아가씨는 자영이가 죽은 후에 양들이 잘 먹으려고 하지 않는다고 자주 말했어요. 그래서인지 지난 몇 년 사이에 반 이상이 죽었어요. 양이 죽을 때마다 아가씨는 한바탕 가슴 아파하며 자영이 무덤 곁에 묻어주었지요. 저는 우리 자영이가 구천에서 아주 외롭지는 않을 거라 생각해요."

5

윤씨네 아주머니의 이야기를 다 듣고 나자 나는 도지히 잠을 이룰 수가 없었다. 그렇게 이리저리 뒤척이다가 새벽녘에 겨우 눈을 붙였는데 꿈결에 정안사에 내가 있는 것이 어렴풋이 보였다. 절 뒷산에 과연 윤자영의 무덤이 있었다. 묘비에는 '慈悲院童男尹子英之墓'라는 열 글자가 새겨져 있었다. 무덤 주변에는 수많은 양 무덤이 있었다. 내가 봤던 그 패이 아가씨가 무덤 앞에 앉아서 고인을 위해 기도하고 있는 모습도 어렴풋이 보였다.

이때 갑자기 무덤 앞이 무대로 변하는 것이었다! 무대 중앙에는 꽃다운 청춘 남녀가 나신으로 춤을 추고 있었다. 두 사람 주변에서 수많은 양들이 사람처럼 일어서서 춤을 추고 있었다. 무리 속에는 수많은 사자와 표범과 호랑이들도 있었다.

그렇게 어리둥절해 있는 사이 흉악하게 생긴 작달막한 사내가 느닷없이 내 머리를 칼로 막 내리치려고 했다! 바로 그 순간 "악!" 하고 소리치며 깨어났다. 온몸이 식은땀에 젖어 있었다. 만져 보니 피는 아니었다. 안타깝게도 날은 아직 밝지 않았다. 얼른 동이 터서 아주머니께 작별 인사를 드리고 떠났으면 하는 마음이 간절했다. 이토록 애끓는 고장, 가슴 아픈 땅에서 어느 누가 목석같은 마음으로 더 머물러 있을 수 있단 말인가?

―원제: 「牧羊哀話」, 『신중국(新中國)』 제1권 7호, 1919.11.15

나의 이웃

我的鄰居

타이징눙臺靜農

타이징눙(1902~1990)은 안후이[安徽]성 사람으로 본명은 타이촨옌[臺傳嚴], 후에 징눙으로 개명했다. 중문학자이자 작가, 문학평론가, 서예가이다. 1922년에 신시집『보도(寶刀)』를 1923년에 첫 소설작품「상처 입은 새[負傷的鳥]」를 발표하면서 시인, 소설가로서의 활동을 시작했다. 그의 문장은 잡다한 수식이 없이 시원스러우며 순수하다는 평을 듣는다. 1925년에 루쉰을 알게 되었는데 두 사람 사이의 연배를 뛰어넘은 깊은 우정은 잘 알려져 있다. 항일 전후로 여러 대학과 연구기관에서 근무했으며 1946년에 타이완으로 건너가 국립 타이완대학 중문과 교수로 재직했다.

1

짙은 서리는 아침 해가 뜨기 전까지 대지를 뒤덮고 있었고 날씨는 점점 더 추워졌다. 시계는 이미 8시를 가리키고 있었지만 나는 여전히 따뜻한 이불 속에서 꿈틀거리며 미적대고 있었다. 하지만 더 이상 지체해서는 안 된다는 생각 끝에 마음을 다잡고 누가 괴롭혀서 그런 것 같은 언짢은 마음으로 자리에서 일어났다.

추운 겨울이 엄습하면 겁쟁이가 되어 방 문 밖으로는 한 발짝도 나가려 하지 않았다. 그래서 수업에도 가지 않았다. 물론 수업에서 얻는 것은 지루함과 피곤함뿐이었다. 커튼을 젖히고 외짝으로 된 방문을 여니 문지방과 창유리를 유유히 지나가는 햇빛이 침상 위를 곧바로 비추었다. 붉은색 책상 위에 나란히 놓인 잉크와 만년필, 작은 시계와 거울도 유난히 눈부시게 빛났다.

나는 등의자에 기대어 햇볕이 주는 따스함과 안락함을 온몸으로 느끼고 있었다. 마치 노인이 햇볕 속에서 그의 마지막을 보내는 것 같았다. 손에 담배 한 개비를 들고 가볍게 빨아들이자 작고 좁은 방안에 담배연기가 자욱하게 퍼졌다. 연기는 햇빛과 어우러져 빛을 내며 홀연히 나를 지나간 꿈의 세계와 끝없이 펼쳐진 먼 하늘로 데리고 갔다. 마음이 사납게 몰아치는 파도 위의 작은 배처럼 출렁거려서 진정할 수가 없었다. 마치 노인이 인생 말년에 조국에 대해 회상하며 느끼는 불안과 슬픔 같았다.

"오늘은 돈 좀 빌려 썼으면 합니다."

신문 배달하는 이가 허둥대며 뛰어 들어와서는 포대 자루에서 신문을 꺼내며 사정하듯 말했다.

"돈이 있었으면 진작 주었지!" 나는 꿈에서 막 깨어난 것 같았다.

"아니, 벌써 3개월이나 됐잖아요."

신문 배달하는 이는 차마 말을 꺼내지 못하고 우물거리다가 어깨를 으쓱거리고는 왔을 때처럼 허둥대며 가 버렸다.

그리하자 신문을 펼치고는 그들 무리가 어떻게 전쟁을 통해 농간을 부리는지 한눈에 훑어보았다. 박격포와 기관총, 지뢰와 비행선 아래에서 수없이 죽어가는 사람들. 나는 그들에 대해 조금의 연민도 없는 것 같기도 했고 연민 가득한 여인의 마음이 들기도 했다. 중국인이 얼마나 많은가. 때려죽이는 것도 흥미로운 기사인 것이다.

신문의 2면을 펼쳤을 때 일본에 관한 기사가 보였다. 폭도인 어떤 조선인이 황궁을 폭파하려다가 경찰에 붙잡혀서 이미 사형을 당했다는 내용이었다. 범인은 작은 몸집에 얼굴에 마마자국이 희미하게 남아 있는 스무 살 남짓한……. 내 마음은 다시금 조금 전의 불안한 상태로 돌아갔다.

나는 아직도 신문을 펼친 채 두 눈은 허공을 응시하고 있었다. 푸른 연기가 햇빛처럼 내 주위를 감싸고 있었지만 나는 깊은 생각에 빠지고 싶지 않았다. 단지 그가 과거의 수많은 광경들과 함께 내 머릿속으로 질주했을 뿐이었다.

2

때는 작년 6월이었다.

어느 날, 나는 점심 후에 강의 교재 몇 권을 들고 수업에 가려고 하숙집 문을 나서고 있었다. 그때 인력거 한 대가 문 앞에 서더니 한 청년이 버들 가지로 만든 고리짝을 든 채 내리는 것을 보았다. 체구가 작고 짤막한 옷을 입고 있었는데 아주 다부져 보였다. 이때는 학도병이라고 생각하고 신경 쓰지 않고 가버렸다.

우리는 서로 간에 신경 쓰지 않거나 무시했다. 대학 동기들 사이에서 이런 것은 드문 일이 아니었다. 왜냐하면 한 집에 산다 해도 서로 관계가 없다면 결코 왕래하지 않았고, 시간이 더 오래 되었거나 졸업할 때까지도 서로 상관하지 않았기 때문이다.

수업이 끝나고 집에 돌아오니 날이 이미 저물었다.

제비콩은 막 꽃을 피었고, 여뀌는 낮은 담장 높이만큼 자랐다. 나팔꽃은 기어오를 만한 기둥이 없어 땅에 엎드려 있었고 화분에는 야들야들하면서 윤기 있는 옥잠화의 푸른 잎들이 가득했다. 서편에서 눈부시게 빛나는 자줏빛 노을이 온 집안의 화초를 비추자 화초의 빛깔이 모두 변했다. 문 옆에 가만히 기댄 채 이웃집에서 연주하는 〈매화삼농梅花三弄〉을 조용히 들었다. 아름다운 저녁놀 속에서 하루의 피로가 모두 사라졌다.

"여보게, 친구!" 좀 거칠고 날카로운 소리가 옆방에서 들려왔다.

나는 이때서야 이웃이 생겼다는 것을 알았고 또 이상하게 생각하기 시작했다. 옆방 앞에는 기다란 칸막이가 하나 있었는데 햇빛을 완전히 가려버렸다. 그래서 한낮에도 방 안은 음산한 느낌이 들었다. 대학 동기는 왜 저런 방에서 살려고 했을까. 흡사 태양이 비추는 세계에서 무덤으로 이사한 것 같았다. 방세가 싸다고 하지만 나는 집주인이 방세를 한 번도 싸게 해 준 적이 없다는 것을 알고 있었다. 채무관계만 아니었다면 나는 벌써 이사했을 것이다. 왜냐하면 나는 가끔씩 내 옆방이 악마의 소굴이 아닌가 하는 공포감을 갖고 있었기 때문이다. 한밤중에 깨어나 쥐 소리를 들으면 이웃집에서 악마를 숭배한다는 생각이 들어 놀라서 이불을 머리끝까지 덮고는 온몸에 식은땀을 흘렸다.

밤이 되어서는 마음을 단단히 하고는 책을 보거나 잡생각을 하며 열두 시까지 앉아 있었다. 왜냐하면 이미 생긴 이웃에게 깁믹고 싶지 않았고 옆 방의 마귀가 이미 쫓겨났다고 믿었기 때문이었다. 지난밤처럼 어쨌든 나는 옆방 동기보다 일찍 잠들려고 했지만, 그저 침상에 누워 비파로 연주하는 〈매화삼농梅花三弄〉을 듣고 있을 수밖에 없었다.

3

내 이웃은 하루 종일 저 음산한 방 안에 숨어 있는 것 같았다.

그의 방문은 항상 잠겨 있어서 친구가 찾아오는 것도 보지 못했다. 가끔 씩 그가 "여보게"하고 급사를 부르는 소리를 들을 수 있었다. 하지만 "급 사"가 방 안에 들어가면 그가 무슨 지시를 하는지 알아들을 수 없었다. 생 각해보면 손짓으로 끓인 물을 원하는 것 외에 다른 무슨 큰일이 있었을까 싶다.

그가 "여보게" 하고 부르는 목소리를 자세히 들으면, 군인이 전장에서 명령을 내리는 것처럼 묵직하고 날카로웠다. 창장長江 일대 사람이나 베이 징 사람처럼 보이지는 않았고, 광둥廣東 사람이 베이징北京에 처음 와서 북 방말투를 배운 것 같았다. 그래서 나는 내 멋대로 내 이웃을 광둥 사람이라 고 단정해 버렸다.

그는 이렇게 홀로 고독하게 지냈다. 나는 그가 중국철학과 학생이라 송 대 이학理學의 영향을 받아 결연히 친구를 떠나 이 초라한 방 안으로 도피하여 조용히 좌선하며 그의 이상적인 삶을 추구하는 것은 아닌가 생각했다.

하지만 내 이웃이 그날 내가 문 밖에서 봤던 왜소하지만 다부졌던 그 사람이라면, 나는 이 광둥 사람이 이학자라는 가정을 바로 뒤집을 수도 있었다.

그는 도대체 우리 대학의 학생이긴 한가? 서로 상관하지 않았던 사람에 대해 여러 가지 추측을 더해 가니 스스로도 내가 무료하다는 것을 알았다. 게다가 내가 또 탐정은 아니지 않은가. 하지만 이 무의식적인 혼란스런 생각들을 밀어낼 수도 없었다.

이 때문에 내 의심을 없애기 위해 나는 내가 가정한 이 광둥 사람의 모습을 얼른 보려고 했다.

실제로 내가 생각한 것처럼 그것은 쉽게 이루어졌다.

다음날 오후 학교 수업이 끝날 무렵, 태양은 담장 위로 날아올라 지붕 위를 눈부시게 비추고 있었다. 초여름 날씨지만 베이징은 대륙성 기후라 햇빛이 땅에서 한 발치만 멀어져도 공기가 가볍고 상쾌하게 느껴졌다. 가끔씩 열기가 여전히 있다 하더라도 말이다.

내가 천천히 걸어서 하숙집 앞에 도착했을 때, 작은 마당에서 뚜벅뚜벅 구두 소리가 들렸다. 나는 내 친구 A군이 S여학교 무도회에 가보자고 하러 온 줄 알았다. 왜냐하면 우리는 이날 좀 일찍 가자고 약속했었는데, 그 뒤로 논평해야 할 자료가 많았기 때문이었다. 그래서 나는 작은 마당으로 서둘러 걸어갔다. 그런데 내 친구 A군이 아니라 뜻밖에도 내가 보려고 했던 광둥 사람이었다. 다행히도 내가 먼저 "어 A군 왔구나!"라고 인사하지는 않았다. 그랬다면 조금 민망했을 것이다.

이 광둥 사람도 내가 이렇게 당황하는 모습을 보지는 못했을 것이다. 그는 두 손을 바지 양쪽 주머니에 넣은 채, 뚜벅뚜벅 구두 소리를 내며 그의 방문 앞에서 내 방문 앞까지 걸어갔다가 또 내 방문 앞에서 그의 방문 앞까지 걸어갔다.

그는 우리 대학의 학생이긴 한 것일까? 그때 내가 확신할 수 있었던 것은 그가 조용히 앉아 좌선하는 이학자는 결코 아니라는 것뿐이었다. 만일 누가 다시 이학자라고 고집한다 해도 어쨌든 나는 믿을 수 없게 되었다.

4

그의 표정은 한눈에도 좀 이상해 보였고 얼굴에는 미세하게 마맛자국이 있었다. 두 눈썹은 단도처럼 뻗어 있었고 몸은 건장하지는 않았지만 아주 다부져 보였다. 머리카락은 벌써 빠져버렸지만 머리 벗겨진 노학자 같지 않고 젊은이의 늠름한 자태를 가지고 있었다. 그는 마치 배고픔도 다 불태워버린 한 마리 매 같았다. 두 눈을 크게 뜨고 사방을 둘러보고 나서는 두 눈썹을 한곳으로 곧추 모았다.

그가 입은 낡아빠진 교복은 잿빛에다 앞섶의 단추도 다 달려 있지 않았다. 색 바랜 그의 옷에 묻은 얼룩이 지저분해 보일수록 그것이 원래 있던 얼룩이 아니라는 것을 아주 잘 알 수 있었다. 뚜벅뚜벅 소리를 내는 그 구두도 앞은 크게 벌어졌고 뒤축도 닳아 있었다.

왜 그런지 모르겠지만 내 머릿속은 이 광둥 사람이 꼭 위험한 인물이라고 할 수는 없지만 결코 순박한 사람은 아니라는 것을 예리하게 느끼고 있었다. 아마도 강호의 대도가 범죄를 저질러 학생으로 위장한 채 학생들이 사는 하숙집에서 지내는 것일지도 모른다. 그렇지 않다면 그는 왜 이 음산하고 후미진 방을 골랐단 말인가? 이 후미진 골목에서 순경의 주의를 받지 않는 것은 보통 사람들의 시선을 피하기 쉽다는 것이다.

이 때문에 나는 그가 주머니에 집어넣은 두 손으로 여러 사람의 목숨을 없애고 그 주위가 온통 붉은 피로 흥건한 장면까지 상상하였다. 그 다부진 몸으로 수많은 부인과 젊은 처녀들을 겁탈했다고 생각하니 사람들이 이 자를 봤을 때 얼마나 공포에 떨었을까!

내 생각의 흐름은 다시 혼란스러워졌다.

이전에 옆방은 악마의 소굴이었지만 지금 그는 악마 그 자체였다. 하루 종일 햇빛도 들지 않는 방안을 맘대로 점거해 버렸고 불행하게도 나는 그의 이웃이 된 것이었다.

한번은 그가 마당에서 뚜벅뚜벅 구두 소리를 내며 배회하고 있을 때 차가운 눈초리로 나를 힐끗 본 적이 있었다. 그 후로 그의 독기가 내 혈관을 뚫고 들어와 온몸을 돌며 심장을 요동치게 했다. 그날 밤 나는 더 이상 깊은 밤까지 기다리지 않고 저녁 후에 바로 자고 싶었다.

나는 불안한 마음을 품은 채 침대에서 뒤척였고 불행히도 편안하게 꿈나라로 갈 수 없었다. 원래는 앞집에서 연주하는 비파와 〈매화삼농〉 소리에 의지하여 자려고 했지만, 토요일 저녁이라 친구들이 모두 가버려서 하숙집은 마치 한밤중처럼 적막하고 고요했다.

어렴풋이 잠이 들었는데 깨어나 보니 창문에 아침햇살이 가득했다. 뚜벅대는 그의 발걸음 소리가 벌써 그 음산한 방안에서 시작되었다. 그는 아마도 나를 괴롭히던 지난밤을 모두 이렇게 없애버리려고 하나 보다.

5

이후로 나는 마치 탐정이 된 것 같았다. 기말시험이 다가와 하루 종일 수업에 안 가도 되었기에 시험 준비해야 할 시간을 온통 그에게 쏟았다.

그가 하루 종일 뚜벅뚜벅 왔다 갔다 하는 것 말고, 그의 방에서는 언제나 성냥불 긋는 소리가 났다. 그가 끊임없이 담배 피우는 것은 알고 있었지만 담배 피우는 그 능력은 사람을 아주 놀라게 했다. 어느 날 내가 일부러 제비콩이 심어져 있는 꽃밭에 앉아서 그 음산한 방을 봤는데, 가느다란 담배연기가 끊임없이 뿜어져 나왔다.

한번은 친구 한 명이 찾아 왔는데 처음에는 서로 기뻐하며 반가워하는 것 같더니, 말하는 것도 속도가 빨라지고 소리는 점점 작아졌다. 그런데 그들이 하는 말을 완전히 이해할 수 없게 되자 나는 그가 "알아들을 수 없는 말"을 하는 광둥 사람이라고 더욱 믿게 믿었다. 그들의 침묵 속에서 내가 들을 수 있는 것은 성냥 긋는 소리뿐이었다.

그들의 행동은 이처럼 이상했다. 이 친구도 물론 그와 한패일 것이다. 하지만 도대체 그들이 얼마나 위험한지는 여전히 알 길이 없고 의혹만 더욱 더 깊어갔다.

나는 공포를 없애기 위해 최후의 수단으로 정탐을 할 수밖에 없었다.

이번에는 저녁식사 전이라 해가 막 지고 있을 때였다. 그는 마당에서 평상시와 똑같이 뚜벅뚜벅 왔다 갔다 하고 있었고, 나는 일부러 방문을 열고는 걸어 나갔다. 여름더위에 지친 모습을 하고는 아무렇지 않은 듯 말했다.

"날씨가 정말 더워요!"

"음" 그는 나의 느닷없는 말에 전혀 개의치 않고 뚜벅뚜벅 왔다 갔다 하고 있었다.

"남쪽 지방은 더 덥겠죠?"

"아, 네, 그렇죠!" 그는 내가 말한 남쪽 지방이 내가 가정한 고향인지 모르고 그렇게 대충 대답했다.

그의 얼굴은 여전히 무표정했지만 평상시와 다를 바 없었다. 간단히 대답하는 것도 "여보게"하고 집사를 부를 때처럼 묵직하고 날카로웠다. 그의 무표정한 이런 모습은 더 이상 친근하게 말을 걸고 싶지 않게 했다. 하지만 나는 아직 그의 정체를 밝혀내지 못했기 때문에 결국은 또 탐색해 나갔다.

"고향이 광둥이시죠?"

"아니요, 저는 조선인입니다. 선생!"

"조선인이었군요!" 나는 대단히 놀랐고 이제야 알겠다는 표정이었다.

내가 나도 모르게 '조선인'이라는 세 글자를 너무 심하게 말했는지 그는 날카로운 시선으로 나를 한번 힐끗 쳐다보았다. 나도 바로 그를 오해했다는 것을 재빠르게 깨달았다. 그의 시선에서 나는 갑자기 내가 너무 보잘것없고 부끄럽다는 생각이 들었던 것 같다.

그는 이국에서 온 떠돌이 신세였고, 불행하게도 우리들 가운데서 생사를 다투고 있는 것을 오해한 것이었다.

"선생은 중국에 온 지 얼마나 되었나요?"

"작년에 일본에서 지진이 일어난 후에 왔습니다."

"듣자 하니 됴쿄에 지진이 일어난 그때, 당신네 조선 사람들이 많이 죽었다고 하던데요?"

"음, 네, 맞습니다."

그는 전과 같은 말투로 대답했지만 목소리가 미세하게 떨렸다. 그가 이미 내 의도를 알아버린 것 같아 부끄러움을 금할 수 없었다. 사람들과 서로 마주칠 때면 그는 자신의 상처를 감추었다.

"대학에서 강의를 듣지요?"

"음, 아니요"

"그럼 왜 그 어둠침침한 방에서 시는 거죠?"

"저는 그곳이 비교적 조용하다고 생각했습니다."

그는 차가우면서도 고독한 미소를 짓더니 엄숙하게 나를 한번 보고는 뚜벅뚜벅 방으로 돌아갔다. 그는 내가 탐정처럼 캐내려고 하는 것을 일부러 피하는 것 같았다. 이때 또 성냥 긋는 소리가 그 음산한 방안에서 들려왔다.

나는 실의에 빠진 채 마당을 배회하고 있었고, 분두화의 따뜻한 향기가 끊임없이 불어왔다. 나는 이 불행한 이웃의 신세에 대해 까닭 없는 슬픔을 느꼈다. 그는 어떻게 나쁜 놈들의 마수에 당했을까. 어떻게 나쁜 놈들의 그물망에서 도망쳤을까. 그는 눈물을 머금고 조국과 이별하고, 어머니와 이별하고, 아내와 이별한 것이다!

이 때문에 나는 늘 참회했다. 온갖 세상풍파를 다 겪은 그가 나를 너그러이 용서해준다고 해도, 나는 전에 이국에서 온 이웃에게 가졌던 안 좋은 의심을 씻어버리고 싶었다.

그는 한 마리 큰 새처럼 잠시 적의 핍박에서 탈출하여 이 끝없는 하늘에서 훨훨 날아다니게 되었어도 얼마든지 분노할 수 있었고 처량해질 수 있었다. 그래서 그는 번개가 사방에 빛을 발하는 것처럼 번뜩이는 눈을 하고는 훗날 복수할 계획을 준비하고 있을 뿐이었다고, 나는 생각했다.

우리는 점점 익숙해졌다. 매일 음산한 방 안에서 성냥 긋는 소리와 작은 마당에서 뚜벅뚜벅 구두 소리를 내는 것 말고 별다른 움직임은 보이지 않았다. 그가 어쩌다 편지를 받으면 몇 분 후에 바로 성냥 긋는 소리가 들렸다. 그 편지를 불태워버리는 것 같았고, 내 방에서도 종이 타는 냄새가 났다.

6

중추절이 지난 후 어느 날 밤이었다.

여뀌는 이미 시들었고, 편두는 열매를 맺느라 바쁘고, 옥잠화는 왜 올 가을에는 꽃이 피지 않는지 모르겠고, 떨어진 콩은 비바람에 생명이 다했다. 나는 환한 달빛이 비치는 희미한 나무 그늘 아래에 조용히 앉아 멀리 있는 이를 그리워하며, 꽃다운 시절이 흘러가는 것을 슬퍼하고 있었다.

이국에서 온 이웃인, 그가 방에서 뚜벅거리며 오고가고 하는 사이에 기침 소리가 작게 들렸다. 그의 방 안에는 등잔불도 없었고 달빛도 없었다.

갑자기 하숙집 주인이 장삼을 입은 손님 몇 명을 데리고 왔다. 나는 나를 찾아온 친구라고 오해할 뻔했다.

"저 방인가요?" 손님이 물었다.

"네, 이 방입니다." 하숙집 주인이 이웃의 방을 가리키며 말했다.

손님이 일제히 우르르 들어가자 하숙집 주인은 탁자 위에 반쯤 탄 양초에 성냥을 그어 불을 붙였다.

"당신들 뭐하는 거요?" 그는 놀란 표정으로 나직하게 물었다.

"당신 조선 사람이지? 김모라고 알고 있지?"

"압니다!"

"좋아, 우리와 같이 경찰서에 갑시다. 김가도 거기에 있어!"

"헛소리 말아요. 뒤져보시오. 무슨 서신이라도 있는지."

상자와 서랍을 여는 소리가 뒤섞이며 들렸다.

"갑시다!"

"갑시다, 당신도 같이 갑시다. 조선인은 살면 안 된다고 했는데 도무지 말을 듣지를 않아!"

제복을 입은 경관이 하숙집 주인에게 매섭게 경고하며 말했다.

"너희 조선인은……." 이 야수 같은 놈들이 이국에서 온 내 이웃을 모욕하는 소리가 멀리서 들렸다.

나는 어느 때보다도 분노하고 평상시와 다르게 애가 탔지만 결국 방법이 없었다. 다만 두 눈을 부릅뜬 채 달그림자 아래에서 걸어가는 이국에서 온 내 이웃을 눈으로 배웅할 뿐이었다.

마음속 불길이 격렬하게 타올라서 누구의 말도 들리지 않았다. 달이 질 때까지 나는 편안히 잘 수 없었다. 하숙집 전체가 절간처럼 쓸쓸했다. 이웃한 음산한 방이 전에는 악마의 소굴이었다는 것을 나는 잊어버렸다.

7

며칠이 지난 후, 하숙집 주인은 풀려나서 집으로 돌아왔다! 그는 애당초 조선인을 살게 하지 말았어야 했는데 하고 후회했다. 그로 인해 유치장 신세를 졌기 때문이다.

하숙집 급사가 이웃의 방을 청소하고 있는 사이에 스윽 들여다보았다. 음습하고 담배 냄새가 뒤섞인 공기가 얼굴에 확 끼쳐왔다. 침상에는 담요가 깔려 있었고 담요와 책상 위에는 일본 잡지가 여기 저기 널려 있었다. 책상 위에는 오래되어 녹이 슨 만년필 한 자루와 잉크병이 여전히 있었다.

가장 눈길을 끌었던 것은 바닥에 있던 타버린 성냥개비와 침상 밑의 담뱃갑이었다. 나는 갑자기 평화롭지 않은 이 땅에서 뚜벅뚜벅 걷던 그의 발걸음 소리가 생각났다. 나는 야수 같은 그놈들이 불행한 나의 이국 친구를 붙잡아 간 것을 통탄하지 않을 수 없었다.

우리는 이렇게 헤어진 지 일 년이 되었다!

오늘 뜻밖에도 나는 신문에서 이 기사를 발견했다. 이 사람이 당신 아닌가요? 당신은 마음속 깊이 간직한 복수를 위해 위대한 희생을 했군요. 나의 불행한 친구여!

—원제: 「我的鄰居」, 『地之子』, 베이징 : 미명사(未名社), 1928.11

이웃

隣家

수췬舒群

수췬(1913~1989)은 만주족 출신의 작가로서 '동북작가군(東北作家群)'의 대표주자이다. 본명은 리수탕[李書堂]으로, 헤이룽장[黑龍工]성 아청[阿城]의 노동자 가정에서 태어났다. 동북상선학교(東北商船學校)를 중퇴하고 1931년에 고향에서 항일의용군에 참가했고, 1932년 중국공산당에 가입했다. 1933년에 등단했으며 1935년 중국좌익작가연맹에 가입했다. 수췬의 대표작으로는 본 선집에 수록된 「이웃」과 「바다 저편」을 비롯해 「조국이 없는 아이[沒有祖國的孩子]」, 「노병(老兵)」, 「비밀 이야기[秘密的故事]」 등이 있다. 옌안 루쉰예술학원[延安魯迅藝術學院] 문학과 학과장, 동북대학 부총장, 동북영화제작사[東北電影制片場] 사장, 중국작가협회 비서장 등 직책을 역임하기도 했다.

아주 낡은 집이었다. 나무로 된 문짝과 창은 모서리마다 낡아서 부스러 기가 떨어졌다. 방 안은 곳곳에 거미줄이 쳐져 있었고 층층이 쌓인 먼지는 바람이 불거나 건드리기만 하면 쏟아져 내릴 것 같았다. 신발에 밟혀 닳아 버린 문턱은 이미 땅바닥과 평행선을 이루었고 벽 아래 밑바닥은 하나같이 초록곰팡이로 가득했다. 나는 곳곳마다 꼼꼼히 살펴보았지만 죄다 고개를 젓게 했다.

이 집 주인은 고려인인데 50세가 넘은 노부인이었다. 그는 고려인 고유 의 짧은 상의에 바닥을 끄는 긴치마를 입고 있었다. 흰색 옷이었지만 오래 된 때가 누렇게 끼어 있었다. 얼굴색은 창백했고 눈가와 입가에는 주름이 자글자글했다. 그녀는 내가 고개를 흔들자 방 안의 가재도구를 가리키며 나에게 보여주었다. 아름다운 철제 침대, 낮은 탁자, 옷장, 붉은색으로 칠 해진 의자 등이 있었다.

그녀가 말했다. "선생, 보세요. 모두 새 것이에요."

난 여전히 고개를 가로저었다.

그러자 그녀는 내 옷소매를 잡아끌더니 창문 두 개에 드리운 커튼을 활 짝 열어 내게 보여줬다. 뒤 창문 너머로는 쏭화강松花江의 물줄기가 흐르는 풍경이 보였고, 앞 창문으로는 시내에서 보기 드문 그윽한 거리가 눈에 들 어 왔다. 창밖에는 작지만 단단한 나무들로 둘러쳐진 울타리가 있었다. 나 뭇가지 사이가 촘촘하고 잎이 우거진 오래된 버드나무는 그 자체가 햇빛을 막아주는 가리개가 되어 여름날 뜨거운 태양의 열기를 막아 주고 있었다. 그녀는 나무 아래에 있는 긴 의자를 가리키며 말했다.

"선생, 여기에 세 들면 저기에서 시원한 냉차를 마실 수 있어요."

나는 고개를 끄덕였다. 하지만 얼굴을 돌려서 다시 고개를 저었다.

"선생, 여기에 세 좀 들어줘요!"

그녀가 간청하는 것 같아서 나는 하는 수 없이 이렇게 거절했다.

"고려인에게 세를 주는 게 낫지 않아요?"

"아니요, 고려인 중에 돈 있는 사람이 몇 명이나 되겠어요? 고려인에게 세를 주면 자주 방세가 밀려요. 그래서 중국인에게 세를 놓으려고 하는 거예요."

"우리가 같이 사는 건 불편하죠."

"선생, 그건 걱정 마세요. 우린 아주 좋은 이웃이 될 수 있어요!"

나는 다른 말 하지 않고 한마디로 거절했다.

"집이 너무 더러워요!"

그러자 그녀는 일꾼 두 명을 고용해서 하루 종일 시간을 들여 담벼락을 담홍색으로 칠하고, 테두리는 흑색으로 칠하고, 창틀은 기름칠을 해서 마치 용이 기어가는 듯 했다. 모든 곳이 새로 지은 집의 방 같은 데다 색조도 산뜻하고 예뻐서 마치 소녀의 침실 같았다.

나는 방 안의 가재도구를 모두 원래의 위치로 되돌려 놓았다. 침대는 창가 벽 가까이 붙였다. 탁자가 바닥 가운데 있어서 탁자 가장자리 네 군데에 의자 네 개를 넣어 두었다. 옷장은 한쪽 벽 구석에 기대어 두었다. 나는 손으로 담장을 더듬어 보고 다시 옷장 구석구석도 더듬어 봤는데 전부 습기에 젖어 있었다. 나는 옷장을 건조하고 시원한 곳에 두고 싶었다.

노부인이 손을 저으며, "선생, 걱정 말아요."

"옷들이 습기를 먹으면요?"

"그럴 리가요. 선생, 내가 알아요!"

"뭘요?"

"선생, 내가 여기서 일 년 넘게 살아서 알아요!"

나는 옷장을 옮기지 않았고, 나가서 나머지 물건들을 정리해 갔다. 노부

나의 이웃 – 조선인 제재 중국 단편소설선(1919~1945)

인은 급히 솔로 바닥을 깨끗이 닦았다. 나는 그녀의 주름진 얼굴이 근심스런 표정으로 굳어지는 것을 보았다.

창문의 양쪽을 모두 열면 바람이 서로 부딪쳐서 커튼이 쉬지 않고 펄럭거렸다. 창밖을 보고 있는 내 시선을 계속 가려 버리자 두 손을 허우적거리며 커튼을 치웠다.

갑자기 바람이 불어오자 문이 쾅 열리며 소리가 울렸다. 문짝이 담장에 부딪혀 멈추더니 테이블보가 바람에 날려 바닥에 떨어졌다. 나는 혼자 중얼거렸다.

"정말 시원하다!"

"선생, 이 방 정말 좋지요!" 노부인이 말했다.

"그러면 노부인은 이 방에 왜 안 사세요?"

"가난하니까요!"

"이 집 부인네 집 아니에요?"

"아니에요. 세든 거예요."

"돈이 없는데 어떻게 이 집을 빌렸어요?"

"우리 집이 식구가 많아요."

"얼마나 있는데요?"

"아들 셋에 며느리 셋, 딸 하나."

"아들은 일 안해요?"

"일하죠. 한 달에 수백 위안은 벌어요."

"그런데 왜 돈이 없다고 하세요?"

"지금 한 푼도 없으니까요!"

"아들은요?"

갑자기 그녀의 눈에서 눈물이 몇 방울 대야에 떨어지더니 작은 물거품이 일다가 부서지며 잔물결이 둥글게 퍼져나갔다. 더 이상 대야에 눈물이 떨어지지 않았다. 그녀는 눈물이 아까운 듯 옷소매를 잡아당겨 거기에 눈물방울이 떨어지게 했다.

나는 그녀를 눈여겨보다가 떨어진 새하얀 테이블보를 건네주었다.

"제가 마음 상하게 했나요?"

"아니에요. 선생."

그녀는 표정을 가다듬으며 가까스로 고개를 가로저었다.

나는 내 말이 그녀 마음을 건드려 눈물을 쏟게 했다는 생각이 들었다. 난 우리의 대화가 끝까지 이어질 수 있도록 다시 또 물었다.

"아들은요?"

"없어졌어요!"

"죽었어요?"

"아니요!"

나는 그녀가 말하는 것이 너무 이상하고 모호하다고 생각했다. 나는 짜증이 나서 손 가는대로 물건 하나를 침대 위로 내던졌다.

그녀는 바로 고개를 들더니 나에게 말했다.

"선생, 화내지 말아요, 정말이지 내 아들들은 하나도 죽지 않았어요."

"그렇다면 왜 없어졌다고 말하세요?"

"아들들 모두가 어떤 사람들에게 잡혀서 조선으로 압송되어 갔어요."

"범죄를 저질렀나요?"

그녀의 눈이 이쪽에서 저쪽 창가를 쳐다보더니 문 옆에서 멈췄다. 나를 향해 목을 길게 뻗더니 작은 소리로 말했다.

"우리 아들들은 독립군이요."

내가 주먹으로 침대 맡을 한 대 치자 소리가 울렸다.

"독립군이요!"

그녀는 바로 손으로 내 입을 틀어막으려다가 다리로 대야를 쳐서 물을 반이나 쏟았다. 그녀는 내 입에서 손을 떼었지만 감정이 격해지는 것 같았다.

"다시는 말하지 마시오!"

나는 그녀가 하라는 대로 하고픈 말도 꾹 참았다. 나는 단지 하나만 다시 물었다.

"판결이 났어요?"

"무기징역!"

그녀는 말을 다 하고는 긴 한숨을 토해냈다.

"며느리는요?"

"아들들 옥바라지 해 주기 위해 모두 조선으로 돌아갔어요."

"그러면 노부인은 왜 아직도 여기에 있어요?"

"전에 2년 계약을 해서 지금 물릴 수가 없게 됐어요. 방이 모두 일고여덟 개인데. 방 하나만 남기고 모두 세를 주었어요."

"딸은 아직 있어요?"

"있어요."

"어떻게 사세요?"

"……."

나이 든 그녀의 얼굴이 창피한 듯 빨개지더니 말을 꺼내지 못했다.

밤이 되자 시원하고 상쾌해졌다. 더위를 식히러 나온 사람들이 한가로이 거리를 거닐고 있었다. 나는 친구 쥔핑均平과 만나기로 해서 집에 있었다. 해가 지면서 바람도 그쳐버려 방 안은 대낮보다 더 더웠다. 턱 주변에서 땀이 뚝뚝 떨어졌다. 시계를 보니 곧 쥔핑과 만나기로 한 시간이라 방에서 나와 밖에서 그를 기다렸다.

하지만 버드나무 아래 긴 의자에는 이미 두 사람이 앉아 있었다. 한 사람은 노부인이었고 다른 한 사람은 젊은 아가씨였다. 그녀는 아직 스무 살도 되지 않은 앳된 얼굴이었다. 그녀는 동양인이었지만 서구식 옷차림을 하고 있었다. 허리에는 검은색 가죽벨트를 했고 발에는 하이힐을 신고 있었는데 맵시 있는 옷차림이었다. 의자에는 두 사람이 앉을 수 있는 자리가 있었지만, 나는 그녀를 낯설어 하는 눈빛으로 바라보며 긴 의자 옆을 지나쳐 갔다. 사방을 둘러봤지만 어느 곳에도 앉을 자리가 없었다. 긴 의자 뒤쪽에 판판하고 매끄러운 바위가 하나 있어 거기에 앉았다.

"일어나요, 일어나!"

노부인이 손을 흔들며 나를 불렀다. 나는 깜짝 놀라서 일어나 한달음에 그녀 앞으로 뛰어갔다.

"왜요?"

"그 바위에 앉지 말아요."

"어째서요?"

"거기는 개가 오줌 누던 곳인데."

그녀는 의자 바닥을 손바닥으로 탁탁 치고는 옆에 있는 딸을 가리키며 말했다.

"여기와 앉아요. 괜찮아요. 내 딸이에요."

내가 고개를 끄덕였더니, 딸이 나에게 미소 지었다. 천천히 입술을 양쪽으로 씩 올리니 양 볼에 작은 보조개가 보였다.

우리 셋은 서로 아무 말 안 해도 괜찮은 듯 서로 보고 있었지만 나는 이 적막한 침묵이 견딜 수 없었다. 하지만 바로 가버리는 것도 좋을 것 같지 않아서 그냥 생각나는 대로 노부인에게 말을 건넸다.

"노부인 방을 제게 세주면 노부인은 어디서 사시나요?"

"난 내 딸과 같이 살지요."

쥔펑이 왔다. 약속시간보다 한 시간이나 늦게 왔다. 나는 왜 늦었는지 묻지 않았다. 그가 또 술에 취했다는 것을 알았기 때문이다. 얼굴색은 새빨개졌고 걸음걸이는 엉망진창이었다. 나는 그를 안정시키려고 내 옆에 앉혔다. 그는 노부인과 딸을 주시해 보더니 나에게 물었다.

"저 사람들 고려인이야?"

나는 그가 주사를 부릴까 봐 그에게 듣기 싫은 말을 하기 시작했다. 그리고는 작은 소리로 경고했다.

"그래, 고려인이야. 이 사람들도 중국어 알아들어!"

"넌 왜 가난한 고려인과 같이 사는 거야?"

나는 그의 목덜미를 잡아끌었지만 노부인과 딸 모두 얼굴이 빨개져서는 화난 눈빛으로 그를 쳐다보았다. 몹시 난처한 상황에 처했다는 것을 느낀 나는 그를 막아서 더 이상 아무 말도 못하게 했다. 하지만 계속 주사를 부릴까 봐 걱정되었다. 나 또한 그들 모녀에게 자리를 뜨라고 하지 못하고 그들의 기분을 상하게 한 것이다. 결국 나는 어쩔 수 없이 그에게 말했다.

"자, 들어가서 새로 얻은 방을 보자!"

그는 자리에서 일어나지 않고 방 안을 둘러보더니 말했다.

"방은 좋은 편인데, 가난한 고려인은 별로야!"

노부인은 바로 자리에서 일어났다.

"가난한 고려인이 싫으면 네가 꺼져!"

"당신이 꺼져, 당신이 이 의자에 앉을 자격이 있다고 생각해?"

"어디로 가라고? 어디에 앉으라고?"

"당신 맘대로 가면 되지!" 쥔펑은 밖을 한번 둘러보더니 멀지 않은 곳에 있는 바위를 가리키며 말했다. "저기에 가 앉으면 되겠네!"

"왜 내가 저기에 앉아야 하는데?"

"저기는 망국의 노예가 앉는 자리니까!"

그들이 싸우는 소리를 듣고 있자니 가혹한 벌을 받고 있는 것 같았다. 이때 마침 낯선 남자 한 명이 와서 손을 흔들었다. 그녀들은 바로 얼굴에 미소를 띠며 그를 맞이했다. 그러자 그는 살금살금 딸에게 다가가더니 그녀를 음흉하게 껴안았다. 두 사람 얼굴 사이의 틈새로 바람이 불었지만 바람이 가는 길도 점점 가로막았다.

노부인은 옆에서 먼지를 닦아내는 등 정성을 다해 그 남자를 대접했다. 그런 후에 나는 그녀가 딸을 거들어 주며 그 남자를 방으로 들여보내는 것을 보았다. 하지만 그가 나오는 것은 다시 보지 못했다.

쥔펑이 가서 마음이 놓였다. 그가 일으킨 싸움은 끝난 셈이었다. 하지만 나는 노부인에게 사과의 말을 해야 했다. 적어도 이렇게 말해야 한다.

"제 친구가 술에 취해서 한 말이니 용서해 주세요!"

나는 긴 의자에 앉아 그녀를 계속 기다렸지만 그녀를 다시 보지 못했다.

날이 어두워졌다. 노부인 방에서는 벌써 불빛이 보였지만 내 방 안은 여전히 어두컴컴했다. 나는 방에서 문까지 이어진 복도를 주시하고 있었지만 흩날리는 그림자 속에서 노부인의 모습은 보이지 않았다. 그렇다면 어디에 간 것일까? 그녀 방에는 두 사람만 있었다. 한 사람은 그 딸이고 또 한 사람은 그 낯선 남자였다. 두 사람은 방 안을 오가기도 했고 한곳에 같이 앉아 있기도 했다. 얇은 창문 커튼으로 입술과 입술이 맞닿아 있는 것도 보였다. 나는 그들 그림자에서 새어나오는 웃음소리를 세세히 듣지 않아도 내가 알고자 하는 것을 분명히 파악할 수 있었고, 노부인이 그 방에 없다는 것도 확인할 수 있었다.

얼마 안 있어, 노부인은 식당 하인에게 찬합을 들려 데리고 방으로 들어

갔다. 방 안에서는 밥그릇이 달그락거리는 소리가 들렸다. 노부인은 요 하나를 안은 채 밖으로 나와 문가 복도에 조용히 있었다. 내가 그녀를 부르려고 했을 때 그녀는 이미 자리에 누워서 팔베개를 하고 있었다.

딸이 나와 그녀에게 음식을 가져다주고는 낮은 소리로 몇 마디 말을 했다. 나는 완전히 알아듣지 못했다. 딸이 들어가자 그녀는 앉아서 음식을 먹기 시작했다.

이 틈을 타서 나는 그녀에게 몇 마디 말을 건넸다.

"여기서 자려고요?"

"그렇소, 선생."

"딸과 같이 산다고 하지 않았어요?"

그녀는 음식 때문에 목구멍이 막힌 듯 한동안 아무 말도 하지 못했다. 그런 후에 시선을 피하며 말했다.

"항상 이런 것은 아니요. 이럴 때만 밖에서 자는 거요."

"왜요?"

"살기 위해서지요!"

이때서야 나는 딸이 몸을 팔아 번 돈으로 노부인이 살아가고 있다는 것을 알았다. 하지만 그녀는 나에게 잘해 주었다. 매일 한 번씩 방바닥을 청소하고 방 안의 가재도구를 닦아주었다. 어느새 내 하인이 된 것 같았다. 어떨 때는 바로 거절했다가 어떨 때는 정중히 사양했다. 그녀는 매달 방세로 2위안을 더 받았다. 그녀는 내 말을 듣지 않았다. 그녀의 안색이 근심스러워 보일 때마다 어젯밤에 딸이 손님을 받지 않았다는 것을 알게 되었다. 그러면 딸은 기분이 좋아 보였다. 만약에 딸이 슬퍼 보이면 그녀는 기분이 좋아서 맛있는 음식을 했고, 나에게 한 접시 주기도 했다.

"선생, 고려 음식인데 맛 좀 보세요."

"감사합니다."

나는 음식을 받아 탁자에 두고는 쳐다보았다. 한두 입 먹었을 뿐인데 하루 종일 소화가 되지 않았다. 게다가 숨 쉬는 것도 평상시와 다르게 편하지 않았다.

하지만 우리들 사이의 우정은 나날이 좋아졌다. 어느 날 내가 아프면 그녀는 어머니처럼 나를 돌봐주었다. 마찬가지로 나도 마음을 다해 그녀를 돌봐주었다. 한번은 그녀가 복도에서 자는데 고개를 돌린 채 눈물을 흘리며 작은 소리로 흐느껴 우는 것을 보았다. 그날 내가 왜 그녀 곁에서 물어봤는지 모르겠다.

"왜 그러세요?"

그녀는 울음소리를 조금 더 크게 낼 뿐이었다. 나는 그녀에게 가까이 다가가서는 그녀의 옷소매를 잡아 당겼다.

"무슨 일 있었어요?"

그녀가 끝내 말하려고 하지 않자 나는 가서 잤다.

이른 아침, 쏭화강에 있는 어선들이 막 돛대를 펼치고 있었다. 강변 둑에는 아직 낚싯대가 보이지 않았다. 나는 노부인 방에서 싸우는 소리에 놀라 깨어났다.

나는 잠옷을 걸치고 창문의 커튼을 열어젖혀 햇빛이 방 안을 비추게 했다. 처음에 문 가까이에 귀를 갖다 댔다가 다시 문을 열어젖혔다. 노부인 방의 문이 반쯤 열려 있는 것이 보였다. 한 낯선 남자가 펄쩍펄쩍 뛰며 건장한 주먹으로 탁자와 의자를 내리쳤다. 꽃병이 엎어졌고 꽃은 으스러져 바닥에 흩어졌다. 딸은 손바닥으로 눈을 가리고는 흐느껴 울고 있었다. 노부인은 문 옆에서 왔다 갔다 하고 있었다. 오갈 때마다 나는 고개 숙인 채 턱을 괴고 있는 노부인의 그림자를 보았다.

어디에서 왔는지는 모르겠지만 두 사람이 노부인의 문 앞을 가로막았고 내 시선도 가로막았다. 이때 그들 세 사람이 말하는 것이 들렸다. 그들이 말하는 어조를 통해 좀 누그러졌는지 아니면 더 격렬해졌는지 파악하려고 했다. 몇 마디 격렬한 언쟁이 오고간 뒤에 낯선 남자가 옷을 집어 들고는 문 밖으로 뛰쳐나갔다. 노부인은 그를 쫓아가 그의 팔뚝을 잡았다. 그는 노부인을 발로 세게 차고는 가 버렸다. 노부인은 넘어지면서 이마를 땅바닥에 부딪쳐 피가 흘렀다.

나는 뛰어나왔다.

"일어나세요!"

나는 그녀에게 가까이 다가가 두 팔을 부축했다.

"일어나세요!"

나는 그녀를 부축해 일으켜 세웠다. 딸이 뛰어나오자 그녀의 팔을 딸에게 넘겨주었다. 하지만 딸은 받지 않았다.

"선생, 제 곁에 있어 주세요!"

"왜 그러세요?"

"우리 방에서 얘기 좀 했으면 해요."

그녀의 방에는 처음 들어왔다. 방 안 곳곳을 살펴보니 가재도구는 단출하고 아주 평범했다. 철제로 된 침상이 가장 아름다웠다. 침상에는 복숭아꽃이 정교하게 수놓아진 복숭아 색 천 가리개가 드리워져 있었다. 천 가리개 중앙에는 반짝이는 작은 구슬들이 박혀 있었고, 사각 모서리에는 각양각색의 생화가 꽂혀 있었다. 꽃들은 아직 시들지 않아서 마치 꽃가마를 방 한구석에 놓아둔 것처럼 아주 예뻤다.

바닥에는 과일 껍질과 깨진 찻잔 조각들이 널려 있었다.

노부인은 탁자에 걸터앉고는 울음을 그치지 않았다. 내가 말했다.

"울지 마세요!"

그녀는 내 말을 들으려 하지 않았다. 나는 물었다.

"저는 어째서 노부인이 우는 걸 자꾸 보는 걸까요?"

"선생, 우리 선생, 내 사는 것을 봤잖아요. 어찌 울지 않을 수 있겠소?"

내가 말이 없자 그녀가 말하기 시작했다.

"선생이 보니까 가버린 그 남자요. 이곳에서 하룻밤 묵으면서 저녁밥도 먹었지만 돈 한 푼 내지 않았어요. 게다가 나까지 때렸잖아요."

"그 사람이 여기서 묵었던 손님이에요?"

내가 묻는 말을 들은 딸은 바로 울음을 터뜨렸다. 노부인은 그녀를 달래면서 나에게 대답했다.

"네네."

"그러면 왜 먼저 숙박비를 받지 않았어요?"

"선생은 모르겠지만 그 사람은 일어 통역관이오."

"그러면 돈을 내지 않아도 돼요?"

"그 사람이 우리를 보내 준다고 했거든요."

그 후, 나는 그가 다시 오는 것을 보지 못했다. 여기에 온 사람들은 모두 또 다른 낯선 남자들이었다.

노부인은 아직도 복도에 있었다. 긴 의자에 앉아서 방 안에서 부르기를 기다리고 있었다. 그녀는 피곤한지 눈을 감고는 꾸벅꾸벅 졸았다. 그러다 갑자기 기지개를 켜며 하아~ 하고 하품을 하면서 눈을 비볐다.

나는 그녀의 피곤을 덜어 주려고 말을 걸었다.

"자, 우리 얘기 좀 해요!"

—원제: 「隣家」, 『문학대중(文學大衆)』 제1권 1호, 1936.1

또 다른 거래

另一種交易

리후이잉 李輝英

리후이잉(1911~1991)은 만주족으로 지린[吉林]성 출신이다. 본명은 리롄추이[李連萃]이며 한때 리둥리[李冬禮]라는 이름을 사용하기도 했다. '동북작가군'의 한 사람으로 1930년대 비교적 이른 시기에 유명해졌다. 중일전쟁 종료 후에는 몇 군데 대학에서 교편을 잡기도 했으며 1950년부터는 홍콩에 거주하며 글을 썼다. 동북 지역에서의 항일을 제재로 많은 소설을 썼으며 학술저서도 여러 권 있다. 장편소설로는 『만보산(萬寶山)』, 『송화강에서[松花江上]』 등이 있고 단편소설집으로 『어두운 일요일[黑色的星期天]』, 『명류(名流)』 등이 있으며 산문을 모은 『향토집(鄕土集)』, 『재생집(再生集)』 등을 내기도 했다. 학술저서로는 『중국현대문학사』, 『중국소설사』 등이 있다.

1

날이 어둑해졌을 무렵 환環이가 없어졌다. 어디로 간 것일까? 엄마 아빠는 시내에 있는 모든 파출소에 가서 길 잃은 아이를 맡고 있는지 물어보았지만 어떤 소식도 알아내지 못했다. 환이는 엄마 아빠의 사랑스런 아이였다. 환이를 찾지 못한 채 집으로 돌아온 엄마 아빠는 누구도 잠을 이룰 수 없었다. 무언가가 그들의 마음을 흔들어 대는 것처럼 마음을 진정시킬 수 없었고, 몸 어딘가에 상처를 입은 것처럼 온몸이 아팠다. 환이가 보고 싶어서였다. 여섯 살인 환이는 그 모습이 정말 귀여웠다. 날마다 엄마 아빠에게 애교를 부리며 사탕을 받아먹고 엄마 아빠에게 웃음을 주었다. 그리고 자주 음이 맞지 않는 노래를 부르곤 했다. 조그맣고 발그레한 양 볼의 보조개는 정말 예뻤다. 통통하고 조막만 한 손, 홍조 띤 작은 얼굴, 반짝반짝 빛나는 눈망울은…… 아, 정말이지 생각해서는 안 된다. 더 생각했다간 엄마와 아빠는 아마도 미쳐 버릴 것이다. 피붙이를 잃어버렸는데 마음이 찢어지지 않을 이가 어디 있겠는가. 뜨거운 눈물이 두 사람의 두 눈에서 흘러내렸다. 둘은 울면서 서로에 대한 원망을 그치지 않았다. 남편이 말했다.

"내가 거의 매일 당신한테 말했잖아. 아이 조심하라고, 아이 조심해야 한다고. 그런데도 당신은 별로 신경을 안 쓰는 것 같더니 이번에 어떻게 됐냐고? 아이가 없어졌잖아. 찾을 수도 없고 행방도 알 수 없는데 어떡하면 좋아! 어떡하면 좋겠냐고!"

"나 원망하지 마. 내가 일부러 잃어버린 게 아니잖아!" 아내는 흐느끼며 말했다.

"저녁밥 먹을 때까지도 집 안에서 놀고 있었어. 아이가 어떻게 혼자 나갔는지 설거지하려고 할 때까지 몰랐어, 내가 얼마나 애를 쓰며 그 애를 돌

봤는데!"

아내의 원망은 계속되었다.

"내가 진작 사람을 쓰자고 말했잖아. 하지만 당신은 끝내 듣지 않았어. 집안일은 늘 몸이 몇 개라도 모자랄 지경이야. 내가 손발이 여러 개 달렸어도 다 보살필 수는 없다고."

침대에 누운 그녀는 너무나 마음이 아파서 온몸으로 발버둥을 쳤다. 말할 수 없는 후회가 끝이 없는 듯 했다. 냉정하게 보면, 이 광경은 죽어가는 자가 마지막 남은 목숨을 걸고 몸부림치는 것 같았다.

그녀는 목 놓아 울다가 겨우 나오는 목소리로 외쳤다.

"환아, 환아, 도대체 넌 어디에 간 거니? 왜 돌아오지 않는 거니!"

한바탕 소리를 지르고 고개를 들어 방을 바라보자 방구석에 환이의 그림자가 보이는 것 같았다. 그러나 그림자가 벽에 반사된 자신의 모습이라는 것을 깨닫자 아이의 그림자는 더 이상 보이지 않았다. 그러자 그녀는 다시 목이 메서 울기 시작했다. 아내는 더 화를 내며 남편을 원망하기 시작했다.

"그 빌어먹을 학당은 월급도 제때 주지 않잖아. 그래서 우리가 돈이 없어 사람도 쓸 수 없게 말이야! 됐어, 됐어! 그런 괴로운 마음으로 가르치러 갈 것 없어!"

남자의 마음도 여자와 똑같이 아프고 슬펐다. 아내가 자신을 비난하고 질책할 때는 정말 화를 내고 싶었지만 다행히도 그의 마음은 온통 환이를 잃은 슬픔으로 가득 차 있었다. 그렇지 않았다면 그는 아내와 한바탕 싸웠을 것이다. 왜냐하면 그녀가 하는 말은 쓸 데 없는 말들이라 듣기에 불쾌할 뿐이었다. 남편은 의자에 앉아서 두 손으로 머리를 박박 긁어댔다. 마치 머리에 이가 생겨 가려워 긁지 않고는 참을 수 없는 것 같았다. 잠시 뒤에 그는 갑자기 두 손을 있는 힘껏 짝 치더니 만족할 만한 답을 얻은 것처럼 일어

섰다. 하지만 두 걸음도 못 가서 다시 주저앉아 버리고는 처음으로 긴 한숨을 내뱉었다.

방안은 몹시 갑갑했다. 뜨거운 숨결이 산을 밀어내고 바다를 뒤엎을 듯 방안을 에워싸며 올라왔다. 부부는 숨을 크게 쉴 여력조차 없는 듯이 온몸이 슬픔으로 가득했다. 전등이 흐릿한 불빛을 밝히자 안개를 흩뿌려 놓은 듯 방 안을 뿌옇게 뒤덮었다. 두 사람의 숨소리는 너무나 무거워 시계추가 째깍째깍 움직이는 소리조차도 단번에 눌러버리는 듯 했다. 방 안은 죽어 가는 자의 숨결로 가득했다.

하루 종일 집안에서 폴짝폴짝 뛰며 웃음을 자아내던 귀여운 아이를, 또 자신의 피붙이를 부모가 되어 어찌 그리워하지 않고 마음 아파하지 않을 수 있겠는가? 아이는 그들의 중심이었다. 중심을 잃어버리자 가정은 균형이 깨져 평온한 상태를 유지할 수 없게 되었다. 엄마는 아이가 가지고 놀던 장난감 기차를 봐도 울기 시작했고, 아이가 입던 옷을 봐도 울기 시작했다. 아이와 관련된 물건은 모두 하나같이 눈물을 자아냈다. 이는 마치 가족이 죽은 후에 그의 유품을 보면 침울하고 비통한 마음이 드는 것과 같았다. 이와 같은 일이 그녀의 어머니가 세상을 떠났을 때도 한번 있었다. 다만 시간이 조금 걸렸을 뿐 지나갔었다. 왜냐하면 당시 그녀는 막 결혼을 해서 남편이 곁에서 항상 위로와 깊은 사랑을 주었기 때문에 아주 쉽게 잊을 수 있었다. 또 한번은 남편이 그녀와 떨어져 외지에서 근무할 때였다. 남편이 집을 떠나고 그녀 혼자 집에 남아 있을 때 물건을 보면 사람이 그리워져 슬퍼했던 적이 있었다. 하지만 그 역시 길지 않았다. 왜냐하면 그녀는 나중에 다시 만날 때의 달콤한 장면을 떠올리며 짧은 이별의 쓴 맛을 다시 만났을 때의 기쁨으로 삼았기 때문이다. 이는 비할 데 없이 달콤했다. 하지만 이번에는 달랐다. 아이의 행방을 전혀 모르니 찾을 가망이 없었다. 그래서 더욱 마음이 아프고 슬퍼서 아이의 물건을 보기만 해도 탄식을 하지 않을 수 없었다.

시계소리가 11시를 울리자 시간이 확실히 더디 갔다. 남편은 자야 할 때구나 라고 생각했고 내일 1교시에 수업이 있다는 것도 생각났다. 늦게 자서 일어나지 못하면 수업에 지장을 주게 될 것이다. 그는 자야 했다. 그는 침대로 가서 자라고 아내를 달래주었다.

"됐으니 그만 울어. 내일 2교시 수업 끝나면 다시 파출소에 가서 찾아볼게. 원한다면 신문에 내서 찾을 수도 있어."

"당신은 아직도 수업 생각이야?" 아내는 분개하며 말했다.

"하! 당신 아주 말도 잘하네. 자기 자식을 잃어버렸는데 남의 집 자식을 가르치러 간다고? 당신은 뭐가 중요한 일인지도 분간할 줄 모른다고! 신문에 낸다니……."

그녀의 말투가 비교적 차분해졌다.

"그거라도 해야겠어. 운간각雲間閣에 가서 점이라도 봐야겠어. 남들이 신통하다고 하니 우리도 한번 보러 가요."

"내가 어떻게 그런 미신 같은 것을 믿는단 말이야?"

"병이 생기면 의사에게 진찰 받듯이 어떤 방법이라도 다 해보는 거야."

"두 시에 수업하지 않으면, 음…… 2위안을 공제한다고."

남편은 아내가 방금 화가 나서 한 말을 떠올리고는 이치에 맞지 않다고 생각했다. 그는 동의하지 않을 뿐 아니라 그 이유에 대해 분명히 말했다.

"아이의 운명이 정해져 있다면 찾을 수 없는 거야. 수업이 있든 없든 찾을 방법은 아무것도 없는 거라고. 집에서 쓸데없이 조급해 하니 차라리 수업하러 가는 게 낫지. 마음도 가라앉힐 수 있고 돈도 받을 수 있으니까."

"제하라고 해요. 더 많이 제해도 괜찮아. 당신도 이제 더는 못 갈 거야.

말해 봐. 아이가 중요해, 2위안이 중요해? 가세요. 당신하고는 말이 안 통하니 수업하러 가요."

"됐어! 됐다고!" 남편은 화가 치밀어 올랐다.

"소란 피우지 마. 쓸데없는 말도 하지 말고 먼저 자라고. 시간이 늦었으니 내일 다시 방법을 생각해 보자고."

그러나 두 사람은 누구도 잠들지 못하고 내내 몸을 뒤척였다. 머릿속에 기계 한 대가 들어가 멈추지 않고 돌아가는 것처럼 혼미했다. 뒤척일 때마다 아내가 말했다.

"당신 좀 들어봐. 환이가 울고 있는 것 같아." 그렇지 않으면 이렇게 말했다.

"환이가 엄마를 부르는 것 같은 소리를 들었어."

그녀는 남편을 다그쳐 같이 일어나 나가 문을 열었다. 아이를 안아 오기 위해 가슴 가득 뜨거운 희망을 품은 채 갑갑하고 어두운 방을 뛰쳐나갔다. 그러나 대문을 열었을 때 골목에서 서늘한 밤바람과 어두운 밤기운이 확 끼쳐 왔다. 이것 밖에는 더 이상 환이의 그림자도 볼 수 없었고 환이가 엄마를 부르는 소리도 들을 수 없었다. 실망한 채 침대로 돌아온 그녀는 더욱더 비통한 마음으로 목 놓아 울었다.

2

시간을 저녁식사 뒤로 다시 돌려보았다. 그때 환이는 집안에서 엄마가 설거지하는 것을 보고 있었다. 그 뒤에 어떻게 갑자기 대문 밖으로 나갔는지는 모르겠다.

날은 점점 어두워졌지만 아이는 거리에 오가는 사람들로 북적거리는 것을 보고는 재미있다고 느꼈는지 발걸음을 멈추고 움직이지 않았다. 어느 사이에 갑자기 살구를 파는 행상 한 명이 다가왔다. 보기에도 예쁘고 먹음 직스러운 빨갛고 노랗고 하얀 살구를 본 아이는 군침을 흘렸다. 몇 번을 생 각해도 몇 개 사 먹고 싶었다. 그때, 며칠 전 엄마가 과일은 전염병을 옮길 수 있으니 먹지 말라고 한 말이 떠올랐다. 엄마는 분명히 안 된다고 할 테 니 말도 꺼내지 못했을 것이다. 게다가 엄마가 아이 혼자 밖에 있다는 것을 알았다면 분명히 아이를 집으로 들어가게 했을 것이다. 그랬다면 아이는 살구 앞에 조금 더 머물 기회조차 없었을 테니 엄마를 부를 수 없었다. 이 런 소소한 걱정을 하던 아이는 정말로 엄마를 부르러 가지 않고 살구 행상 이 가는 것을 아쉬운 마음으로 바라보고 있었다. 바로 그때 아이 옆으로 한 여자가 걸어와 환이의 손을 잡아끌고는 조심스럽게 작은 소리로 물었다.

"꼬마야, 니 실구 먹고 싶지? 내가 사 줄 테니 일른 가자. 나 돈 있어. 자, 내가 한 보따리 사서 며칠은 먹게 해 줄게. 겁먹을 거 없어. 네 엄마 잘 알아."

환이는 처음에 이 낯선 사람을 약간 의심했지만 엄마와 안다는 말을 듣 고는 마음이 놓여 그 사람을 따라 갔다. 아이는 여자가 사주는 살구를 걸어 가면서 먹었다. 새콤달콤한 게 정말 맛있었다. 그러나 아이가 자기도 모르 게 어떤 집으로 들어가고 있었고 뭔가 잘못되었다는 것을 느껴 집으로 돌 아가려고 했을 때는 이미 자기 마음대로 할 수 있는 자유를 잃어버린 상태 였다. 그 사람은 아이를 못 가게 막았다. 정말 큰일이 난 것이다. 아이는 손 안에 있던 살구를 내던지고는 말했다.

"안 먹어요. 엄마 보러 집으로 돌아갈 거예요."

아이가 있는 힘껏 밖으로 뛰어 나가려고 하자 누가 퍽하고 아이의 머리를 한 대 쳤다. 아이는 눈앞이 캄캄하고 머리가 마비된 것 같아 몸을 몇 번 휘청거렸다. 다행히 힘을 내서 문짝에 기댈 수 있었다. 그렇지 않았다면 쓰러졌을 것이다.

아이가 울기 시작하자 다시 손찌검이 두 번 세 번 날아왔다. 또 손찌검이 날아오자 아이는 맞는 것이 무서워 울음을 그치고는 그 자리에서 땅바닥에 주저앉아 버렸다.

"그러게 누가 먹을 걸 탐내라고 했어!" 여자가 소리쳤다.

"다시는 집으로 돌아갈 생각하지 마! 여기가 바로 네가 살 새 집이니까."

환이는 무서움에 한마디도 못하고 온몸을 벌벌 떨며 뒤로 기어서 벽 구석으로 갔다. 이때 방 안에서 남녀 한 쌍이 걸어 나왔다. 환이는 옷차림새를 보고는 한번에 그들이 어떤 사람인지 알았다. 중국인도 일본인도 아니지만 중국인이나 일본인과 신체나 생김새가 비슷한 또 다른 나라 사람. 보통 고려인이라고 부른다. 환이는 자기에게 살구를 사준 그 여자가 웃는 얼굴로 그 두 사람과 말하는 것을 보았다.

"이 아이 어때요? 나쁘지 않죠? 생김새도 괜찮고 똑똑해요."

남자 고려인은 아이를 한번 쳐다보고는 고개를 끄덕였고, 여자는 아이 손을 앞으로 잡아끌더니 뚫어지게 쳐다보았다. 여기는 완전히 낯선 곳, 아이는 두렵고 무서웠다. 아이가 울자 여자는 늘 하던 대로 아이의 머리를 몇 대 때렸다. 아이는 어떤 올가미에 걸려든 것 같았다. 아이가 죽도록 울어도 누구 하나 그를 가여워하지 않았다. 아이는 울지 않기로 했다. 그리고 문득 이웃집 할아버지가 말했던 아이 유괴범에 대한 이야기가 생각났다. 그것은 아이의 눈과 심장을 도려냈다는 이야기였다. 아이는 무서워서 이 세 사람을 차마 쳐다보지 못했다. 아이는 그들이 바로 유괴범으로 자신의 심장을 칼로 도려낼 것 같았다. 울어도 소용이 없을 것 같았다. 아이는 눈을 반쯤

감은 채 그들에게 애원했다.

"저를 돌아가게 해 주세요. 엄마를 찾아가서 살구 값을 물어달라고 할게요. 저를 풀어주세요." 아이는 자기가 그 사람의 살구를 먹었기 때문에 붙잡아 둔 것이라고 생각했다. 그래서 엄마가 살구 값을 물어주면 풀어줄 지도 모른다고 생각했다. 하지만 잘못 생각한 것이었다. 아이는 육중한 손으로 또 머리를 맞고 있다는 것만 느낄 뿐이었다. 아이는 더 이상 소리도 내지 않고 그냥 눈을 감은 채 그들이 하는 대로 맡겨둘 뿐이었다. 아이는 소리를 질러 다른 사람에게 구조를 요청하고 싶었지만 목소리가 나오지 않았다. 밖으로 도망쳐 볼까도 했지만 대문이 굳게 닫혀 있어 죽은 척했다. 아이는 두런거리는 소리가 갑자기 귓가에 맴도는 것을 듣고는 살며시 눈을 떴다. 그를 끌고 왔던 여자와 그 외국인이 말하고 있었다. 그녀가 말했다.

"얼마나 할 것 같소?"

"아이는 괜찮은데 좀 작은데."

"작으면 좀 씨게 받을게요."

"그러면 10위안으로 하지."

"좀 더 써요." 그 여자가 졸랐다.

"그래도 물건이 좋으니 더 많이 줘야 맞죠."

"그러면 밀가루 열 포대 더 줄게."

처음에 환이는 그자들이 값을 두고 흥정하는 말을 잘 이해하지 못했다. 밀가루가 무엇인지도 몰랐다. 나중에야 불현듯 그것이 바로 자신을 팔려고 흥정하는 얘기라는 것을 알았다. 10위안과 밀가루 열 포대는 그를 팔아 얻은 값이었다. 그렇다. 아이가 추측한 것이 맞았다. 아이는 그 남자가 그녀에게 지폐 한 장을 건네고 나서 또 작은 종이뭉치 열 개를 주는 것을 보았다. 그 여자는 고맙다는 말을 몇 번 하고는 바로 대문을 열고 나가버렸다.

아이는 자신이 이미 한 사람이 아니라 하나의 상품으로 돈을 받고 팔린다는 사실을 알게 된 것이다. 대문이 열린 것을 본 아이는 이 절망을 벗어나야겠다는 마음이 들었다. 아이는 그 여자 뒤를 따라 도망치려고 했다. 하지만 그가 아직 문에 닿기도 전에 묵직한 것이 머리를 한 대 치는 느낌을 받았다. 아이는 바로 쓰러졌고 어떤 것도 생각나지 않았다.

환이가 정신을 차렸을 때, 그는 자기가 어떤 방에 앉아 있는 것 같았다. 그곳은 침실인데 큰 온돌이 있었고 그 위에 거적을 한 겹 깔아 놓았다. 온돌 위에서는 서너 명의 아이들이 서로 치고받으며 싸우고 있었다. 그 아이들은 눈을 떠 환이를 보더니 신발도 신지 않고 바닥으로 껑충 뛰어내려 눈송이가 흩날리듯이 손바닥으로 환이의 몸을 구타했다. 환이는 맞은 곳에 화끈 열이 달아오르는 것을 느낄 수 있을 뿐 아픈 줄도 몰랐다. 아이들 모두가 환이에게 침을 뱉고 콧물을 묻혔다. 게다가 한 아이는 개구멍바지를 벌리더니 환이 얼굴에 오줌을 갈겼다. 환이는 더 이상 참을 수 없어 일어나 반항을 하려고 했다. 쥐도 궁지에 몰리면 고양이를 무는 법이니까. 하지만 환이는 다시 큰 아이에게 맞았다. 환이는 탈출할 수도 반항할 수도 없었다. 단지 아이들의 학대를 받아들이는 수밖에 없었다. 온몸이 오물로 뒤범벅이 되었다. 지금 그는 오히려 어떤 것도 무섭지 않았다. 나중에 두고 보자 할 뿐이었다. 아이는 자신이 살구를 탐내지 않았더라면 사람들이 자신을 물건처럼 팔아버려 이런 고통을 받게 하지 않았을 텐데 하고 후회했다. 이때 그와 비슷한 또래의 아이가 맞아서 들려왔다. 이것을 보고 환이는 자기가 어떻게 이 집으로 들어왔는지 알게 되었다. 환이를 괴롭히던 아이들이 싫증이 난 듯이 환이를 내던지더니 그에게 했던 온갖 희롱과 잔인하고 난폭한 짓을 새로 온 아이에게 또 하고 있었다.

얼마 지나지 않아 어른 두 명이 온돌바닥에 앉아서는 새로 온 두 아이를 뚫어지게 쳐다봤다. 술에 취한 그들은 얼굴에 벌겋게 핏대가 서 있어 정말 무서워 보였다. 환이는 그들이 자신의 심장을 도려낼 궁리를 하고 있다고 생각했다. 아이는 바로 눈을 질끈 감고 다시 뜨지 못한 채 죽음을 기다리고 있었다. 그러나 그들은 아이들의 심장을 도려내지 않는 대신 아이들에게 바닥을 청소하게 하고 타구와 오줌통을 치우게 했다. 환이는 집에 있을 때 이런 일을 해본 적이 없었다. 엄마는 아이를 보배처럼 여기며 보살펴 주었기 때문이다. 그러나 지금 아이는 다른 사람의 시중을 들어야 했다. 여기까지 생각하자 그는 설움에 북받쳐 울어버렸다.

뒤에 들어 온 그 아이의 얼굴은 창백했고 눈두덩은 부어있었으며 온 몸은 진흙투성이였다. 그 아이를 본 환이는 그가 바로 자신이라는 생각이 들었다. 두 아이는 아무 말 없이 멍하니 서로를 주시하고 있었다. 밤이 되자 흉악범들은 하나둘 잠이 들었다. 남은 술꾼 두 명은 온돌에 누워서 두 아이에게 부채질을 하라고 시켰다. 그때서야 비로소 아이는 지금이 여름밤이라는 것을 깨달은 듯 자신의 몸에서 땀방울이 비 오듯 뿜어져 나오는 것을 보았다.

3

다음날 아침 환이 아빠가 정신없이 자고 있는데 갑자기 대문 두드리는 소리가 들렸다. 지난밤 이후 동틀 무렵에야 눈을 붙인 그는 충분히 자지 못해 아주 피곤했다. 문을 열려고 나가려는데 아내도 놀란 듯 깨어났다. 아이가 없는 빈 침대를 바라보던 아내는 두 눈이 새빨개지도록 눈물을 쏟아냈다. 그녀는 대문 두드리는 소리조차 좋은 징조라고 생각했다. 그래서 나가려는 남편을 급하게 부르며 말했다.

"환이 아빠, 대문을 이렇게 두드리는데 혹시 경찰이 아이를 데려온 게 아닐까? 얼른 나가서 대문을 열어요!"

이어 아내도 침상에서 내려와 남편과 함께 대문을 열려고 나갔다. 대문을 열면 바로 환이를 볼 수 있고 아이를 품 안에 안아 입 맞추며 기뻐할 모습을 떠올린 아내는 바로 눈앞에서 꽃송이들이 눈부시게 피어나는 듯 즐겁고 온몸에 용기가 끝없이 솟아오르는 것 같았다. 하지만 남편이 떨리는 손으로 대문을 열었을 때 두 사람은 완전히 실망했다. 문 앞에는 환이의 그림자조차 보이지 않았고 낯선 여자 한 명이 서 있었다. 모르는 사람이었지만 무슨 용건이 있는 것 같았다. 실망한 나머지 남편은 내키지 않은 말투로 물었다.

"저, 무슨 일이죠?"

그 여자는 대답하지 않고 오히려 되물었다.

"당신들 혹시 아이를 잃어버리지 않았나요?"

이 말을 들은 부부는 실망한 마음을 거두고 다른 희망이 있을 거라는 생각에 기쁜 마음이 끝없이 솟아났다. 그들은 그녀가 아이의 실종에 대해 좋은 소식을 가져왔을 거라고 생각했다. 아이를 찾을 길 없어 괴로웠던 그들에게 얼마나 기쁜 일이겠는가! 아이의 엄마는 급하게 "맞아요"라고 대답하고는 바로 다시 물었다.

"당신이 안다는 건가요? 아이가 어디에서 없어졌는지 안다는 건가요?"

"내가 쓸데없이 온 건지 모르겠어요."

"그럼 우선 집 안에 들어와서 얘기합시다."

남편은 이 낯선 손님을 집안으로 들여서 이 사건에 대해 더 상세히 알아볼 생각이었다.

"차 한 잔 드시고 다시 얘기하죠."

그 낯선 손님은 전혀 사양하지 않고 집 안으로 들어왔다. 그녀는 앉지마자 자세히 물어보기도 전에 직접 설명했다.

"어제 저녁에 댁 문 앞을 지나가는데 어떤 사람이 살구를 사서 당신네 아이를 유괴하는 것을 봤어요. 나는 아는 사람일 거라 생각하고는 신경 쓰지 않았죠. 그런데 어떤 외국인 집으로 들어가더니 다시 나오지 않더라고요. 일이 심상치 않다고 생각했죠. 그래서 이른 아침에 당신들에게 어떻게 된 일인지 물어보려고 온 거예요."

"틀림없네요."

엄마는 얼른 아이의 생김새와 나이를 말했다. "바로 이 아이입니다."

"맞아요. 아드님이 틀림없네요." 그녀는 연달아 담배를 피우더니 말투를 바꿔 말했다.

"나를 만났으니 다행이지, 그렇지 않았다면 정말로 언제 소식을 들을 수 있을지 몰랐을 거예요."

"정말 감사드립니다." 남편은 비할 데 없이 기뻤다.

"그 사람은 어디에 삽니까? 경찰과 함께 가서 아이를 빼내 옵시다."

"안 돼요! 안 돼!" 그 사람은 연달아 '안 된다'고 말했다.

"외국인이 관련된 일은 중국경찰이 간여할 수 없다고 들었어요. 가도 헛걸음치고 아이도 빼내 올 수 없을 거예요. 마음고생을 더 해야 된다는 게 아니라 제 생각에 그렇다는 겁니다." 그녀는 잠시 생각을 하더니 계속 말했다.

"이럴 땐 은밀하게 해결해야죠. 돈을 좀 쓰면 되거든요. 죄송하지만 부인이 제 제보를 사면됩니다." 그녀는 말을 마치고는 희한한 웃음을 지어보였다.

"먼저 우리를 그 집에 데려다 주세요. 아이를 만나면 당신에게 꼭 돈을 드릴게요." 아내는 말을 마치고 남편과 함께 그 사람을 따라갔다. 부부는 온통 기쁜 마음이었다. 아내는 속으로 '이렇게 좋은 사람이 제보를 해 준 것은 정말 다행스런 일이니 사례금을 많이 줘야지' 하고 생각했다. 만약에 이 여자가 바로 자신의 아이를 유괴한 파렴치한 범인이라는 것을 알았다면 아내는 얼마나 분노했을까. 그녀와 목숨 걸고 한 판 싸우려 들었을 것이다!

남편은 쉽게 해결할 수 없는 일에 얽혀들었다는 것을 깨달았다. 그는 이 외국인들이 극악무도한 무뢰한들이라는 것을 진작 알고 있었다. 그래서 아이에 대한 걱정으로 손에 진땀이 났다. 관청 쪽에서 이 자들과 무슨 협상을 한다고 해도 그들의 만행은 그치지 않을 것이며, 그 한 사람의 힘으로 이 곤경에서 빠져나올 가능성은 아주 낮다고 생각했다. 그는 비관적이지만 앞으로의 일이 어떻게 되든 아이가 마주한 운명에 뛰어들지 않을 수 없었다. 아내는 아주 빨리 걷다가 자꾸 남편 쪽으로 가서 남편의 걸음이 느리다며 책망했다. 아내는 걸어가며 그 여자에게 말했다.

"당신은 정말 마음씨 좋은 사람이에요. 이렇게 덕을 쌓았으니 나중에 반드시 복 받으실 겁니다."

그 사람은 아내의 칭찬에 겸손하게 굴었지만, 아이의 일에 대해서는 돈을 내야 아이를 찾을 수 있다고 얘기하는 걸 들었다고 말했다.

"찾아야지 찾는 거지요. 만나도 우리 아이를 돌려주지 않으면 어떡해요?" 말을 마치자마자 물었다. "얼마나 더 가야 하나요?"

"멀지 않으니 곧 도착할 겁니다."

정말 말하다 보니 도착했다. 그 집은 나무로 된 대문과 돌담으로 둘러싸여 있었고, 문 뒤에는 하얀 바탕에 붉은 원이 그려져 있는 깃발이 목을 쑥 내밀고 있었다.

이 오래된 도시에 대해 말하자면, 외국의 특권세력이 침입한 후 수많은 외국인이 이주해 왔다. 그들은 장사도 하지 않고 일도 하지 않았다. 게다가 모두가 못 배우고 막돼먹은 사람들이었다. 그들의 유일한 직업은 미약을 파는 것이다!

그들은 무례하게 굴거나 행패를 부려 치안을 유지하는 경찰과 주민에게 수많은 피해를 끼쳤다. 그들은 강제로 남의 집을 빼앗았고 어떨 때는 남의 돈을 강탈하기도 했다. 이렇게 무리한 횡포를 부리는 일들은 너무나 많았다. 이 때문에 남편은 어떻게 뚫고 나가야 할지 모를 이 난관에 대해 걱정하고 있었다.

그 여인은 문 뒤에 숨어서 다른 사람이 볼까 들을까 두려운 듯 작은 소리로 말했다.

"바로 이 집이에요. 당신들이 문을 두드려 당신네 아들이 있는지 물어보세요. 그 집 사람이 나를 보는 것을 원치 않아요. 아마도 나에게 원한을 품고 나중에 나를 죽일지도 몰라요."

"그러면 당신은 뒤로 몇 걸음 물러나 있으세요." 아내는 말하고 나서 초인종을 당겼다.

"저 집 사람이 당신을 보면 좋을 것 없으니까요."

문을 열고 나온 이는 그들 고유의 쓰개치마를 쓴 여자였다. 작은 배처럼 생긴 가죽신발을 신고 있었고 헝클어진 머리는 올려 묶었다. 그녀는 낯선 이 두 사람을 보고는 중국인 억양으로 말했다.

"누구를 찾는데요? 무슨 일 있나요?"

"아이를 찾으러 왔습니다." 아이의 엄마가 앞으로 한 걸음 내딛으며, "우리는 아이를 잃어버렸어요."

그녀는 딱딱한 모습으로 몸을 살짝 비튼 채 큰 소리로 말했다.

"아이를 찾으려면 경찰서에 가서 찾아야지요! 여기에 당신들 대신 아이 봐주는 사람 없어요!"

아이 있는 곳을 알려준 여자가 멀리서 남편에게 의견을 제시하며 조용히 말했다.

"선생, 돈을 내고 아이를 찾으러 왔다고 말하고 그 여자가 어떻게 말하는지 보세요."

남편은 다가가 말투를 바꿔 말했다. "아니, 난 돈을 내고 아이를 되찾으러 왔습니다."

"돈을 내고 아이를 찾아가겠다고요?" 그녀는 잠시 생각하더니 되물었다.

"아이 성이 뭐죠?"

"왕씨요."

"몇 살이죠?"

"여섯 살."

"이름이 환인가요?"

"맞아요. 실례지만 아이를 먼저 보게 해 주시면 안 될까요?"

"안 돼요!" 그녀는 단호하게 거절했다.

"아이는 분명히 있어요. 돈을 가져와야지 만날 수 있어요. 돈이나 마련하러 가시죠. 입을 잘못 놀리면 다 소용없어요. 어제 저녁에 다른 사람이 잡아왔는데 보증금이 50위안이요. 당신들에게 먼저 알려주는 거요."

이 말을 들은 아이 엄마는 만약 칼이 있었다면 죽이고 싶을 정도로 화가 치밀었다. 어디서 양심도 없는 놈들이 이런 파렴치한 짓을 한단 말인가!

그녀는 화가 치밀었지만 다행히 아이의 행방은 확실히 알게 되었으니 마음이 조금 놓이긴 했다. 하지만 속절없이 긴 한숨이 나왔다.

남편은 돈을 지불하면 아이를 찾을 수 있다는 것을 알게 되자 웃으며 물었다.

"그러면 50위안이면 충분한 거죠?"

"충분하다고요? 물건에 대한 이자도 받아야지요?"

"그러면 좀 있다가 다시 와서 돈을 지불할게요."

말을 끝낸 남편은 아내를 데리고 돌아갔다. 그들은 아이 소식을 알려준 그 여인에게 2위안을 주며 감사하다는 말을 하고는 또 자주 와서 얘기를 해 주길 부탁했다. 집에 돌아온 부부는 어떻게 돈을 마련할지 궁리하느라 남편도 학교에 가지 않았다. 50위안은 사실 그들 수중에 있을 수 없는 돈이라 친구네 가서 빌려야 하지만 시간을 또 지체하면 아이가 더 고생을 할까 봐 걱정되어 더 빠른 방법을 생각해 냈다. 그 좋은 방법이란 금팔찌를 팔아 돈을 마련하는 것이다. 아내는 정말로 화가 났다. 그녀는 경찰서에 가서 이 상황을 알리고 조치를 취하고 싶었지만 똑똑하고 현명한 남편이 막았다. 남편은 경찰에 알려도 별 소득이 없고 괜히 상대를 자극할 뿐이라며, 돈을 내지 않으면 아이가 더 힘들어질 테니 아이만 돌아올 수 있다면 돈을 써서 하루라도 빨리 빼내 오는 게 낫다고 말했다. 아내는 하는 수 없이 200위안을 들여 만든 팔찌를 180위안에 파는 데 동의했다. 그녀는 외국인뿐만 아니라 자국인도 자국인에게 사기를 치고 있다는 생각이 들었다! 그들은 다시 아이가 있는 그 집으로 돌아가 집 안으로 들어갔다. 그때 창문 안에 자신의 아이가 서 있는 것을 보았다. 얼굴 군데군데 시퍼렇게 멍이 든 아이가 부모를 보고는 창문에서 애처롭게 소리쳤다.

"엄마… 아빠… 엄마아빠…."

남편은 눈가에 뜨거운 눈물을 흘리며 그 여자에게 60위안을 주며 말했다.

"이자까지 다해서 60위안이면 충분하지요."

아내가 참지 못하고 아이에게 가까이 다가갔다. 그녀는 뛰어 들어가서 아이를 안아 오려고 했지만 거기 있는 남자가 가는 길목을 딱 막아서며 거칠게 위협했다.

"움직이지 마! 돈을 내지 않으면 아이를 데리고 갈 수 없어!"

부부는 평생 이런 모욕을 당한 적이 없었다. 그 외국인들은 그들을 사람으로 여기지 않았다. 사람을 대하는 것만 봐도 분명히 알 수 있었다.

남편은 우리나라는 어찌하여 자기 국민을 보호하지 않는가라고 생각했다. 아내는 어찌하여 우리민족은 이런 일에 분개하지 않는가라고 생각했다. 대학교육을 받은 그들도 이런 무법천지에서 고통을 당하는데, 평소에 고통을 당해도 호소할 데가 없는 사람들이 얼마나 많을지 알 수 없는 일이었다. 평상시라면 이 부부도 목숨을 걸고 이런 모욕에 저항했겠지만 지금은 누구도 분노하지 않고 이 외국인들의 멸시와 학대를 참아내고 있다. 왜냐하면 그들은 아이를 지켜야 하기 때문이다. 일이 잘못되어 아이가 고통을 당할까 봐 너무나 두려웠다.

"60위안이면 충분하다고?" 그 여자는 지폐를 받으며 말을 했다.

"하룻밤 지낸 것이 1년 지낸 것과 같으니 월 이자로 계산하면 이자에 이자가 붙어서 이자만 40위안."

"그럼 100위안을 내야 한다는 거요?"

"100위안도 부족하지."

아이는 아빠가 그 사람들과 가격 흥정을 하는 것을 보며 계속 소리를 질렀다. 마당으로 휙 뛰어나가지 못하는 것이 한스러웠다. 아이는 자꾸 작은 손으로 얼굴에 난 상처를 만졌다.

"그렇다면 또 다른 게 있나요?"

"하루 숙박비 2위안."

"2위안."

"하루 두 끼 밥값 5위안."

"뭐 좋은 것을 먹었다고 하루 두 끼에 5위안이나 받는 겁니까?"

"이건 당신이 상관할 바 아니지. 내가 5위안이라고 하면 5위안인 것이지. 여기에다 똥오줌 값 1위안, 물건 망가진 것 배상비 2위안, 울어서 시끄럽게 군 것 5위안, 모두 합해서 115위안. 여기에 팁 5위안 더해서 모두 120위안. 다시 60위안 가져오지 않으면 하루에 일 년치 이자가 붙는 거야. 다른 것도 모두 두 배씩이고."

아이를 되찾으려면 팁도 내야하고 손해배상도 해야 하다니! 이런 셈은 정말 생전 처음 봤다. 부부는 울화가 치밀면서도 가소로웠다. 하지만 아이가 소리치며 우는 모습에 부부는 마음이 약해져 화를 가라앉힐 수밖에 없었다. 아내는 남편을 재촉하며 말했다.

"120위안이라면 120위안이니 다시 60위안을 더 줘요."

결국 남편은 60위안을 더 지불하고는 온몸이 상처투성이인 환이를 되찾았다. 엄마는 아이를 안고는 이이를 빼앗길까 두려운 듯 문 밖으로 뛰어나갔다. 아이는 아빠와 엄마를 소리쳐 부르더니 엉엉 울기 시작했다. 아빠는 아이가 학대받았다는 것을 알았다. 금팔찌는 다시 살 수 없을 것이며 그가 휴강한 수업은 2위안이 공제될 것이다. 그는 눈앞에서 뜻하지 않게 일어난 이 작은 일 때문에 사는 것이 불안할 정도로 슬펐다. 그는 아이를 원망하고 이 기형적인 사회를 원망했다. 결국에는 이 나라에 대한 불만으로 마음이 들끓었다! 그는 고개를 돌려 하얀 바탕에 붉은 원이 그려진 깃발을 한번 쳐다보았다. 그러자 증오와 또 다른 용기가 솟아오르는 것 같았다.

집에 돌아오자 엄마는 아이 몸에 난 상처를 살펴보면서 아이에게 주의를 주었다.

"환이야, 다시는 혼자 집 밖에 나가 놀면 안 된다, 알았지?"

환이는 고개를 가로저으며 연거푸 말했다. "안 그럴게요."

"앞으로는 엄마 말 들어야 한다."

"엄마 말 들을게요."

아빠는 아이를 안고는 강단에서 학생들을 가르치듯이, 누가 어떻게 한다 해도 다 싫다고 말하도록 교육시켰다. 모든 일에 대해 어른 말을 따르도록 했다. 또한 다시는 낯선 사람과 가까이 하지 말라고 하면서 말했다.

"환아, 이곳은 우리나라 땅이지만 우리는 주권을 행사할 수 없단다. 바로 그렇기 때문에 네가 희생된 거란다. 무슨 뜻인지 알겠어?"

아이는 아빠가 하는 말을 잘 이해하지 못했지만 아빠를 더 꼭 껴안았다.

─원제: 「另一種交易」, 『문학계(文學界)』 제1권 4호, 1936.9

또 다른 거래

어느 조선인

一個 "朝鮮人"

페이안非厂

페이안(非厂, 1902-1951)은 1902년 장쑤성(江蘇省) 쑤이닝(睢寧)현에서 태어났고, 본명은
야오얼줴(姚尔覺)이다. 난징(南京)성립 농업학교 재학 중 진보사상의 영향을 받아 학생운동에
참가하였다. 1927년 국민당 좌파로서 쑤이닝현의 현장(縣長)에 임명되어 반봉건적 구습을 폐
지하는 등 계몽활동을 하였다. 1930년대 초에 일본에서 유학생활을 하였고, 1935년 재일본
중국유학생들이 창간한 문학잡지 『질문(質文)』의 동인으로 활동하며 '중국좌익작가연맹'에
가입하였다. 1937년 중일전쟁이 일어나자, 광저우로 가서 국민당과 공산당 인사들이 같이 참
여한 통일전선기관지인 『구망일보(救亡日報)』의 기자로 활동하며, 필명으로 상하이 잡지에
항일의식을 고취하는 글을 발표하기도 하였다. 1946년 옌안(延安)으로 가서 신정부 준비작업
에 참여하였고, 류샤오치(劉少奇), 덩잉차오(鄧穎超)의 권유로 중국공산당에 가입하였다.
1951년 하이난(海南)에서 별세하였다.

학교를 떠난 지 오래되어 그곳에서 지냈던 기억은 점점 희미해졌지만 한 조선인 학우의 모습만은 머릿속에서 이상하게도 선명하게 빛나고 있었다. 고집 세 보이던 그 모습, 다혈질의 성격, 뜨거운 열정을 품고 있는 눈빛. 그의 고독하고 쓸쓸한 표정은 나를 붙잡고 내 앞에서 무언가를 털어놓고 싶은 것처럼 보였다. 그의 모습이 떠오르면 공교롭게도 일본인 학우들이 그를 대하던 태도와 그가 어려운 상황에서 힘겹게 살아가던 모습이 떠올랐다. 이런 것들을 생각하면 마음이 아주 심란해져서 보던 책도 더 이상 읽을 수 없었고, 하던 일도 손에서 놓아버렸다. 그 잔영은 언제나 나를 괴롭게 해서 사실 나는 그 시절을 떠올리는 것이 두려웠다. 하지만 그 시절은 나를 아주 소중히 여기고 특별히 편애하는 것처럼 항상 내 머릿속에 도사리고 있다가 갑자기 내 마음속으로 들이닥쳐 조금씩 나의 영혼을 물어뜯고 베어 물고 씹었다. 이것은 내 마음 속의 큰 고통이 되어 버렸다.

신주쿠新宿 정류장에서 오다小田행 급행선 전차를 타고 ××섬에 가고 있다. 전차가 몇 십 분 동안 달리고 났을 즈음 전차 밖을 유심히 살펴보면, 전차가 터널을 통과하고 나서 철교를 건넌 뒤에 바로 작은 정류장에 선다. 플랫폼을 바라보면 '××학교 앞'이라는 글자가 보일 것이다. 학교는 산 위에 있어 정류장에서 걸어서 10여 분 정도 걸렸다. 학교 주변 환경은 매우 아름답고 아늑했다. 산에는 잣나무와 삼나무가 가득했고, 관상용 나무와 사철 꽃나무들도 많이 심어져 있었다. 곳곳에 핀 파릇파릇한 야생화는 산에 특별한 생기를 느끼게 해 주었다. 학교 안에 사는 사람들은 일 년 내내 향기로운 꽃과 지저귀는 새로 가득한 아름다운 시간을 보냈음은 물론이고, 특히 솔숲 사이를 스쳐 부는 바람소리, 비 오는 날의 산 속, 맑은 날의 아침안개와 저녁놀……. 곳곳마다 모두 대자연을 사랑하는 사람들을 매혹시켰다. 나는 이런 아름다운 풍광을 보고 한눈에 반해서 어떤 것을 배울 수 있는지는 전혀 개의치 않고 이 대자연의 품속으로 바로 뛰어 들어갔다.

앵두나무숲 속에서 꽃이 피고 지는 나날을 보냈다. 유채꽃이 질 무렵이면 보리이삭 물결을 따라 보리순을 씹어 먹었고, 가지를 잡고 뽕나무에 기어올라 오디를 따먹곤 했다. 여름방학에는 분교로 해수욕을 하러 가서 조가비를 가득 주워서 돌아왔다. 계수나무 꽃이 흩날리는 시절이면, 밤송이가 입을 벌린 채 산비탈 곳곳에 가득했다. 밤은 생으로도 먹고 쪄서도 먹어서인지 조금 질렸다. 서리를 견디고 핀 국화는 산에 많지 않은 듯 했다. 잘 익은 무화과도 많이 먹었다. 한겨울에도 눈에 대한 두려움 없이 매화를 찾아 자주 눈을 밟고 산을 누비며 다녔다. 하지만 이런 빼어난 경관을 대하고 있으면 일상적인 감응과는 다른, 말로 표현할 수 없는 사람을 엄습하는 것 같은 느낌이 늘 들어, 규정된 시간에 따라 머물지 못하고 결국 예정보다 빨리 뛰어가 버렸다.

말하자면 이 학교는 평판이 상당히 좋은 학교로 유치원부터 대학까지 있고 게다가 남녀공학이었다. 교장은 기독교도로, '시혜동포주의'를 추구한다고 들었다. 하지만 그는 말끝마다 '만주'는 그들의 생명선이라고 말하며, 학생들이 국가를 위해 충성을 다할 것을 강조했고 그때마다 어떤 학생들은 정말로 전쟁터로 갔다. 그러면 언제나 특별히 환송회를 열어 그들을 위해 기도하고 격려했다. 이 학교 학생들은 대부분 고관대작과 부유한 사업가의 자제들이었다. 9·18 사변[1] 때, 현저한 공로가 있는 모장군의 아들도 여기에 있었다. 그 외에 유학생반은 이른바 '만주국' 문교부에서 대대적으로 파견한 학생들이었다. 교장은 중국인에 대해 특히 '만주국' 사람이라

---

1   [역주1] 1931년 9월 18일 일본 관동군이 류탸오후(柳條湖)에서 만철 선로를 스스로 폭파하고, 이를 중국 동북지역 군벌인 장쉐량(張學良) 지휘 하의 동북군 소행이라고 발표한 뒤 만주 침략을 개시한 사건으로 만주사변이라고도 한다.

고 하는 이들에 대해 겉으로는 호감을 드러냈다. 왜냐하면 그는 모두가 한 가족이라고 생각했기 때문이다. 뿐만 아니라 그의 식민지개척학과에서 배출한 학생들이 장래 동북지방을 발전시키는 데에도 현지인의 협력이 필요했기 때문이다. 일본은 위력에 굴복한 지식인에 대한 '회유'에 아주 뛰어났다. 학교는 물론 조선인 학생도 받았지만, 그것은 그들을 이미 일본의 자국민으로 여겼기 때문이었다. 그러나 일반적으로 말해서, 일본인, 특히 일본 학생 눈에 조선인은 그들과 비교했을 때 적어도 몇 등급은 낮은 열등한 존재였다. 이것이 바로 교육의 성과 중 하나였다. 학교당국의 태도는 분명했고 아주 오만했다.

이 학교에 조선인 학생은 한 명뿐이었다. 내가 그를 처음 본 것은 중국 친구 방에서였다. 큰 키에 건장한 모습, 긴 얼굴에 홍조 띤 안색, 얼굴 군데군데에 난 좁쌀 여드름은 그가 왕성한 청춘임을 보여주었다. 대략 스물한두 살쯤 되어 보였다. 그의 얼굴 전체 윤곽과 표정을 자세히 보면 그가 조선인이라는 것을 알 수 있었다. 아마도 망국의 말 못할 설움이 조선인의 마음속에 잠재되어 있었으리라. 그들 얼굴에는 우울과 근심걱정, 치욕의 표정이 넘쳐흘렀다! 그가 설령 체격이 건장하더라도 기개 넘치는 당당함과 비범한 태도를 보인 적은 아주 적었다. 게다가 지식인이 아닌 사람들인 경우에는 단번에 알 수 있었는데, 그 위축감은 더 심해서 스스로 다른 사람보다 반은 작다고 여기는 것 같았다. 그들의 모습을 보면 그들 마음 깊은 곳을 본 것 같았다. 반대로 우리 자신에 대해 생각해보면 피가 솟구치는 것을 참을 수 없었다.

그는 친절하고 상냥했다. 서로 일본어로 몇 마디 나누며 이름을 말하는데 그렇게 예의 바를 수가 없었다. 그가 먼저 간 후에야 그의 성이 ×라는 것과 이번 학기에 새로 왔다는 것을 알았다. 들어보니 일본 학우들은 모두 그를 상대하지 않는다고 했다. 한 중국 유학생을 알게 되자 일부러 찾아 와서 이야기를 나누었다고 들었다. 하지만 흔히 있는 경계심인지 몇 분 되지 않아 기볍게 인사하고 갔다고 했다. 벌써 두 빈 왔다는 것이있다.

내가 사는 방은 이 조선인 학우의 방에서 좀 멀었다. 서로 알고 있었지만 왕래를 한 적은 없었다. 하지만 평상시에 교실이나 식당에서 마주치곤 했다. 그는 언제나 겸손하게 인사했다. 그래서 나도 조금씩 그에게 관심을 가지게 되었다. 매일 아침 조회 시간에 줄 서 있으면 그의 주변에 한두 자리는 종종 비어 있었다. 그가 식당에서 밥을 먹으려고 자리에 앉으면, 뒤에 있던 일본 학생은 바로 자리를 옮기거나 자기가 먹던 식판을 그와 좀 떨어지게 놓았다! 그는 이런 수모에 익숙해진 듯 얼굴이 빨개지더니 고개를 숙이고는 황급히 밥을 먹었다. 점심때는 서둘러 빠져나갈 수 있었지만 아침이나 저녁때는 아무리 빨리 먹는다 해도 사람들이 다 먹을 때까지 기다리지 않을 수 없었다. 식사당번이 벨을 눌러야지만 일제히 들어갈 수 있었기 때문이다. 그는 식당에시 기다릴 때마다 마음에 상저를 받아야 했다. 교실에서도 그는 자주 모욕과 희롱을 당한다고 들었다. 나는 그와 같은 교실이 아니라서 실제 상황이 어떤지는 잘 몰랐다. 하지만 체육관에서 또는 실습 활동 때 내가 본 일본 학생들의 조롱은 너무 심해서 차마 봐주기 힘들었다. 그의 행동이 굼뜨고 서투른 것도 아마 사람들이 그를 혐오하는 이유가 되었다. 예를 들면, 그는 덴마크 체조인 '공중제비' 동작을 그리 잘하지 못했다. 간혹 하더라도 언제나 "악!" 소리를 내며 고꾸라졌다. 균형을 잃고 벌러덩 넘어진 모습에 사람들은 "하하"하며 크게 웃었다. 실습 시간에 미련하게 공구를 사용하는 모습이나 지나치게 힘을 쓰는 모습도 사람들이 그를 우습게 여기고 얄보게 했다. 그가 있는 힘을 다해 열심히 할수록 일본 학생들은 그를 '바보' 취급했다. 몇 마디 비웃고 마는 것이 아니라 그를 조롱거리로 삼았다. 하지만 그는 이런 상황이 심하지 않으면 대수롭지 않게 여겼고, 심하면 자리를 피해 나가버렸다. 언제나 못 들은 척, 못 본 척하며 어떠한 반응도 하지 않았다. 내가 보기에 그는 아주 똑똑하지는 않지만 참고 견디는 것은 전교에서 1등이라고 말할 수 있었다. 그는 일찍 일어나고 늦게 자며 온힘을 다해 학업에 열중했다. 저녁식사 후, 시를 흥얼거리거나 산길을 뛰거나 정류장 주변을 산책하는 것도 그에게는 시간을 낭비하는 것이었다. 그는 어떠한 취미도 없었고, 담배도 피지 않았고, 간식도 사 먹지 않았고, 도박도 하지 않았다. 순하고 착한 성품은 칭찬을 받기는커녕 오히려 같은 방이나 같은 반 학우들에게 미움을 샀다. 몇백 명 중에서 그에게 호감이 있는 사람은 아주 적었다. 경멸의 눈빛과 혐오하는 태도, 적대시하는 분위기까지, 그는 이를 악물고 치욕을 참고 견디며, 학식과 재능으로 학우들의 존중을 얻어야 한다고 생각했다.

　학기가 끝날 무렵, 학교에서 연설대회를 열었다. 그는 자신이 두각을 나타낼 수 있는 기회가 왔다고 생각했다. 그는 참가 신청을 하고 나서 밤낮없이 연습하며 준비했다. 연설대회가 열리는 날이 되었다. 대회 시작 전에 그는 대강당으로 들어갔다. 강당에는 사람들로 꽉 차 있었고 연설자 명단에 그의 이름과 연설 제목도 눈부시게 쓰여 있었다. 그는 자신감 넘치는 모습이었고 의기양양한 미소를 지어 보였다. 이제 곧 그는 선생님과 학우들 앞에서 평소 갈고 닦은 실력을 드러내 보일 참이었다. 대회가 시작되자 학생회장이 대회를 선포하였고 연설이 시작되었다. 명단에 적힌 순서에 따라 저학년부터 먼저 연설했다. 그는 앞선 연설을 듣고는 더욱 자신감이 생겨 얼굴에는 약간의 오만함까지 보였다. 정말로 그들이 무엇을 말하든 어떻게 그와 견줄 수 있겠는가. 그는 경청하고 있다가 그의 이름이 호명되자 아주 자신 있는 모습으로 재빠르게 강단으로 걸어갔다. 그러자 강단 아래에서

야유를 퍼부어댔다. 그는 이 소리에 놀라 좀 당황했지만 곧 평정심을 되찾았다. 깊이 허리 숙여 인사하고는 연설을 하기 시작했다. 그가 한마디 할 때마다 야유가 터져 나왔고 빅수 소리와 빌 구르는 소리도 뒤섞어 있었다. 학생회장은 학우들의 이런 짓이 꼴불견이라고 생각했다. 이에 예의와 질서를 지키라고 하며 그가 계속 연설하도록 "좋아. 계속해!"라고 말했다. 하지만 그가 입을 열기만 하면 강당 안은 온갖 괴성과 야유로 들끓었다. 학생회장도 별 방법이 없게 되자 그는 더욱 난처해졌다. 자리에 앉아 있는 교직원들에게 애원하는 눈빛을 보냈지만 그들도 아무 힘이 없는 것처럼 어떠한 조치도 취하지 않았다.

원래 이 학교는 학생들의 자유로운 활동을 특별히 강조했다. 이번 연설대회는 학생들이 주최한 것이라 교장과 주임선생들이 다 오지는 않았고 선생들도 책임이 없었다. 게다가 '조선인' 한 명을 위해 도련님들의 심기를 건드리고 싶지는 않아서 간여하지 않았던 것이다. 그는 거의 울 것 같은 얼굴로 굳은 채 단상에 서서 매우 질박하고 불안한 눈빛을 띠며 한 마디도 하지 못했다. 반대로 단상 아래서는 계속 야유를 퍼부어댔다. "말해!", "계속 말해봐!" 그가 정말로 다시 입을 떼고 연설을 계속해 나가려고 하자 아래에서 또 소란을 피우기 시작했다. 그는 울고 싶은 심정이었지만 야유가 잦아들기를 기다리며 다시 말을 하려고 했다. 하지만 아직 입도 열지 않았는데 다시 또 야유를 보내기 시작했다. 그는 더 이상 참을 수가 없어 눈물이 날 정도로 크게 소리를 질러 그들의 주의를 돌리려고 했다. 하지만 아무런 효과도 없었고 분위기는 더욱 험악해졌다. 그는 수치심을 느껴 마음에 상처를 받고는 울면서 단상 옆에 있는 문으로 뛰쳐나갔다. 이 사건이 일어난 후, 학교는 당연히 침묵했고 어떠한 의사표명도 없었다. 학교식당과 교실, 기숙사에서 학교 근처 찻집이나 카페에 이르기까지 그들은 '조선인'은 잘

났다, '조선인'은 못났다 하며 우스갯거리로 삼아 비웃었다. 이 '조선인' 학우가 일본인들에 둘러싸여 실제로 얼마나 많은 모욕을 당했는지는 모르겠지만 이 사건 이후로 고개를 더 들지 못했다. 이때부터 침잠하기 시작한 그는 스스로 비천한 인간임을 자인하는 것 같았다. 수업시간 이외에 그는 모습을 드러내지 않았다. 밥 먹고 산책할 때도 그는 보이지 않았다. 그러나 간혹 해질 무렵이나 아침햇살이 비출 무렵 산 정상이나 숲에서 헝클어진 짧은 머리로 여러 가지 동작으로 몸을 풀거나 자유롭게 거니는 사람이 보인다면 분명히 그였다. 하지만 그에게 다가가려면 그가 나를 보지 못해야 했다. 일단 누군가를 보면 슬그머니 자리를 피했다. 그는 화살에 놀란 새처럼 항상 주위를 살폈다. 가끔 그를 마주치면 먼저 인사해야 한다. 그렇지 않으면 다시는 그가 인사하지 않을 것이기 때문이다. 그에게 먼저 힘내라고 인사를 하면 처음에는 자신에게 한 인사라고 생각하지 못했다. 사람을 잘못 본 거라 생각하고는 멍하니 있었다. 다시 한 번 더 인사를 하자 그때서야 정말 자신에게 인사를 한 거구나 생각했다. 그는 부끄럽기도 하고 놀랍지만 기쁘기도 한 양 한두 걸음 다가오더니 어찌할 바를 몰라 우물쭈물 두세 마디 떠듬거리다가 허리 숙여 인사를 하고는 걱정할 틈도 없이 뛰어가 버렸다. 이런 그의 모습이 좀 정상이 아닌 것인가? 잘 모르겠다. 하지만 그가 받은 마음의 고통이 너무나 심했다는 것은 사실이었다. 그는 모든 사람들이 자신을 경멸하고 사람으로 대하지 않았다고 생각하거나 아니면 이렇게 생각하고 있을지도 모른다.

　사람과 일반 생물의 차이는 아주 작을 뿐이다. 사람 사이의 숭고한 인류애는 소수의 철인의 머릿속에 있거나 천시당하고 가난으로 고통 받는 대다수 사람들 마음속에 있을 뿐이다. 현대적이고 교양 있다고 자부하며 스스로 대단한 지식을 가지고 있다고 믿는 지식인들은 근본적으로 인류애가 무엇인지 이해하지 못하는 게 아닐까? 그들은

어느 조선인

권력에 빌붙어서 억압받는 사람을 학대하고 자기와 같은 사람들을 학대하고 있으니, 어떤 것도 더 말할 필요가 없는 것이다!

그는 대체로 이런 생각이 들었기 때문에 열정도 사라져버렸고, 사랑의 불길도 꺼져버렸으며, 어떤 믿음도 여기에 두지 않았으며, 자기 주변의 지식인들을 한 푼의 가치도 없다고 여기게 된 것이리라. 그는 자신을 고독하게 두었고 어떠한 사람과도 왕래하지 않았다.

다시 또 새 학기가 시작되었다. 오랫동안 들리지 않던 '조선인'이라는 말이 또 소란스럽게 언급되기 시작했다. 이번 학기에 기숙사 사감은 이 '조선인'을 일본 학생 두 명이 사는 방에 배정했다. 하지만 일본 학생들이 완강히 거부하자 사감도 어쩔 수 없이 그를 다른 방으로 옮겼다. 다른 방 학생도 거부하자 이후 전염병을 피하는 것처럼 너나 할 거 없이 '조선인'을 거부하여 학교 기숙사에 사는 사람들 모두가 '조선인'을 거부하게 되었다.

한 사람 한 사람 모두가 그를 모욕하려고 한 것은 아니었지만 이미 하나의 추세가 되어 버린 것이다. 하지만 학교당국은 학생들이 '조선인'을 거부한다고 그를 학교 밖으로 쫓아내라고 말하기는 어려웠다. 이런 좋은 교육의 성과(?)로 인해 입장이 곤란해졌다고 말할 수는 없기 때문이었다. 학교당국의 입장은 학생들이 '조선인'을 업신여기고 혐오하며 당당하게 '조선인'과 같이 한 방에서 지내기 싫다고 말하는데 어떻게 못하게 할 수 있는가라는 것이었고, '조선인'의 입장은 '조선인'도 그들과 같은 국가 아래에서 살고 있고 게다가 규정대로 학비도 내는데 어떻게 몸 둘 곳도 배정받지 못할 수 있는가라는 것이었다. 어쨌든 이것은 너무나도 말이 안 되는 일이었다. 이렇게 이리저리 옮겨 다녔지만 너도나도 그를 거부하며 소란이 끊이지 않았다. 개학 한 지 한 달이 넘었는데 '조선인'은 낮에도 자습실에 없었고 밤에도 잠자는 곳에 없었다. 정말 '조선인'이라는 이 불명예스러운 호칭은 그를 너무 고통스럽게 했다. 하지만 그는 거주할 방이 없다며 항상 방에 대한 권리를 요구했다. 나는 매일매일 우울하고 분노에 찬 얼굴과 처량하고 어색한 모습으로 무겁고 힘겨운 발걸음을 이끌며 내 방 앞을 지나 기숙사 사감 방으로 걸어가는 그를 보았다. 같이 사는 사람이 보더니 말했다. "봐봐! '조선인'이 또 왔어!" 얼마 지나지 않아서, 그는 쓴잔을 삼킨 얼굴을 하고는 더 힘이 빠진 것 같은 발걸음으로 천천히 돌아갔다.

"또 방을 얻지 못했구나, 에이 참!……" 불평하는 소리가 내 귀에 또 들렸다. 하루 또 하루가 지나갔고 그의 안색은 갈수록 안 좋아졌다. 우울과 분노가 그렇게 사람을 상하게 할 줄은 몰랐다! 나중에 기숙사 사감이 우리에게 동의를 구하고는 지금까지 세면대로 사용하던 구석 한 칸을 마련해주었다. 그리고 어디에서 이부자리를 가지고 오자 그때서야 이 문제가 해결되었다. 그리하여 '조선인'은 우리의 이웃이 되었다.

나는 '조선인'과 이웃이 되었지만 왕래는 적었다. 이유는 그가 공부에 몰두하고 있어서였다. 그의 눈에 품은 열정은 분노의 불꽃처럼 보였다. 그는 하루 이틀이 지나도록 말 한마디 하지 않는 경우가 많았고 방에서는 숨소리조차 들리지 않았다. 우리가 듣기 싫어할까 봐 호흡조차도 조심스레 하는 것 같았다. 가끔 옆쪽 창문으로 들여다보면, 그는 언제나 두 눈을 부릅뜬 채 책에 빠져 있었다. 어떤 날은 윗몸은 돗자리가 깔린 침상에 기대고 다리는 바닥에 뻗은 채, 손으로 그의 짧은 머리카락을 마구 긁적이며 고개를 젖혀 천장을 뚫어지게 보고 있었다. 그러나 가끔 그와 얘기해 보면 말하는 태도도 여전히 좋았고, 어디서든 그가 진지하고 친절한 사람이라는 것을 알 수 있었다. 하지만 그와 한번 눈을 마주치면 곧 화염을 뿜어내려는 화산 같아서 정말로 조금은 무서웠다. 나는 그것이 언젠가 일단 분출하면 멸시당하고 유린당한 민족이 받았던 치욕을 화염의 혀로 훑어버릴 거라 생각했다!

3학기가 시작된 후 아주 오랫동안 '조선인' 학우를 보지 못했다. 그에 대해 말하는 사람도 없었고 다른 사람에게 물어봐도 모두 그의 행방을 몰랐다. 누구도 그에게 관심을 갖지 않았고 시간이 많이 지났는데도 그를 마음에 두지 않았다.

어느 날 저녁식사 하러 식당에 들어서자 냄비 끓는 것처럼 수군거리는 소리가 들렸다. 주의해서 들어보니, 오랫동안 듣지 못했던 '조선인'이라는 말이 갑자기 언급되기 시작했다. 게다가 식당 안은 얼굴에 희색이 만연한 채 신이 나서 이야기하는 사람들로 가득했다. 나는 '조선인'이 돌아왔구나, 또 그들에게 희롱거리가 되겠구나, 그래서 모두 물 만난 물고기처럼 즐거워하는구나 생각했다. 자리에 앉고는 주변에 물어보고 나서야 그날 석간신문에 오랫동안 소식이 끊겼던 '조선인' 학우의 사진을 찾아냈다는 것을 알게 되었다. 신문에는 방화와 폭행으로 온 몸에 상처를 입은 채 난동을 부려서 경찰에 체포되어 마츠자와松澤 정신병원으로 이송되어 갔다고 적혀 있었다. 나는 신문에 난 얘기를 듣고는 한마디도 할 수가 없었다. 천근같은 짐이 마음을 내리누르는 것 같았다. 기가 막혔는지 고막도 윙윙 울렸고 마음은 갈기갈기 찢겨져 어떤 말도 할 수가 없었다. 식당 안은 여전히 시끌벅적했다. "멍청한 새끼!", "바보 같은 놈!"이라고 하는 남자 목소리가 들렸다. "가엾어라!", "정말 불쌍하다!" 이것은 여자들의 동정 어린 목소리였다. 식당을 나오자 갑자기 와글와글 말소리가 크게 들렸다. 같이 나온 학생들 중에 한 장군 아들은 친구의 어깨를 툭 치며 득의양양하게 말했다. "그 멍청한 놈은 사람새끼도 아니야. 어때? 내 말이 맞지! 경찰이 체포하지 않았다면 강도짓이라도 할 수 있었을까? 흥! '조센징'! 망국의 노예! 다 멍청한 놈들이지! 제대로 된 놈이 하나도 없어!……"라고 말하며 정류장 쪽으로 하하하 웃으며 걸어갔다. 그들이 한 말은 내 마음에 총알처럼 하나씩 박혔다. 나는 그들을 따라 정류장 쪽으로 산책하고 싶지 않아 몸을 돌려 주방 옆쪽에 있는 시멘트 계단으로 내려갔다. 뒷산으로 얼른 뛰어가서 답답하고 우울한 기분을 좀 풀고 싶었다. 주방 문 앞에 이르자 평소에 따뜻하게 대해 주던 할머니와 마주쳤다. 할머니는 난간 안쪽에서 설거지를 하다 멈추고 나를 보았다. 한 손은 행주를 쥐고, 한 손은 문틀을 붙잡고는 북받치듯 나에게 말했다. "학생 그 뭣 같은 소식 들었어요? 어찌나 가여운지! 그렇게 성실하고 온순한 사람이 학교에서 그런 비열한 모욕을 당해 그 지경에 이르렀으니 얼마나 힘들었을까! 화가 나 참을 수가 없어요. 당신네 나라 사람도 같지 않은 가요? 자기네들은 밖에 사는 가족이 없나요? 항상 사람들에게 잘 해야 해요. 선의는 선의로 돌아오는 법이예요. 내 말이 맞지요?" 그녀는 좋은 사람이었다. 그녀는 유학생들에게 모두 잘해 주었다. 그녀의 계급의식은 모호하지만 '선의는 선의로 돌아오는 법이다'라는 말은 그녀 삶의 자세라고 할 수 있다. 나는 고개를 끄덕이며 "그렇지요"라고 하고는 바로 계단을 뛰어 내려가 뒷산으로 쏜살같이 가버렸다.

'조선인', '조선인' 하며 조선인이 풍파를 일으킨 것처럼 물결이 출렁거렸지만 눈 깜짝할 사이에 잠잠해져 갔다. 그런데 내가 학교를 떠나기 전, 어떤 사람이 도쿄에서 작은 판형으로 된 주간지 하나를 가지고 돌아왔다. 거기에는 그 '조선인' 학우의 초상이 실려 있었고, 그의 노모가 말한 것들이 쓰여 있었다. 대략적인 내용이다.

그녀가 아들 둘을 데리고 도쿄에서 산지는 제법 되었다. 큰 아들이 돈을 벌고 있어서 일본에 온 것이다. X군은 그녀의 작은 아들로 어렸을 때부터 사람들이 예뻐했다. 10년 넘게 공부하는 동안 전부 그녀가 먹을 것 안 먹고 절약하며 뒷바라지를 했다. 그도 열심히 공부해서 상급학교로 진학했다. 봄에 명문자제들이 다니는 ××학교로 전학을 갔다. 첫 학기가 끝나고 집에 돌아와서는 일본 학생들이 그를 업신여긴다며 다시는 가고 싶지 않다는 말을 했었다. 그러나 그녀는 내내 "우리가 저들보다 열등하니 고개를 숙일 수밖에 없다"라고 생각했고 좋든 나쁘든 그에게 참으라고 타일렀다. 잘 배워서 실력이 향상된 것도 사실이기에 그는 다시 학교로 돌아갔다. 그러나 나중에 겨울방학 때 집에 돌아와서는 그 학교 학생들 기세가 너무 심해서 고통을 참을 수 없다고, 죽어도 다시는 가지 않겠다고 또 말했었다. 그의 형은 주로 밖에서 지내고 집에 있는 경우가 드물어 그에 대해 별 신경을 쓰지 않았다. 그녀도 어쩔 수가 없어 더 이상 가라고 하지 않고 다른 학교로 다시 진학시킬 계획이었다. 이번에 집에 있을 때 성격이 조금 거칠어졌다는 것을 알게 되었다. 이유 없이 자주 주먹으로 자신의 가슴을 치거나 탁자를 쾅하고 내리쳤다. 기침소리를 내며 탄식을 하는 것도 새로 생긴 나쁜 버릇이었다. 어느 날 밖에 나갔는데, 동네 아이들이 그의 뒤를 따라다니며 '조센징', '조센징'이라고 놀렸다. 예전 같았으면 상대하지 않았을 텐데, 이번에는 뜻밖에도 아이들과 아니 모르니 다투기 시작했다. 아이들이 그를 욕하지 그도 아이들을 욕하며 맞받아 쳤다. 아이들이 돌을 던지자 그도 아이들을 쫓아냈다. 아이들이 집으로 도망가 문을 잠그고 있다가 그가 가면 다시 나와서 그를 따라다니며 놀렸다. 이것이 한 번 두 번 계속되자 그는 너무나 화가 나서 쫓아가 문을 쾅쾅 두드렸다. 놀란 어른이 나와서 말다툼을 하다가 급기야 서로 주먹이 오갔다. 당연히 그가 불리해져서 경찰서에 끌려가게 되었다. 말하는 것이 완강하고 정신이 나간 듯했기 때문에 실컷 욕을 먹으며 며칠 동안 갇히게 되었다. 이것은 모두 그가 나와서 해 준 말이었다. 그녀는 마음이 아프고 화가 났지만 눈물을 머금고 그를 타일렀다.

"우리는 일본인보다 못하니 몇 세대 동안은 숨도 쉬지 못할 것이다. 마음을 크게 먹고 어떤 일로 논쟁이 붙어도 다시는 개입해서 사고를 일으키지 말라. 그것은 목숨을 내던지는 짓이다!"

그는 어머니의 말을 듣고는 두 눈을 질끈 감은 채 어떤 말도 하지 않았다. 그런데 세상에! 세상에나! 그날 밤 그가 몰래 빠져 나가 석유를 사서 집에 불을 지를 줄 누가 알았겠는가. 다행히 일찍 발견되어 불타버리지는 않았다. 그렇지 않았다면 아주 큰 화를 당했을 것이다. 경찰이 그를 체포했을 때 그는 저항을 했을 뿐 아니라 무슨 독립이고 평등이냐 라며 거침없이 소리를 질러댔다. 듣고 있자니 정말 살이 떨릴 정도였다! 그렇게 온순하던 아이가 어떻게 저 지경에 이르렀을까? 세상에! 세상에나!

"내 남은 목숨도 그와 함께 갈 것이다! 마츠자와 정신병원은 어떤 곳인가? 아이에게 아직 희망이 있는 것인가? 나는 어떻게 다시 살아가야 하나!"

이 기사를 보고 나자, X군의 모습이 내 눈 앞에서 점점 선명해지며 커지더니 나를 뚫어지게 쳐다보고 있는 것이었다! 그의 모습은 예전 학교에 있을 때의 그를 생각나게 했고, 나라가 망한 사람들의 삶이 얼마나 힘들고 괴로운지도 생각하게 했다. 세상에는 인류가 서로 사랑하는 것을 방해하는 괴물과 악마들이 있다는 것도 생각했다. …… 나는 이미 학교를 떠난 지 오래되었지만, 지금까지도 X군이 눈을 부릅뜨고 나를 보고 있으며, 내 머리에 들락거리며 나의 영혼을 물어뜯고 베어 물고 씹고 있다는 생각을 한다!

(주) 마츠자와 병원은 일본의 유명한 정신병원이다.

민국 25년 쌍십절[2]에 도쿄에서

—원제: 「一個 "朝鮮人"」, 『질문(質文)』 제2권 2호, 1936.11

2 [역주2] 1936년 10월 10일. 쌍십절은 10월 10일로, 1911년 일어난 신해혁명의 발단이 된 후베이(湖北)성 우창(武昌)봉기를 기념하는 날이자 중화민국의 건국기념일이다.

새로운 계획

新計劃

리후이잉 李輝英

리후이잉(1911~1991)은 만주족으로 지린[吉林]성 출신이다. 본명은 리렌추이[李連萃]이며 한때 리둥리[李冬禮]라는 이름을 사용하기도 했다. '동북작가군'의 한 사람으로 1930년대 비교적 이른 시기에 유명해졌다. 중일전쟁 종료 후에는 몇 군데 대학에서 교편을 잡기도 했으며 1950년부터는 홍콩에 거주하며 글을 썼다. 동북 지역에서의 항일을 제재로 많은 소설을 썼으며 학술저서도 여러 권 있다. 장편소설로는 『만보산(萬寶山)』, 『송화강에서[松花江上]』 등이 있고 단편소설집으로 『어두운 일요일[黑色的星期天]』, 『명류(名流)』 등이 있으며 산문을 모은 『향토집(鄉土集)』, 『재생집(再生集)』 등을 내기도 했다. 학술저서로는 『중국현대문학사』, 『중국소설사』 등이 있다.

1

"방법을 말해 드려도 그리 듣지 않으시니, 안 들으면 주인장만 고생이죠."

흥성여관興盛客店의 지배인 왕라오우王老五는 주인장이 불경기라 장사가 안 된다며 한숨 쉬며 말하는 것을 듣고는 고개를 들어 그에게 한 소리 했다. 이미 두 달 전부터 사람 좋은 이 지배인은 주인장에게 사업을 부흥시킬 계획을 거의 매일 건의했었다. 주인장이 그의 의견을 받아들여 그대로 했다면 여관은 번창했을 뿐만 아니라 분명히 큰돈을 벌 수 있었을 것이다.

그러나 주인은 불법적인 일은 하고 싶지 않고, 원하지 않는 방법으로 돈을 벌고 싶지 않다며 동의하지 않았다. 장사가 나아지지 않으니 매일매일 한숨만 쉴 뿐이었다. 어떤 날은 초조한 나머지 남몰래 이렇게 중얼거리기도 했다.

"어떻게 장사가 매일매일 더 안 좋아지나? 투숙하는 손님들은 왜 이리 적은 거고? 흥성여관은 전통 있는 오래된 가게라 이 '라오老'자만 있어도 장사가 됐었는데 말이야."

그때 왕라오우가 비웃으며 말했다. "'라오老'가요?"

"올해 초부터 전통있는 가게는 인기가 없어졌어요. 전통있는 가게의 구식 스타일은 듣기만 해도 골치가 아프죠. 다른 새로운 가게에는 새로운 것이 있어서 손님을 끌어 올 수 있는 것이라고요. 이런 세상 이치를 아세요? 여관이 잘 안 되는 것은 새로운 것이 없기 때문이라고요!"

그는 대개의 지배인처럼 작은 숟가락만 한 손톱을 가지고 있으며, 쥐 눈 모양을 한 인주에 거울을 받치고 있었다. 하지만 창백한 얼굴과 비쩍 마른 모습은 보통 지배인과는 또 달라서 아주 약골처럼 보였다. 그는 '하타먼哈德門' 담배 한 개치를 뽑아서 담뱃잎을 빼내고 거기에 소량의 백색가루를 집어넣고는 불을 붙여 피우기 시작했다. 곧바로 기력이 샘솟는 것 같았다. 논리정연하게 말하는 것이 건장한 사람보다 백배는 더 건강하고 힘차 보였다. 그는 기분에 취해 떠오르는 대로 말했다.

"주인장 말해 보세요! 이것이 왜 새로운 것이 아니라는 건가요? 담배를 다 피면 정신이 얼마나 맑아지는지 사람들은 몰라요. 어떤 사람들은 싫어하지만요! 예전에 사람들은 큰 담배가 좋다고 하지만, 라오老자 붙은 그런 것은 이미 이 새 신新자 붙은 것과는 비교가 되지 않는다고요. 못 믿겠으면 자 한번 피워 보세요."

"됐네." 주인장은 그의 이런 제안을 몇 차례나 거절한지 모른다. 그는 평상시처럼 손으로 수염을 쓰다듬으며 침침한 눈을 치켜뜨고는 상대방의 의도에 나쁜 뜻은 없는지 자세히 살펴보려는 듯 상대방의 눈을 몇 차례 쳐다보았다. 그리고는 머리카락이 얼마 남지 않은 빛나는 머리를 내저으며 불쾌한 표정을 지었다. 그는 하얀 가루가 마약이고 피우면 안 될 뿐 아니라 범죄라는 것도 알고 있었다. 아편 같은 것은 피우지 않고, 정정당당하게 징사하는 사람인 그는 스스로 나쁜 길로 빠질 수 없었다. 그는 계속해서 대답했다.

"고맙지만 나는 아편 피우지 않네, 라오우. 장사는 말이지, 내가 고지식해서 그런지, 그렇게 하는 것은 원하지 않네. 죽기 살기로 한다고 해도 절대로 이윤이 남지 않을 걸세. 고생은 고생대로 하고 지금 상황을 벗어날 수 없을 걸세."

"그럼 뭘 해서 벗어나려고요? 한탕 잘 해야지만 벗어날 수 있다고요." 왕라오우의 얼굴 근육이 뭐가 움직이는 듯 실룩거렸다. 그는 엄지손가락을 펼치고는, "합시다! 내 말대로 해보면 이번에 한 몫 보는 것이고, 안 한다면 그것도 그것대로 한 몫 보는 것이지요." 그는 새끼손가락을 들어서 흔들어

보였다.

"라오우, 화내지 말게나." 주인장은 여전히 침착했다.

"나는 자네가 불경기로 어려운 이 상황을 해결해 주길 원한 거지 나쁜 길을 제시하라고 한 것은 아니네. 나쁜 방법으로 어찌 돈을 벌 수 있겠는가!"

"나쁜 길이라고요? 주인장이 그렇게 생각한다면 결국에는 곤궁에 빠질 수밖에 없다고요!" 왕라오우는 화가 나서 손톱으로 탁자를 긁어댔다.

"올해 초 나쁜 길로 가지 않은 것이 뭐가 있습니까? 우선 사람 열 명 중에 아홉 명이 나쁜 길로 갔고, 장사하는 집도 열 집 중에 아홉이 나쁜 일을 합니다. 나라 안이 온통 나쁜 길로 가고 있다고요. 나쁜 길은 가고 싶지 않다고요? 그럼 손해를 보는 것 외에는 다른 방법이 없어요."

몇 차례에 걸친 상세한 설명과 몇 번의 심사숙고를 거쳐 주인장의 마음도 움직이기 시작했다. 이유는 간단했다. 왕라오우가 하는 말은 정곡을 찔렀고 근거 없는 헛된 말이 아니었기 때문이다. 하지만 평소에 이런 말을 들으면 그는 언제나 미간을 찌푸렸다. 주인장은 왕라오우의 유능하고 뛰어난 점에 대해 탄복할 정도였다. 그래서 그를 데려와 여관 일을 돕게 한 것이다. 그는 정말 기대한 바를 저버리지 않으려고 열심히 일했고, 여관을 일으키는 데 도움이 되는 의견을 제안했다. 하지만 최근 몇 년간 세상이 잘못되었는지 장사는 정도를 걸어도 발전하지 않았다. 그러더니 여관은 순식간에 장사가 안 되기 시작했다. 그렇다. 지금 상황을 보니 확실히 왕라오우의 제안을 들을 필요가 있었다. 그렇게 한다고 그가 기대하는 이윤을 얻을 수 있는 것은 아니지만 말이다.

"내 다시 곰곰이 생각해 보겠네." 주인장은 한 발 물러섰다. "자네 말이 일리가 있다는 것을 알고 있지만 그렇게 하면 좀 도리에 어긋나는 것 같아서 말이야."

"도리에 어긋난다고요?" 변화의 조짐이 보이자 왕라오우는 쥐를 몰 듯한 발자국씩 바짝 조여 갔다. "그러면 하루 종일 문 닫고 장사를 하지 않는 것이 도리에 맞는 일인가요! 아니죠. 주인장, 잘 생각해 보세요."

말하자면 그것은 두 달 전 일이었다. 어느 날, 왕라오우가 ××네 집에서 식사를 마치고 여관으로 돌아왔을 때 주인장에게 귀중한 정보를 가지고 왔다. 그는 희희낙락거리며 말했다. "주인장, 매일 장사가 안 된다고 하지 않았습니까. 오늘 제가 돈 버는 좋은 방법을 가져왔어요. 내 얘기만 듣고 그대로 준비하면 반드시 돈을 벌 수 있을 겁니다."

요새 장사가 부진하다고 생각하고 있던 주인장은 이런 놀랄 만한 말을 듣자 순식간에 펄쩍뛰며 좋아했다. 손이 민첩한 젊은이처럼 왕라오우의 어깨를 한참 동안 붙잡고 놓아주지 않았다. 빨리 알고 싶다며 급하게 물었다. "무슨 좋은 방법인데? 라오우, 어서 말해 보게나." 그는 정말로 아주 흥분했다. 사업이 부진하자 그는 마른 구덩이에 빠진 물고기가 한쪽으로 가는 길이 막히자 눈이 빠지게 기다리는 수밖에는 없는 것처럼 굴었다. 라오우가 좋은 방법이라고 하자 그야말로 오랜 가뭄 끝에 단비가 내리는 것 같았다. 그도 살아날 가망이 생긴 것 아닌가! 그는 기뻤지만 마음을 가라앉히고는 대답을 기다렸다.

"물론 좋은 방법이긴 하고, 보기 좋은 길을 바라지 말라는 것은 아니지만 모두 주인장이 결심하기에 달려 있지요."

"여관에 도움 되는 일에 내가 왜 결심하지 않겠나! 바보가 아닌 이상!"

주인장은 얼굴 주름이 겹겹이 포개질 정도로 좋아했다. 그는 눈을 뜨고는 상대방을 똑바로 바라보았다. "자네가 말하는 여관이 번성할 방법을 들어 보세나."

"네, 말씀드릴 테니 주인장이 할 수 있는지 보시죠." 그는 다른 사람이 들을까 봐 두려운 듯 일부러 가까이 다가가 낮은 소리로 말했다. "먼저, 여관에 그들을 데려와 상주하게 하고요, 두 번째는 도박장을 열고 아편을 파는 겁니다. 세 번째 방법은 기방을 운영하는 거지요. 처음 시작할 때는 현금이 많이 필요하지만 반년 안에 들인 돈을 다 벌어들일 수 있을 겁니다. 여관 안에 김구동金九東과 김구여金九如를 상주하게 하면 경찰도 들어와 검색하지 못할 겁니다. 그러면 도박하는 사람도 마음 놓고 할 수 있고, 아편도 마음 놓고 피울 수 있고, 창녀도 마음대로 할 수 있지요. 여관이 북적북적 흥청거리면 자연히 장사도 번창하지요."

"아~ 이런 방법이었군." 주인장은 온몸이 잠시 휘청거렸다. "안 되네. 이건 아니야. 이것은 범죄를 저지르는 일이잖아. 멀쩡한 사람이라면 누가 이렇게 돈을 벌려고 하겠는가!" 말을 마친 그는 간절한 마음을 담은 눈빛을 거두고 더 이상 상대방을 쳐다보지 않았다. 그는 얼마나 나쁜 짓을 많이 했을까 생각하며 왕라오우를 몇 번 흘낏 쳐다봤다.

"어때요?" 왕라오우는 차갑게 웃으며 말했다. "당신이 내 말을 듣지 않을 거라는 것을 알아요. 당신은 세상을 놀라게 할 만한 패기도 없고, 세상을 놀라게 할 만한 사업을 할 리도 없으니까요. 주인장, 내 계획을 듣지 않겠다면 주인장 계획이나 들어 봅시다."

시간은 하루하루 지나갔다. 주인장은 내내 좋은 계획을 생각해 내지 못했다. 두 달이 지난 오늘, 그는 어쩔 수 없이 양심을 속인 채 왕라오우의 제안을 받아들이기로 했다. 말하자면 그는 왕라오우를 아주 신임했던 것이다. 왕라오우 역시 주인을 아주 잘 보필해 왔고 그래서 여관을 일으킬 방법을 제안한 것이다. 그의 여관이 잘 되라고 한 것 아니겠는가! 그는 좋은 뜻이라고 생각했다. 이전처럼 여관이 잘 되려면 확실히 그의 말에 따라야 했다.

그런데 그때 갑자기 한 가지 문제가 생각났다. 참을 수 없어 다급히 물었다.

"라오우, 몇 집이나 이렇게 하는지 말한 적이 없는데, 며칠 전에 두 집이 압수당했다고 하던데 어찌된 일인가?"

"아직 압수당한 것은 아닙니다."

"근데 무슨 이유로?"

"무슨 이유는요, 한 가지 때문이죠. 일본인과 잘 지내지 못해서 원한을 산거죠."

주인장은 예전 일 하나가 떠올랐다. 그날 저녁, 거리에서는 임시로 계엄령이 내려진 것처럼 사람들을 검문했다. 상점들도 무슨 일인지 잘 모르지만 시내에 무슨 큰일이 일어났다고 생각하고 너도나도 가게 문을 닫았다. 최근 몇 년 동안 재해가 많았던 이 오래된 도시는 예상치 못한 상황에서 사람을 놀라게 하는 일들이 자주 일어났다. 나중에 그 일이 지나간 후에야 사람들은 ××네 여관이 압수당했다는 것을 알게 되었다. 도박 도구, 기녀, 아편은 모두 압수되고, 가게 안의 손님들도 모두 체포되어 경찰서로 끌려갔다. 나중에 가게 주인은 사형을 선고받았다. ××네 여관이 징사가 질 된 것은 확실한 사실이다. 하지만 자신의 목숨을 사형장으로 보내는 것은 주인장이 생각하기에 손해 보는 짓이었다. 곧 죽을 목숨인데 돈을 벌어 뭐 하겠는가!

"그들은 왜 일본인과 잘 지내지 않은 건가?" 주인장은 놀란 마음을 가라앉히고는 계속 질문했다. "무슨 이유 때문인가?" 그들에 관해서는 주인장이 더 분명하게 알고 있었다. 일본인은 이 오래된 도시에서 대단한 권력을 가진 사람들이다. 바꿔 말하면, 그들은 정말로 '천상천하 유아독존'이었다. 누구도 그들의 심기를 건드리지 못했다. 왜냐하면 이 도시의 어떠한 법도 그들을 다스릴 수 없기 때문이었다. 그들은 마음 내키는 대로 온갖 나쁜 짓을 저질렀다. 그들의 수하들도 법으로 다스릴 수 없었다. 그들은 마치 한

몸인 듯 특권에 기대어 나쁜 일을 자주 저질렀지만 그 누구도 감히 말하지 못했다. 뿐만 아니라 많은 중국인들이 일본인 세력에 기대어 마음대로 행동했다. 중요한 것은 그들과 친분을 맺기만 하면 어떤 문제도 없다는 것이었다. 하지만 그들과 친분을 맺는 데 대해서 주인장이 잘 이해하고 있는 것은 아니었다.

"친분을 맺지 못한 것은 못한 것뿐인데 무슨 이유가 있는가?"

"그렇게 된 데에는 항상 이유가 있지요." 주인장은 이런 답변이 마음에 들지 않았다. "처음에는 서로 잘 지냈다가 나중에 왜 그렇게 된 것인가?"

"그게 한 가지 일 때문만은 아니에요."

"한 가지 일?"

"돈 문제죠."

"돈이 어째서?"

"돈을 벌면 사람들과 나눠야 하는데, 그 여관주인과 일본인이 돈 때문에 사이가 틀어졌거든요. 그러니 어떻게 할 수 있겠어요."

"그런 이유라면 너무 잘 된 일이네. 사업할 때 이윤을 동업자와 나누는 것은 당연한 것이지. 그건 주인이 잘못한 거네."

"그렇죠. 주인장." 그가 말했다. "그럼 잘 생각해 보세요."

생각은 무슨 생각을 한단 말인가! 눈앞에는 두 가지 길이 있다. 돈을 벌고 싶으면 여관을 번성하게 할 나쁜 길로 가는 것이고, 나쁜 길로 가고 싶지 않으면 바른 말하는 군자가 되어 나라를 저버리지 않으면 되는 것이다. 겨우겨우 버텨가며 손해만 보면 되는 것이다. 이것은 아주 명쾌한 일이다. 가게 손님을 접대하는 것처럼 골치 아픈 일도 아니다. 정신에 특별한 문제가 없는 사람이라면 누구라도 그 차이를 구분해 낼 수 있는 일이다.

"생각하고 싶지 않네." 수많은 고난 속에서 구원받은 것 같은 주인장의 얼굴에는 웃음기가 가득했다. "자네가 말한 대로 하겠네."

"이제야 똑똑해지셨군요."

2

이날 저녁, 회선會仙호텔의 특실에서 모임이 있었다. 주최자는 흥성여관 주인인 자오싱청趙興盛이고, 참석한 손님은 지배인 왕라오우가 데려온 외국인 김구동金九東과 김구여金九如 형제였다. 이들은 주인장이 왕라오우가 제안한 계획을 받아들인 후에 초빙한 손님이다. 그는 그 제안을 몇날 며칠을 거듭하며 고민한 끝에 결국 여관 운영이 어렵다는 사실을 받아들였다. 그는 이 일이 법을 어기는 일이라는 것을 분명히 알고 있었지만, 무너져가는 여관을 일으키고 큰돈을 벌기 위해서는 목숨을 걸고서라도 정도가 아닌 길을 받아들이지 않을 수 없었다. 그들은 지금 바로 이 모임에서 이 일을 의논하려는 것이다.

자리에 앉고는 먼저 돌아가며 자기소개를 했다. 주최자의 인사말이 끝나자 구체적인 일을 의논하기 시작했다. 그는 여관을 일으키는 일에 대한 모든 전권을 손님 두 분에게 맡기고, 이후 이윤이 생기면 공평하게 나눈다고 말했다. 또 한 가지는 초빙한 손님들은 그와 왕라오우의 생명을 보호해야 한다는 것이다.

"당연하죠." 김구여는 웃으며 말했다. "목숨에 대한 안전은 우리가 어떻게든 있는 힘을 다해 보호할 것입니다. 이 뿐 아니라, 나중에 다시 목숨을 위협하는 일도 없을 겁니다. 하지만 우리 쪽 사람에게도 주인장께서 절대로 인색하게 굴어서는 안 됩니다."

"그럼요, 그럴 일은 절대로 없지요." 주인장은 겸손하게 말했다. "저는 원래 함께 잘 먹고 잘 살자는 뜻을 가진 사람으로 왕라오우가 이에 대해서는 잘 알고 있을 겁니다."

"맞는 말씀입니다." 왕라오우가 이어 말했다. "서로 도우며 살면 되는 것이죠."

이 두 외국인은 툭 터놓고 여관방을 공짜로 빌려달라고 말했다. 왕라오우는 이런 거래에서 그들을 알게 되었다. 그들은 그동안 왕라오우에게 정중하게 대하며 빌려준 돈도 재촉하지 않았다. 왜냐하면 왕라오우가 무슨 일을 하는지 알게 되자, 기회를 잡아 여관에 들어가 큰돈을 벌려고 했기 때문이다. 그리하여, 어느 날 김구여가 말했다. "왕라오우, 내가 당신네 여관에 돈을 들여 장사를 하고 싶은데 어떻습니까?"

"돈을 들여 무슨 장사를 하려고요?" 그는 다급하게 물었다.

김구여가 무슨 일을 할지 말을 꺼내자 왕라오우는 몸을 들썩이며 신나했다. 그는 엄지손가락을 번쩍 들어 좋다고 하며 그의 어깨를 한 번 툭툭 쳤다. 그 이후로 그는 이 돈 벌 계획을 누차 주인장에게 말했고 오늘에 이르러 그 결실을 맺게 되었다.

김구동은 술을 두 잔 마시고는 입을 열었다.

"좋습니다. 일은 이렇게 하죠. 일본인 쪽 일은 우리가 맡아 책임질 것이고 잘못될 일은 없을 것입니다."

"지금 그분을 모셔 와 식사를 하면 어떨까요?" 주인장은 마음이 급한지 일본인과 만나려고 했다. "되는 대로 말하는 것은 좋지 않습니다."

김구여는 정중하게 말했다.

"그건 안 됩니다. 그 사람은 우리와 같이 식사하지 않습니다."

"왜죠?"

"그 사람은 대국의 국민이잖아요."

"그렇다면 우리두 조건을 의논해야지요." 왕라오우가 의견을 제시했다. "다 의논 하고 나서 일을 시작해야지요."

"무슨 조건을 의논하자는 건가요?" 김구여가 말했다. "지난번에 4대 6으로 하자고 말하지 않았습니까?"

"4대 6은……" 주인장은 다시 생각해보니 부당한 것 같았다. 비록 그가 도량이 넓고 관대하다고 하지만 돈을 댄 사람이 더 많이 가져야 한다고 생각했다. 장사가 안 돼 손해를 보게 되어도 주인 혼자만 책임을 지기 때문이다. 하지만 그는 동의하지 못한다는 말을 하지 못했다. 왜냐하면 조력자인 두 사람의 기분을 상하게 해서 안 한다고 할까 봐 두려웠기 때문이다. 그러면 돈을 벌 수 없게 될 것이다. 그는 끝까지 관대해야 했다. 결국 그는 어색하게 대답했다. "좋아요, 그렇게 하죠 뭐."

"일본인 3할, 우리 1할, 라오우 1할, 주인장 5할."

김구동이 끼어들어 말했다.

"우리 집이 작아요. 일본인 집도 작고. 그래서 모두 여관에서 함께 거주해야 합니다."

나중에 주인장이 지출할 것을 계산해 보니, 실제 그의 몫은 3할에 불과했다. 목숨을 건 모험을 해서 3할의 이윤을 얻는다니 조금 손해 보는 것 같았다. 아니다. 장사가 잘 되어 수입만 많다면 괜찮을 것이다. 그는 완전히 동의했다.

"그러면 이제 무슨 사업을 하죠?" 왕라오우가 말했다.

"처음에는 당연히 아편을 빼놓을 수 없지요." 김구여가 대답했다.

"두 번째는요?"

"두 번째는 도박장이죠."

"세 번째는?"

"아가씨 장사죠."

"네 번째는?"

"전당포를 하는 거죠. 밀수도 다시 좀 하고요."

"다섯 번째도 있어요?"

"네 번째까지 하면 됐죠. 내 장담하는데, 한 달이면 큰돈을 벌 것입니다."

그는 주인장을 보며 말했다. "주인장, 이제 운이 트였습니다."

만약에 정말로 이렇게 할 수 있다면 주인장은 정말로 운이 트일 것이다. 여관을 다시 일으킬 뿐만 아니라 많은 돈도 벌 수 있을 것이다! 다행히 흥성여관의 정원이 크고 객실 방도 많아서 활용하려면 충분히 활용할 수 있었다. 그는 영업을 시작하고 차량이 끊이지 않는 장면을 떠올리자 너무 좋아서 어찌 해야 좋을지 몰랐다. 아마도 한 달 반 후에 그는 돈 있고 권세 있는 사람이 되어 있을 것이다. 그렇다. 왕라오우는 고려인이 알려준 것이라며, 이후 정세에 무슨 변동이 일어나면 그들 두 사람 모두 말단관직이라도 할 수 있다고 말하지 않았던가! 여기까지 생각하자 그는 신이 나서 말했다. "네네, 제가 정말 운이 트였나 봅니다. 모두 여러분이 도와주신 덕분입니다. 자, 우리 건배 합시다!"

"자, 여러분 건배! 우리 모두 행운이 있기를!" 주인장은 술잔을 들었다. "마셔요!"

네 개의 술잔이 공중에서 부딪히며 또 다시 건배를 했다.

"근데 한 가지 말할 게 있습니다." 김구여가 술잔을 내려놓고는 뭔가 생각이 난 듯 말했다. "여관의 돈 관리는 반드시 그 사람에게 맡겨야 합니다."

"그게……" 주인장은 그렇게 생각하지 않았다. "그렇게 할 수 없는데

요."

"그럼요. 돈은 주인장이 관리해야죠." 왕라오우가 맞장구를 쳤다. 주인장이 돈 관리를 하면 당연히 그의 손을 벗어날 수 없을 것이다. 그에게는 얼마나 편리하겠는가.

"그건 안 되죠." 그 동생이 말했다. "당신들이 돈 관리를 하면, 그 사람은 협조하지 않을 겁니다. 그는 다른 사람을 믿지 않아요. 자신만 믿어요."

"됐어요. 주인장 그냥 따릅시다." 왕라오우는 이 일이 무산될까 봐 걱정되었다. 나중에도 양보할 수밖에 없다며 그렇게 하자고 했다.

"이것은 큰일도 아니에요. 게다가 그 사람 일처리는 아주 신용이 있잖아요."

주인장은 어쩔 수 없이 결국 승낙해버렸다. 손해를 보면 얼마나 손해를 보겠는가, 돈만 벌면 된다고 생각했다. 그리하여 이어진 것은 계약서를 쓰는 것이었다.

"여보게." 왕라오우가 일하는 사람을 불렀다.

"펜과 잉크를 가져오게."

종이는 이미 사 가지고 왔다.

왕라오우가 대필인으로, 방금 의논한 내용을 하나씩 문장으로 써 나갔다. 그런 후에 모든 문장을 한 번씩 읽고는, 네 사람이 모두 도장을 찍었다.

김구여는 웃으며 말했다.

"원래 중일한 삼국이 한마음으로 일해야 성공한다는데, 이 말이 조금도 틀리지 않네요. 오늘부터 우리에게 새로운 앞날이 시작되는 겁니다."

"네네." 주인장은 연달아 대답하며 되물었다. "그런데, 일본인 쪽 일은 어떻게 할 겁니까?"

"그쪽은 우리가 다 연락해 두었습니다. 접대할 필요도 없고 맞이할 필요도 없습니다. 며칠 뒤에 바로 여관으로 이사 갈 것입니다."

"그 사람 이름이 뭐요?"

"니시다西田라고 합니다."

"두 분이 니시다 선생에게 잘 말해 주세요."

"당연하죠."

계약서는 두 장을 썼고, 양측이 각각 한 장씩 보관하기로 했다.

김구여는 이미 식사를 다 했다. 그는 얼굴을 닦으며 주인장에게 말했다.

"이레 뒤에 문을 열어도 될까요? 주인장."

"왜 안 되겠습니까."

"빠를수록 좋죠."

"당연하죠."

주인장의 눈앞에서 꽃송이가 피어나고 있었다. "취했네." 그가 말했다.

"라오우, 나 좀 데려다 주게."

"진짜로 취한 거예요? 가짜로 취한 거예요?"

"진-짜 취했네."

3

　그리하여 흥성여관은 영업을 중지하고 사흘 동안 내부수리를 하고, 나흘째 되는 날 바닥을 다시 깔았다. 대문도 새로 바꾸고 정원 구석구석에 있던 가라앉은 분위기도 쓸어냈다. '니시다'라는 세 글자가 칠해진 간판을 문옆에 걸자 위풍당당한 거인 같아서 검문하는 경찰도 감히 들어오지 못했다. 게다가 순찰을 도는 경찰들은 그것이 중요한 인물인 것처럼 무슨 실수라도 할까 봐 조심하며 보호했다. 낮에는 아무 영업도 하는 것 같지 않은데, 밤만 되면 사람들로 북적거리며 활기가 넘쳤다. 각지에서 온 남녀노소가 무리를 지으며 분주하게 여관 안으로 들어갔다. 대문 앞에 두 줄로 길게 늘어서 있는 차들은 낮은 담장처럼 여관을 둘러싸고 있었고 거리는 흥청거렸다. 지나가는 사람이 코가 막히지 않았다면, 사방에 퍼지는 지독한 아편 냄새를 분명히 맡을 것이다. 여관 안에 있는 사람들이 깔깔거리며 웃고 떠드는 소리는 세차게 흐르는 물처럼 흘러 넘쳤다. 광고도 하지 않고 홍보도 하지 않았는데 놀랍게도 여관은 이렇듯 장사가 잘 되었다.

거리에 있는 가게들은 흥성여관이 무슨 장사를 하는지 알게 되었고, 도시 전체에 있는 사람 대부분도 알게 되었다. 하지만 관청이든 개인이든 누구도 감히 그들의 죄를 묻지 못했다.

어느 날 저녁 해가 지고 얼마 지나지 않은 때, 흥성여관 문 앞에 예닐곱 대의 차량이 연이어 도착했다. 차 안에는 화물이 가득 들어차 있었다. 지나가는 사람들이 화물 포대를 하나씩 내리는 것을 보자 자기도 모르게 소리를 질렀다.

"인조견이야."

"그 안에 분명히 아편이 있을 거야."

"밀수한 화장품도 있겠지."

그러자 가슴에 정의와 분노를 품고 있던 사람들이 경찰에게 질문했다.

"밀수품인데 왜 검사를 안 하는 겁니까?"

"우리도 알고 있습니다." 경찰이 대답했다. "분명히 아편이겠지요. 하지만 우린 손댈 수 없습니다."

"그게 도대체 무슨 소리요?"

"누가 저 간판을 건드릴 수 있습니까!" 경찰은 사람들 보라고 일부러 손으로 그 간판을 가리키며 말했다. "우린 못합니다."

"조사하면 당신들도 포상금을 받을 수 있잖아요."

"공을 세우는 것을 바라지 않고 실수하지 않기를 바랄 뿐이죠. 그들 면전에서 쓸데없이 참견해서는 안 되지요."

"그렇다면" 어떤 사람이 다급한 소리로 말했다. "그럼 법은요?"

"법도 그들을 어쩌지 못해요."

"웃기는 소리."

"웃기는 일이야 많지요."

여관 안 등불은 백화白畵[1]처럼 밝았고, 음탕한 정조를 띤 노랫가락이 여관 안에서 흩날리며 들려왔다. 마작도구들이 부딪히는 소리와 도박꾼들이 내는 소리가 뒤섞여 분간이 되지 않았다. 대문 밖에 있는 운전수들은 차 발판에 나른하게 앉아서 노랫소리를 들으며 졸았다.

갑자기 여관 안에서 욕하는 소리가 나서 사람들이 깨어났다. 밖에 있던 사람들은 안채와 사랑채 사이의 마당에 있었기 때문에 분명히 볼 수 있었다. 그것은 그들 일당이 도박꾼 두 명을 둘러싸고는 심하게 추궁을 하는 모습이었다. 김구동이 고개를 들어 길을 비키라고 소리쳤다.

"당신은 왜 돈을 안 내! 뭔데 돈을 안 내!"

"오늘은 없어요!" 상대도 만만치 않았다. "오늘은 돈이 없어요!"

"돈이 없으면 안 되지!"

"안 되면 어쩔 건데?"

"맞아야지!"

"맞아? 때려 보든가!"

일당 한 명이 갑자기 가더니 따귀를 한 대 갈겼다. 그러자 주먹다짐이 시

1 [역주1] 동양화에서 채색을 하지 않고 묵선만으로 그린 그림을 말한다. 백묘화라고도 한다.

작되었고 그들 중 몇 사람이 한패를 이루어 난장판 속에서 갑자기 개떼처럼 도박꾼 두 명을 쫓아갔다. 이 난장판의 결과는 보지 않아도 알 수 있었다. 그 도박꾼 두 명은 움직일 수 없을 정도로 맞아서 깅시처럼 바닥에 뻣뻣하게 누워 있었다. 그들은 서두르지 않고 계속 욕을 해댔다.

"시발 놈의 새끼. 돈을 낼 거야 말 거야!"

"돈을 안내면 맞은 데가 아물자마자 다시 네놈들의 거기를 때려 주마!"

이때, 주인장은 뒤로 물러나 올라가서는 흥청거리는 손님들 속에서 죽어가는 두 사람을 보고는 안절부절못했다. 만일에 사람이 죽으면 어떡한단 말인가? 그가 주인이니 당연히 그 답을 회피해서는 안 된다. 그가 당황해서 멍하니 있자, 김구동이 입을 열어 명령을 내리고 있었다.

"저 두 놈을 길에다 갖다 버려. 죽어도 중국 땅에서 죽게."

그가 말을 마치자, 그들 패거리가 떠들썩하게 소리를 치며 죽어가는 그 두 사람을 큰길가에 내다 버렸다. 그리고는 다시 떠들썩하게 소리를 치며 여관으로 들어와서는 아까 있었던 닌장판은 잊어버린 듯 다시 영입을 시작했다.

경찰은 이때서야 다가가 그들의 권한을 행사해야 한다는 것을 알았다. 먼저, 경찰서에 전화를 걸어 지원을 요청하고, 부상당한 두 사람을 조심스럽게 옮겨 보살폈다.

길에서 난리가 한바탕 벌어지자 운전수들은 놀라서 일어났고, 지나가던 사람들도 모여들어 웅성거리고 있었다. 그들을 불쌍히 여기는 사람들은 없었다. 모두 자업자득이라며 그런 일을 당해도 싸다고 말했다. 그리고 경찰도 여관에 들어가서 그들을 체포할 수 없다고 말했다.

왕라오우는 문 안에서 밖을 잠깐 살펴보고는, 주인장을 찾아가 얘기를 나눴다. 이렇게 포악하고 잔인한 행동은 온화하고 인정 많은 주인장의 성정을 혼란스럽게 했다. 그는 이렇게 하는 것이 너무 지나치다고 생각했다. 그가 이런 생각을 말했을 때, 그의 지배인도 그에게 공감할 줄 알았다. 하지만 뜻밖에도 왕라오우는 변했다. 그는 그들의 방법이 가장 옳다고 하며 경고하는 것만으로는 부족하다고 말했다.

"당신 변했군." 주인장은 참지 못하고 말했다. "라오우, 그렇게 말하면 안 되지."

"아니요." 왕라오우는 단호하게 말했다. "올해 초에 무슨 일이든 마음을 독하게 먹어야 한다고 말했잖아요. 그렇지 않으면 우리만 손해 본다고요. 예를 들어, 예전에는 서로 화목해야 재산이 생겼지요. 하지만 너무 정이 많으면 돈도 더 이상 찾아오지 않아요. 지금은 세상이 변해서 화목하지 않아도 돈은 저절로 쌓입니다. 올해 초에 방법이 있다고 말했잖아요!" 그는 화제를 바꿨다. "최근에 날마다 매출이 몇 백이라고 들었어요."

주인장의 자애로운 마음이 단번에 넘어갔다. 왕라오우의 말이 설득력이 있는 만큼 그도 자신의 선한 마음을 기꺼이 다잡았다. 그리고 어쨌든 모두 큰돈을 벌려고 하는 것이니까. 그는 왕라오우가 내민 회계장부를 떠올렸다. 사실 적지 않은 액수였지만 그렇다고 다 믿을 수는 없기 때문에 몇 가지 물었다.

"라오우, 누가 한 말인가?"

"니시다가 한 말이죠."

"아, 그렇군."

"안팎으로 장사하는 것을 봐도 알 수 있잖아요."

주인장은 기분이 좋아졌다. 비록 사업에 얼마간 돈을 더 썼지만 지금 많이 벌고 있으니 곧 메우게 될 것이다.

"그런데" 왕라오우는 한 가지 일이 생각났다. "주인장 혼자서는 밖에 나가지 마세요. 당신을 잡아가면 구할 방법이 없으니까요. 공안국이 이미 수사를 착수했다는 말을 들었어요."

"자네가 대여섯 번 말하지 않았나."

"잊어버렸을까 봐요."

주인장은 이 일을 옥에 티라고 생각하며 안타까워했다. 사람이 매일 집 안에만 묶여서 밖에 한 발자국도 나가지 못하니, 돈을 벌어도 자유롭다 할 수 없지 않은가. 그는 말하지 않을 수 없었다.

"이렇게 계속 지낸다면 너무 자유가 없는 건 아닌가."

"앞으로 어디든지 갈 수 있잖아요. ××여인이 듣기에도 좋고요. 돈을 벌기만 하면 다르게 살 거예요. 나중에 당신 아들을 위해 ××에게 혼담을 꺼낼 수도 있고요."

"라오우, 이건 하룻밤 꿈이 아닌가?"

"꿈이 아니에요. 그들에게 이미 확답을 받았어요."

"그럼 됐네. 축하주가 맛있구먼."

바로 이때, 한 아가씨가 눈물을 흘리며 뛰어 들어왔다. 흐느끼며 우는 것이 주인장을 찾아와 구해달라는 것 같았다.

"무슨 일인가?" 왕라오우가 물었다.

"그 사람이 억지로…… 저에게…… 저는 아파요. …… 억지로…… 저에게 손님을 맞으라고……."

김구동이 뒤따라 들어와서는 범인을 체포하는 것처럼 아가씨의 손을 끌고 가서는 큰 소리로 화를 냈다.

"망할 년, 너 편하라고 여기 있는 줄 알아? 몸 팔라고 여기 있는 거야! 얼른 가! 주인장을 찾아가면? 주인장도 어쩔 수 없어. 내가 바로 네 주인이야!"

그 아가씨는 죽을힘을 다해 문틀을 붙잡고 놓지 않았다. 김구동은 그녀의 따귀를 한 대 때리고는 끌고 갔고, 그녀의 흐느끼는 소리만 들렸다.

"저는…… 아파요. 손님을…… 받을 수…… 없어요." 그러자 또 따귀를 때렸다.

"저 사람 너무 포악해."

직접 눈으로 이 광경을 본 주인장은 애처로운 마음이 드는 것을 금할 수 없었다. 하지만 그는 한마디도 말하지 않았다. 그렇다. 그 사람은 왜 자기가 주인이라고 하는가? 이것은 주인인 그를 무시하는 것 아닌가?

"주인장, 한가지 부탁할 게 있습니다." 왕라오우는 히죽거리며 나지막이 말했다. 그가 온 것은 이 때문이었다. "수중에 돈이 한 푼도 없어요. 죄송하지만 돈 좀 빌려주세요."

"괜찮네." 주인장이 다시 물었다. "얼마나 필요한가?"

"오 원이요. 얼마나 더 빌려 줄 수 있나요?" 왕라오우는 거들먹거리는 말투로 말했다. "사실 우리가 알고 지낸 지 오래됐잖아요. 다른 말은 않겠습니다. 이 장사를 다른 사람에게 소개해주면 한 사람 당 이백은 받지 않겠습니까? 하하하."

주인장은 이 말이 잘못 됐다고 생각했지만 오 원을 그에게 건네주었다.

4

그날 밤, 주인장은 혼자 방에 틀어박혀 고려인이 기고만장하여 자신을 능멸하던 일을 떠올리고 있었다. 그때, 갑자기 문소리가 들렸다.

"누구시오? 들어오시오."

김구동이 궐련을 입에 문 채 들어왔다.

원망하고 있던 그가 스스로 찾아온 것이다. 하지만 주인장도 그의 기분을 상하게 할 수 없었다. 그를 맞이하여 앉으라고 하고는 차 한 잔을 내접했다.

"최근 장사는 어떤가요?" 김구동이 입을 열었다. "전에 당신이 할 때보다 괜찮은가요?"

"물론 좋습니다. 이게 다 당신들이 힘쓴 덕분이죠."

"이게 허풍 떠는 게 아니라, 당신들이 아무리 수완이 좋아도 이렇게 장사가 잘 되지는 못할 겁니다." 그는 담뱃재를 털고는 다시 담배를 쭉 빨았다.

"기회가 되면 나중에 다시 더 큰 사업을 할 수도 있습니다."

"아주 좋네요." 마음에도 없는 말을 했다. "정말 좋아요."

"일본인은 아주 뛰어나죠."

시계가 여덟 번을 울리자, 여관 안팎이 웅성거리며 소란스러워졌고, 베틀 북이 왔다 갔다 하는 것처럼 사람들이 오고갔다. 유성기에서 낯간지러운 노랫가락이 흘러나와 사람들의 정신을 자극하고 있었다. 이때, 김구동은 갑자기 어떤 일이 생각났는지 서둘러 말했다.

"주인장, 잊어버리고 있었는데 같이 경극 보러 가기로 했잖아요. 같이 가실래요?"

주인장은 처음에 그가 마음대로 갈 수 없는 곳이라는 것을 잊어버린 듯 듣고는 좋아했다. 하지만 곧 어리둥절해졌다.

"당신이 밖에 나가면 안 된다고 하지 않았소?"

"저와 같이 나가는 거야 괜찮죠. 경찰도 우리를 어쩌지 못할 거요."

주인장은 너무 좋은지 신이 나서 말했다.

"좋습니다. 들으러 갑시다. 하지만 이번에는 제가 모시겠습니다."

주인장은 체면을 중시하는 사람이라 사람을 접대하는 것도 매우 합리적으로 했다. 그래서 이렇게 말한 것이다.

"아니오." 김구동은 단호하게 말했다. "제가 제안한 것이니 당연히 제가 내야지요."

"아닙니다. 제가 내야 합니다."

"당신이 내면 좋은 자리를 살 수 없어요."

주인장은 처음에 좀 이해가 안됐는데, 나중에 설명을 다 듣고 나자 어떤 상황인지 알게 되었다. 그래서 상대의 뜻대로 해야만 했다.

큰길가에 한 발을 내딛은 주인장은 눈앞에서 천장이 열리는 듯 온몸으로 상쾌한 기분을 느꼈다. 눈앞에서 본 것은 여관 안의 제한된 작은 공간만이 아니었다. 자유가 그다지 좋지 않다고 할 사람은 하나도 없을 것이다. 그는 이후에도 자주 그를 데리고 나가달라고 말하고 싶었지만 말하지 못했다. 하나는 체면 때문이고 둘은 그가 다른 요구를 할지 몰라서였다. 이것뿐이었다. 정말로 경찰은 그를 봤지만 체포하지 못했다.

그들이 극장에 도착했을 때 앞부분은 이미 공연이 끝났다. 특별관람석은 자리가 몇 개 없었는데, 마지막 막을 보려는 사람들이 이미 표를 전부 사 버렸다. 김구동은 이에 상관없이 좋은 자리를 골라 그 자리에 앉았고, 주인장도 그를 따라 옆에 앉았다.

극장 직원이 당황하며 뛰어 올라와 급하게 말했다.

"여기는 장공관이 예약한 자리입니다. 뒷자리에 앉아주십시오. 앞자리는 모두 예약되었습니다."

"이 자리가 좋은데, 뒤로 가지 않으면 어떻게 할 건데?" 그가 소리를 질렀다. "공관이든 사관이든 먼저 온 사람이 앉는 거지. 누가 똑같이 돈을 내겠대!"

극장 직원들이 연달아 와서 말했지만 손님이 가지 않고 강경하게 굴자 그냥 돌아갈 수밖에 없었다. 그들이 보기에도 손님이 범상치 않았던 것이다. 김구동은 뜻밖에도 크게 소리를 질렀다.

"어떤 중국인도 우리 기분을 상하게 할 수는 없지!"

조금 지나자 노래 공연이 멈췄다. 원래는 마지막 막이 등장할 차례로 장막을 바꾸고 있는 중이다. 무대 앞의 전등불이 모두 다 켜져 무대가 대낮같이 밝아졌다. 특별관람석에도 손님이 차기 시작했다. 그들 앞에 한 쌍의 부부가 좌석번호를 보며 서 있었다. 남자가 입을 열었다.

"실례합니다. 여기는 저희가 예약한 자리입니다."

극장 직원이 뛰어왔지만 아무 말도 못했다. 조금 지나자 구경거리가 생긴 듯, 무대 위아래에 있는 사람들 모두 이 사소한 말다툼에 주목했다.

김구동은 아주 무례하고 거친 소리로 말했다.

"당신이 예약한 자리에 오지 않아서 우리가 앉은 거요!"

그리하여, 양측은 서로 다투기 시작했고 옆에 있던 사람들은 분노했시만 누구도 나서서 중재하려고 하지 않았다. 사람들은 이로 인해 귀찮은 일에 휘말릴까 봐 두려워했다. 씩씩거리며 화만 낼 뿐 강 건너 불 보듯 방관했다. 그 중년 남자도 이 상황을 간파하고는 화는 났지만 결국 양보하여 부인을 데리고 집으로 돌아갔다.

사람들이 술렁거리기 시작했다. 극의 새로운 장면이 시작된 것이다.

사람들은 낮은 소리로 소곤대며 그들의 잘잘못을 평가했다. 그 사람이 막무가내이긴 했지만 예약한 사람도 너무 참았어. 먼저 예약했으니 얼마든지 당당할 텐데 왜 그냥 가버렸는지 모르겠어. 하지만 어떤 사람은 예약한 사람이 아주 적절하게 처신했다며, 그렇지 않았다면 돌이킬 수 없는 상황이 되어 아주 골치 아플 뻔 했을 거라고 말했다. 결국에 가서는 사람들 모두 주인장을 외세의 힘에 기댄 놈, 인간이 아니라 노예에 불과하다고 손가락질했다. 이런 소리를 들은 주인장은 머리에 우박덩어리를 맞은 것처럼 너무 큰 모욕을 받은 것 같았다. 그는 희극을 보고 즐기려고 온 것인데 다른 사람들의 손가락질을 받게 된 것이다. 하지만 그가 한마디라도 반박할 수 있었을까? 아니, 한마디도 감히 할 수 없었다. 이런 세상의 이치는 그도 잘 알고 있었고, 무엇을 잘못했는지도 잘 알고 있었다. 그는 옆에 앉은 사람들을 슬며시 살펴보았다. 그 사람들은 마치 아무 일도 없다는 듯이 눈을 크게 뜬 채 무대 위에 펼쳐진 공연을 보고 있었다. 주인장의 얼굴은 단풍잎처럼 빨개졌고, 온몸에 열이 나는 것 같았다. 너무 고통스러워 눈앞이 한순간 캄캄해지며 잘 보이지 않았다.

주인장은 지금 한 가지 의문이 들었다. 외세에 의지하여 사업을 하는 것이 옳은 일인가? 그는 혼란스러워졌다. 도대체 좋은 방법은 무엇인가? 극장을 떠날 때까지 계속 그는 이 일에 대해 생각했다. 그러나 길에서 순찰 중인 경찰이 적의의 눈빛을 띤 것을 보고는 자신의 안전을 위해서라도 이 길을 가야 한다고 결심했다. 게다가 이 일은 결코 계산을 잘못한 것이 아니다. 잘못한 것은 잘못된 편에 선 것밖에 없다.

여관에 돌아오니 장사는 아주 잘 되고 있었다. 그는 눈으로 직접 문 앞에 늘어서 있는 차량을 보자 방금 있었던 난처했던 상황도 모두 잊어버렸다. 그는 김구동을 방으로 오라고 하고는, 그가 자리에 앉자 마침 의논할 일이 있다고 말했다.

"그럼 더 잘 됐네요."

두 사람이 방 안에 들어와 앉자, 김구동은 서류 한 장을 꺼내 그 앞에 내밀었다.

"주인장, 이 서류를 작성하면 나중에 좋은 것이 있을 겁니다."

무슨 좋은 것이 있단 말인가? 그가 문서를 받아 보니, 이름, 본적, 경력, 나이 등등의 내용을 항목에 따라 써 넣어야 하는 것이었다. 김구동은 이것 외에 젊은이 몇 명이 있는데 언젠가는 쓸모가 있을 거라며 그에게 부탁했다.

주인장은 이 문서의 의도를 파악할 수 없었다. 그는 문서를 받고는 바로 쓰지 않고, 자세히 보고 생각한 후에 이틀 뒤에 다시 주겠다고 말했다. 그러자 이런 반응이 김구동은 불쾌했는지 갑자기 그의 얼굴을 잡아당겼다.

"당신에게 좋은 것을 주겠다는데 안 듣겠다. 그럼 마음대로 하시지요."

"안 듣겠다는 게 아니오." 주인장은 바로 대답했다.

"내 말은 여기에 두고 따로 기회를 기다리자는 것이오. 나에게 몇 개 더 쓰게 하자는 것은 아니잖소."

김구동은 고개를 끄덕이며 얼굴에 미소를 지었다.

"저를 책망하지 마시고, 김 선생, 제가 몇 가지 물어봐도 될까요?"

"안 될 것 있습니까."

"그럼, 이것을 쓰면 저에게 무슨 좋은 짐이 있나요?"

김구동은 큰 소리로 대답하지 않고, 귀 가까이에 대고 작은 소리로 한참을 말했다. 주인장의 얼굴에는 긴장과 초조함이 보였지만 시종일관 흐트러지지 않았다. 김구동의 말은 정말로 그를 놀라게 하고 두렵게 했다. 만약 김구동이 말한 대로 한다면 그는 나라를 팔아먹은 죄인이 되는 것이다! 그러나 이 사람을 대할 때 빈틈이 드러나서는 안되겠기에 마음과 다르게 고개를 끄덕이며 거듭 그렇다고 말했다.

"다 괜찮죠?" 김구동은 의례적인 말을 하고는 한마디 되물었다.

"괜찮습니다."

지금에야 주인장은 김구동이 말한 일에 대해 동의를 하건 반대를 하건, 큰일이든 사소한 일이든 모두 그의 말을 따르지 않을 수 없다는 것을 깨달게 되었다. 이미 그의 계략에 빠진 이상 그들을 따라 함께 하지 않을 수 없다는 것도 알게 되었다. 그렇다. 그는 그들에게 의지하지 않고는 사업을 발전시킬 수 없게 된 것이다. 죄를 지었건 안 지었건 전부 빠져나갈 수 없게 된 것이다! 그가 지금 그들을 벗어난다면 목숨조차 보장할 수 없을 뿐 아니라, 사람들이 그를 매국노 취급하니 죽어도 묻힐 곳조차 없을 것이라는 점도 더욱 분명해 졌다.

그러나 김구동 그자들이 부리는 흉악한 횡포가 과연 끝까지 믿을 만한 것인가? 만일 그들이 그의 약점을 알고는 일부러 그를 폭행한다면 반항할 방법도 없고 도망칠 곳도 없을 것이다. 그렇다면 어찌해야 한단 말인가?……

이 때문에, 김구동이 가고 난 후, 그는 왕라오우를 불러서 그에게 한바탕 욕을 해대며 가슴 속에 맺힌 분노를 풀어내고 싶었다. 정말로! 그는 완전히 강요에 못 이겨 한 것이다. 왕라오우는 그를 진퇴양난에 빠지게 한 것이다. 그는 왜 잘 생각하지 않고 급하게 이런 식으로 살 길을 찾았는지 눈앞이 아찔하고 화가 났다! 그는 손으로 자신의 뺨을 몇 차례나 심하게 때리며 스스로를 조롱했다. "이 늙은이야. 나이 들수록 멍청해지기나 하고." 그러나 곧이어 이와 상반된 말이 그의 귓가에 들렸다. "마음이 모질지 못하고 의지가 굳건하지 못한 사람은 평생 큰 사업도 할 수 없고 큰돈도 벌 수 없는 거야!" 그는 왜 후회하며 겁을 내는 것인가? 왜 주저하는 것인가? 어쨌든 끝까지 밀고 나가야 한다!

이로서 모든 걱정 근심은 뿔뿔이 흩어졌고, 그는 마음속 열망을 드러냈다. 그것은 그의 결심이고, 자신의 사업과 장래의 나갈 길을 위한 것이었다. 이로서 김구동에 대한 불만과 분노의 마음도 줄어들었다. 오히려 기억을 더듬어 과거에 그와 나누었던 뜨거운 우정을 찾아냈다. 그는 김구동을 대신해 그 서류를 작성하기로 했다. 많이 생각할수록 쓸 것이 많았다. 그는 이 생각 저 생각하다가 자기도 모르게 읊어댔다.

"장스팡(張世方), 미오취안다이(毛소泰), 자오거다(趙可大)……."

그는 더 빠르게 속도를 내 이리저리 머리를 굴렸다. 사람이 신이 나고 유쾌해지니 여의치 않았던 일도 모두 잊혀졌다. 그리하여 그는 그날 밤 아주 달콤하게 잠이 들었다.

5

한 달이 아주 빠르게 지나갔다. 홍성여관의 한 달 영업 내역을 결산했다. 모든 지출비용을 빼고 은화 2천 위안이 남았다. 주인장은 가로쓰기로 되어 있는 장부를 빈나절이나 보고 나서야 이해했다. 예전 여관에서는 모두 중국식 장부를 사용했기 때문에 이 장부가 눈에 좀 거슬렸다.

한 달에 순이익이 2천 위안이라면 아주 많은 것이다. 최근 몇 달 동안 장사가 안 되어서 월수입이 많지 않았다. 그 전과 비교하면 그는 이 많은 금액에 기뻐해야 한다. 아니, 이것은 누구 사업인가? 모두 그가 낸 돈으로 한 것 아닌가! 여관을 새로 개업했을 때 5천 위안을 내놓았다는 것을 그가 어찌 잊을 수 있는가. 하지만 지금 사람들이 그의 이익을 나누고 있다. 그 2천 위안이 ××은행에 들어가 있다면, 천 위안은 그의 것이고, 6백 위안은 일본인, 2백 위안은 김구동 형제, 왕라오우도 2백 위안을 받는다. 이렇게 일년 매출을 결산해 보면 수입이 나쁘지 않고 더 좋아질 것이다. 하지만 그는 사람들이 그 많은 돈을 나눠 갖는 것을 눈앞에서 보자, 그들이 그렇게 큰

몫을 차지하는 것이 정말 마음에 들지 않았다. 돈을 ××은행에 맡기는 것은 더욱 반대했다. 왜냐하면 일본인이 개설한 것이기 때문이다. 이밖에도 의문이 들기 시작했다. 만약에 여관의 한 달 순이익이 4천 위안이라면 그 사람들에게 2천 위안이 돌아간다. 방법이 없는 것도 아니지 않는가! 그가 장부 조사를 해보니, 잘못 계산된 것이 있었다. 그는 장부를 일본인이 관리하도록 넘기지 말았어야 했다.

그는 정말로 일본인과 맞설 수 있을까? 그는 장부를 바라보며 망연해져 끓어오르는 분노를 금할 수 없었다. 이때 왕라오우가 언짢은 얼굴을 하고 방 안으로 뛰어 들어왔다. 그에게 무슨 할 말이 있는 것 같았다. 그는 이런 왕라오우를 무시하고는, 그가 이미 고려인들과 한통속이 되어 장부를 거짓으로 작성하고 그들과 결탁해 부정한 짓을 하며 그를 속였을지도 모른다는 생각을 했다. 그는 화가 나서 고개를 들며 무례하게 말했다.

"라오우, 당신 뭐하는 거야?"

그의 말은 아직 끝나지 않았지만 이런 뜻인 것 같았다. 네가 나를 여기까지 데려와 놓고 뭐하는 짓이냐. 다시는 그들과 결탁해서 부정한 짓을 하지 마라.

"주인장, 2위안만 빌려주세요." 그는 구걸하듯이 말했다. "어쩔 수가 없어요. 먹고 살 돈도 없어요."

주인장은 피식 웃었다. 그가 농담한다고 생각했다. 그들과 한 패거리인 사람이 쓸 돈이 없어 곤란한 처지라니! 왕라오우는 마음이 변했다. 왕라오우는 더 이상 어려움을 같이 했던 예전의 친구가 아니다. 자신이 곤란한 처지라니, 그를 비웃는 것이 아니고 뭐란 말인가. 그는 화가 나는 것을 참을 수 없어 말했다.

"없어. 수중에 돈 한 푼도 없어." 그는 이런 말도 하고 싶었다.

"자네가 아직도 나와의 인연을 이용해 돈을 빌리다니 그들은 돈이 얼마나 없다는 건가!"

하지만 그는 말을 하지는 못했다. 그가 이 일을 마음에 둘까 봐 두려웠다.

주인장은 불쾌한 얼굴이었지만 농담반 진담반 호들갑스럽게 말했다. 하지만 왕라오우는 화내지 않고 주인장에게 자신을 거지라고 생각하고 불쌍히 여겨 달라고 했다.

"2백 위안을 받지 않았는가?" 주인장은 두 눈을 동그랗게 뜨고는 물었다.

"하필이면 왜 나에게 돈을 빌려 달라고 하는가? 2백 위안이면 두세 달 생활하는 데 충분하지 않은가? 들인 돈도 없이 이익을 얻었는데 얼마나 좋은 일인가!" 여기까지 말하고 주인장은, "흥, 그러고는 나에게 돈을 빌려 달라니 얼마나 웃기는 일인가!"

"됐습니다. 주인장 그만하세요." 그는 뜻밖에도 차분하고 부드럽게 말했다.

"주인장은 제 곤란한 사정을 몰라요. 지금 저는 후회하고 있어요."

"뭐라고?" 주인장은 그의 말이 이상하다고 생각되어 계속 물었다.

"이게 무슨 말인가? 진실로 하는 말인가?"

"하늘에 대고 맹세할 수 있어요. 조금의 거짓도 없다고."

"이게 어떻게 된 일인가?" 주인장은 믿지 못했다. "당신은 그들의 오른팔 아닌가? 어째서 이렇게 말하는가?"

"정말입니다." 왕라오우는 주인장 앞으로 다가가서 낮은 소리로 말했다.

"제가 2백 위안을 받는다는 것이 2백 위안을 나눠야 한다는 것은 아니잖아요. 니시다가 반대하는데 어떻게 해도 안 된다는 거예요."

"무슨 이유로?"

"니시다는 이 돈은 누구도 나눠 가질 수 없다고 말했어요. 많이 모아 뒀다가 나중에 다시 다른 사업에 투자해야 한다고요. 그래서 주식회사를 만들었고 우리 모두가 주주라고. 그때 가면 더 많은 돈을 벌 수 있을 거라고 하면서요."

"그럼, 200위안이 안 되면 20위안은 괜찮지 않은가?"

"2마오도 안 돼요. 한 푼도 가질 수 없다고요."

"그럼 어제 받은 월급은 어쨌는가?"

"다른 사람 빚 갚는 데 이미 썼지요."

이 말을 들고 난 후, 주인장은 심장이 마구 뛰었다. 그의 돈도 가져올 수 없는 것인가? 정말 그렇다면 이후 사업은 어찌 해야 좋단 말인가! 언젠가는, 언젠가는 주인장의 눈앞에 검은 그림자가 몰려올 거라는 생각이 들었다. 만약에 니시다가 그의 돈을 가지고 가 버린다면 그것은 생각만 해도 끔찍한 일이다. 그가 한사코 억지를 부리는 것은 아니지 않은가! 그는 걱정하며 후회했다. 대문 밖으로 한걸음도 나갈 수 없는 그는 밖에 하소연할 곳도 없어져서 그들 마음대로 당할 수밖에 없게 되었다. 마약 중독자가 아니라면 누가 그런 절망의 길로 나가는 것을 두려워하지 않겠는가? 앞날을 생각할수록 길은 보이지 않고, 생각할수록 화가 났다. 그래서 왕라오우를 탓하기 시작했다.

"이 모든 게 자네가 생각한 좋은 방법이란 말인가! 사람을 이리 힘들게 만들어 놓고는!"

"그래요. 정말 이전보다 못하게 됐습니다."

이때, 여관 안으로 밀수품이 또 한가득 들어왔다. 밀수품을 내리느라 눈코 뜰 새 없이 바쁜 모습이었다. 짐을 내리는 인부 한 명이 좀 천천히 걸어오자 김구동이 그 사람의 태양혈을 주먹으로 한 대 내리쳤다. 그 사람은 들던 짐과 함께 짐짝처럼 고꾸라졌다. 김구동이 연달아 고래고래 소리를 지르는 것만 들렸다.

"내가 언제 게으름 피우라고 했어! 언제 게으름 피우라고 했냐고! 맛 좀 봐야지!"

한참을 쓰러져 있다가 겨우 몸을 일으킨 인부는 울화가 치밀어 주먹을 휘두르며 따지기 시작했다. 하지만 그가 세 마디도 말하기 전에 뒤에서 또 주먹을 내리쳤다. 그 인부는 땅바닥에 쓰러진 채 전혀 움직이지 못했다.

다른 인부들은 이 예상치 못한 상황에 놀라 술렁거리기 시작했다. 김구동은 사람들에게 큰소리로 일갈했다.

"이 여관은 너희 중국 놈들의 세상이 아니야! 개새끼들! 조용히 해!"

이 말은 바늘로 찌르는 것처럼 주인장의 귀를 자극했다. 이것은 일부러 그에게 들으라고 한 말이 아닌가. 그는 감내할 수 있을까? 그는 아직도 굴욕적인 주인노릇을 할 것인가? 하지만 참지 않으면 또 어쩔 것인가? 그는 문 밖을 나갈 자유조차 없는데 말이다. 문 안팎에 있는 경찰들은 그를 보호하는 것 같지만 언제든 그를 잡아갈 준비를 하고 있다. 그가 참지 않으면 무슨 방법이 있겠는가. 골치가 아프고 짜증이 났다.

"주인장, 2위안이면 어때요?" 왕라오우는 그에게 다가가 사정했다. "도와주세요."

"없어!" 주인장은 뜻밖에도 거절했다. 왕라오우가 이 모든 올가미를 그에게 덧씌웠기에 그에 대한 원망은 최고조에 달했다. "오늘은 한 푼도 없네."

"자네 어제 월급도 받지 않았나?"

"저도 쓸 데가 있잖아요. 제가 쓸 돈이 필요해요."

그날 밤, 주인장과 니시다가 다투었다. 왕라오우가 간 후, 그가 천 위안을 달라고 하자 왕라오우가 당한 것처럼 거절당했다. 니시다는 주인장이 돈이 필요하다면 이삼백 위안은 빌려줄 수 있다고 말했다. 나중에 심하게 말다툼을 하고나서 니시다는 돈을 빌려주겠다는 말도 취소해 버렸다. 주인장은 몹시 화가 나서 어찌할 바를 몰랐다. 앉으나 서나 마음이 안정되지 않고 머리가 터질 것만 같았다. 주인이 돈을 달라고 할 수 없다니 그게 무슨 주인이란 말인가! 그는 계속해서 소리를 질렀다.

"이러면 안 되지! 이건 정말 아니지!"

"안 되면 어쩔 건데?" 니시다는 거칠게 소리를 질렀다.

"당신 맘대로 해!"

"내 몫의 돈을 주시오!"

"그건 안 돼!"

"왜 안 되는데?"

"안 된다면 안 되는 거요! 받아들이지 않겠다면 관청에 가던가!"

그러더니 니시다는 주인장을 쫓아와서는 소리쳤다.

"당신 예의를 좀 차려야지, 이렇게 거칠게 굴다니! 이러면 안 되는 거야!"

주먹을 휘둘러 그를 칠 것 같았다. 주인장은 뭔가 잘못됐다는 생각이 들었다. 분노가 치밀어 올랐지만 결코 멍청하지는 않았다. 그는 어쩔 수 없이 자기 방으로 물러가서 남몰래 눈물을 흘릴 수밖에 없었다.

이치를 따질 수 있는 곳이 있고 하소연을 할 수 있는 곳이 있었다면, 그는 조금도 주저하지 않고 가서 시비를 따질 방법을 찾았을 것이다. 그러나 그에게는 어떠한 방법도 없었다.

6

이날 아침, 주인장은 정말로 방법이 없자 김구동을 찾아갔다.

"김 선생, 니시다에게 말 좀 해주시오. 부탁합니다. 제가 지금 정말 돈이 필요하니 돈을 지불해 달라고요. 지난번에 의견 차이로 다툰 것은 너무 화내지 말리고 해 주시오."

어쩔 수 없는 일이 아니었다면 주인장이 어찌 이렇게 체면 깎이는 말을 할 수 있겠는가! 그는 태어나서 한 번도 남에게 용서를 구한 적이 없는 것 같았다. 하지만 지금 그는 원치 않는 일이라도 다 직접 부딪혀야 했다. 정말로 그는 이 길로 들어서는 것 외에 상황을 되돌릴 만한 방법이 없었다.

"이 일이요." 김구동은 담배를 마지막 한 모금까지 다 피우고 나서 일부러 무심한 듯 대답했다.

"말이야 할 수 있죠. 하지만 잘 될지는 저도 장담 못합니다."

"아니오. 신경 좀 많이 써 주시오. 일이 잘 되면 정말 사례하겠소."

"이렇게 하죠. 제가 니시다를 데려와서 모두 같이 의논하는 것은 어때요?"

"좋아요, 좋습니다." 주인장은 동의했다. "얼른 가시죠. 기다릴게요."

김구동이 밖으로 나간 뒤, 주인장은 잠시 할 일이 없자 집 안 곳곳을 어슬렁거리며 살펴보았다. 별안간 그는 탁자 위에 전단지 한 무더기가 놓여 있는 것을 보았다. 전단지 위에는 검은 글자가 번지르르하게 인쇄되어 있었다. 그는 보고 싶었지만 감히 보지 못했다. 김구동이 알아채고는 그를 탓할까봐 두려웠다. 그런 중에도 그는 '우방이 베푸는 호의에 감사해야 한다'라는 큰 글자를 보았다.

이때 니시다와 김구동이 함께 들어왔다. 니시다는 보자마자 말했다.

"당신이 잘못한 거야. 그날 그렇게 화를 내면 안 되지."

"맞습니다. 그날 제가 몹시 화를 냈지요." 주인장은 연거푸 사죄를 했다. "제발 용서해 주십시오."

"용서는 하겠지만 당신 정말 잘못했어."

"이미 지난 일이니 됐어요." 김구동이 끼어들어 말했다. "잡담은 그만하고 우리 일에 대해서 의논하죠."

주인장이 이어서 말했다. "아무래도 제 대신 돈을 좀 융통해 주셨으면 합니다."

주인장이 니시다의 얼굴을 보며 말했다. "우리 모두 한 가족이니 마음을 합쳐 서로 도와야 하지 않겠습니까?"

"누가 당신과 한 가족이라는 거요?" 니시다가 소리를 질렀다. "당신이 누군데요? 나는 누구고요? 마음을 합쳐 서로 돕는 거야 좋죠. 하지만 전반적인 정세를 생각하면 돈을 빌려줄 수 없어요."

"체면을 좀 지켜 주세요."

"체면?" 니시다는 조금도 동요하지 않고 "여기에는 체면 같은 거 없어요. 돈은 융통해 드릴 수 없습니다."

고려인은 니시다에게 의논하자고 말해 놓고는 사실 주인장을 위해 한마디도 말하지 않았다. 이것도 이상했다. 니시다 앞에 서자 그는 쥐가 고양이 앞에 있는 것처럼 어떤 수완도 발휘하지 못했다. 주인장은 상황이 심상치 않다는 것을 느꼈다. 희망은 또 다시 절망이 되었다. 그는 니시다가 이렇게 독한 사람인지 생각지 못했다. 하지만 그는 계속 간청을 했고 절망 속에서 다시 희망을 펼칠 수 있기를 바랐다.

"안 돼요. 안 돼. 무슨 말을 해도 안 돼요! 제가 안 된다고 하면 안 되는 겁니다!"

그는 머리를 내저으며 거절했다. "무슨 말을 해도 안 돼요!"

주인장은 너무나 화가 나서 생각이 달라졌다. 그가 잘 참기는 하지만 경제적 상황은 어쩔 수 없는 것이다. 계속 참는 것은 죽는 방법밖에 없다는 것 아닌가. 그는 간절하게 애원해야 한다. 아니다. 말할 만한 자격이 충분히 있는 이 일에 대해 손을 놓아서는 안 된다. 온 힘을 다해 노력해야 한다. 그는 이들이 자기 돈으로 돈을 벌고 있는데 경제적 편의를 봐주지 않는다고 생각하자 말로 표현할 수 없는 화가 났다.

"생각을 해 봅시다." 그 혼자 한 말이지만 사실 니시다가 들으라고 한 말이었다. "이게 누구 돈으로 번 것입니까? 제가 돈을 내지 않았다면 어떻게 이런 사업을 할 수 있었겠습니까?"

"말하지 말라고 했지요!" 니시다가 소리 질렀다. "말하지 말라고요!"

"어떻게 말을 안 해요!" 그도 결국 참지 못하고 소리를 질렀다.

"할 수 있는 말이 뭔데요?"

"말하지 마!" 니시다가 부르르 떨었다.

"당신 내 말을 들어야 한다는 것 알잖아. 당신은 ××단의 단원이야. 나는 단장이고. 당신은 내 명령에 절대 복종해야 되는 거라고."

"무슨 단체라고요?" 주인장은 도무지 이해가 가지 않았다. 니시다가 그를 한 대 칠 것 같았는지 두 걸음 뒤로 물러서서는 되물었다.

"그날 쓴 서류. 주인장이 다 썼으니 천황을 위해 일을 한 거라고." 이때, 한참 동안 입을 열지 않고 있던 김구동이 끼어들어 설명했다.

"난 모르는 일이야. 그날 나에게 어떠한 설명도 없었잖아."

"당신이 알든 모르든 설명을 했든 안 했든 아무 상관없어요!"

"그 이후로 당신은 내가 듣기 싫은 말은 할 수 없다는 거지!" 니시다가 기세등등하게 말했다. "알겠어? 내가 그렇게 말하면 그런 거야. 반항해서는 안 되는 거라고!"

"아니요. 난 쓸 돈을 좀 원할 뿐이오."

"뭐라고?" 니시다가 그의 앞으로 다가서서 말했다. "당신 뭐라고 말했어?"

"돈이요."

"꺼져!" 그는 갑자기 그를 밀쳐 내동댕이쳤다. "또 다시 내 말을 안 들으면 죽을 줄 알아!"

"이건 도리가 아니죠……."

"도리 같은 거 없어."

니시다가 씩씩거리며 걸어 나갔다.

김구동은 이 상황에서 어떻게 해야 할지 몰랐다. 아주 공손해져서는 주인장을 보살피듯 부축하여 자리에 앉게 하고는 달래며 말했다.

"니시다 일은 잘 되지 않았지만 화낼 필요 없어요. 나중에 다시 천천히 생각해 봅시다. 그 앞에서 조금만 참고 견디세요."

주인장은 화가 나서 한마디도 할 수 없었고 반들거리는 대머리만 내저을 뿐이었다. 이런 모욕은 태어나서 니시다 앞에서만 두 번째 겪는 것이었다. 그는 정말로 정신이 나갔던 것이다. 그는 왜 이런 식으로 돈을 벌 생각을 했을까. 그는 왜 무슨 단원이 되었을까. 이후에 일어날 갈등과 해결하기 어려운 문제는 갈수록 불투명해졌다.

김구여가 방으로 들어와 그의 형에게 업무 보고를 했다.

"니시다가 형에게 물건 가지고 가랍니다. 어제 또 한 무더기 왔다고 들었어요. 빨리 가 봐요."

"바로 갈게." 그는 먼저 가야겠다고 하고는 여전히 주인장을 위로하며 말했다.

"화내지 마세요. 좀 있다 돌아와서 상황을 보며 해볼게요."

주인장은 자기 방으로 돌아오니 목구멍이 바싹 말라 있다는 것을 느꼈다. 차를 연이어 몇 잔씩 마시고 나서야 목구멍이 촉촉해지며 괜찮아졌다. 그가 침상에 누워 생각을 해보니 눈물이 났다. 눈물, 이것이 귀중한 거라고 생각지 않았지만 정말 방법이 없을 때를 제외하고 마음대로 눈물을 흘려본

새로운 계획

적이 없었다. 이후에 일어날 고난을 생각하자 괴로운 마음을 참을 수 없어 목 놓아 울기 시작했다. 누가 그를 이런 나락으로 떨어뜨린 것일까? 그의 억울함은 누구에게 하소연한단 말인가?……

왕라오우가 이때 방안으로 들어와서 주인장이 굴욕을 당했다는 것을 알았다. 그를 위로하려고 몇 마디 말했지만 주인장은 그를 죽일 듯이 원망하며 대놓고 욕을 해댔다.

"제구실도 못하는 놈이 생각해 낸 좋은 방법이니 나를 이 모양 이 꼴로 만들어 놓았지!"

이전까지 왕라오우를 대하던 모습이 아니었다. 전에는 그에게 정말로 정중하고 공손하게 대했다.

"주인장, 이게 무슨 말입니까?" 왕라오우는 손을 들어 올리고는 침착하게 말했다. "당신도 원했던 것 아닌가요? 이런 작은 고난도 참지 못하는 자신을 탓해야지요. 고난을 겪긴 했지만 지금 한창 손님이 몰려들고 있잖아요. 이렇게 하지 않았다면 어찌 이런 이윤을 얻을 수 있겠습니까! 그런 쓸데없는 없는 소리는 그만하세요."

"흥! 비아냥거리기는!"

"정말이에요. 나중에 좋은 일이 있을 거예요." 그는 지난번 자신이 겪었던 일은 잊어버린 듯했다.

"이쪽에 들어온 이상 부도덕한 일이라도 해야 해요. 그렇지 않으면 다른 좋은 방법도 없어요. 나도 지금에야 알게 된 셈이지만요."

"됐네. 하루하루 보내며 관이나 짤 날을 기다리고 있잖아. 난 더 이상 고통을 당하고 싶지 않네."

"아니요." 그는 주인장의 어깨를 치며 일부러 친근하게 말했다. "조급해하지 마세요. 좋은 소식을 들었는데, 얼마 안 있어 정세에 변화가 있을 거라

합니다. 그때가 언제인지는 확실치 않지만 우리에게도 길이 열릴 거예요. 여관에 다시는 이런 일은 일어나지 않을 것이고 정말 좋은 날이 올 겁니다."

"정말인가?" 주인장은 어찌해 볼 방법이 없는 상황에서 이 말을 듣자 가슴을 짓누르던 걱정과 근심, 분노와 원망이 그야말로 사라졌다. 그는 서둘러 물었다. "누가 한 말인데?"

"니시다가 한 말이지요. 그들이 전단지를 인쇄했거든요."

주인장은 갑자기 이해가 되었다. 김구동 책상 위에 쌓여 있던 그 전단지가 바로 임시로 사용하려고 준비한 것이었다. 그렇다면 이 생각도 나쁘지 않다. 그 일을 그 단체가 하는 거라면 그도 일원 중 한 명이니 기회가 있을 거라는 생각이 들었다. 희망이 생긴 그는 얼른 자리에 앉아 눈물을 손으로 훔치고는 크게 숨을 한 번 내쉬었다. 그리고는 얼굴에 미소를 띠며 그에게 담배 한 대를 권했다.

"자, 라오우, 담배 한 대 피우게. 우리의 앞날을 축복하세."

7

그날 저녁 날이 어두워지자, 하던 대로 홍성여관은 다시 장사를 시작했다. 문밖에는 인력거와 자동차들이 또 줄을 섰다. 여관 곳곳은 남자와 여자들로 가득 찼고, 분 냄새와 시큼한 땀 냄새가 뒤섞여 시끌벅적한 소음과 함께 하늘로 흩어져 갔다.

주인장과 왕라오우가 앞날에 대해 의논을 하고 있는데 갑자기 예상치 못한 일이 일어났다. 한 무리의 경찰들이 갑자기 들이닥친 것이다. 여관 안은 마치 육탄전을 방불케 하는 큰 혼란이 일어났다. 사람들은 달아나며 소리를 지르고 울화통을 터뜨렸다. 주인장은 소리를 지르며 침상에 쓰러지더니 얼굴이 파랗게 질린 채 온몸을 부들부들 떨고 있었다. 왕라오우가 아는 것은 무슨 일이 일어났다는 것이다. 그는 놀라서 다리가 부들부들 떨렸지만 도망가는 것을 잊지 않고 뒷문을 통해 밖으로 빠져 나왔다. 그러나 그곳에 이미 포진한 경찰들은 그를 잡아 체포했다. 여관 안에 있던 사람도 한 명씩 모두 체포당했다. 그 와중에 어떤 사람이 말하는 것만 들렸다.

"우리는 여관에 온 것뿐인데 체포라니요."

"우리는 친구를 보러 왔는데 그것도 죄가 된다 말이오?"

주인장도 물론 도망가지 못해서 잡혔다.

김구동이 머물던 방은 적막하니 사람 소리가 나지 않았고 그도 보이지 않았다. 그들만 언제 여관을 떠나야 할지 몰랐던 것이다. 이 지경이 되자, 왕라오우와 주인장은 모든 것이 이해가 되었다.

주인장은 왕라오우를 애치롭게 바라보며 말했다.

"이게 당신이 한 좋은 일인가."

"당신이 니시다와 잘 지내지 못한 탓이라고요."

그 다음날, 도시의 모든 신문에 대문짝만 한 제목으로, "홍성여관에서 도박단을 체포했다. 천여 명이 체포되어 경찰서에서 조사를 받았다"라는 이 사건의 주요내용이 실렸다. 이것은 사람들을 자극할 만한 소식이었고 사람들이 만나면 많은 이야깃거리가 덧붙여졌다. 하지만 전쟁 소식만은 못해서 사람들은 벌써 이 얘기를 지겨워하기 시작했다.

─원제: 「新計劃」, 『문학(文學)』 제8권 제4호, 1937.4

인견

人絲

자오샤오쑹趙小松

자오샤오쑹(1912~미상)은 1912년 랴오닝성(遼寧省) 헤이산(黑山)에서 태어났고, 본명은 자오멍위안(趙孟原)이다. 1930, 40년대 만주국에서 활동했던 작가로 일본이 지원하는 동인 문예잡지 『예문지(藝文志)』의 창간에 참여하고 이 잡지를 기반으로 작품활동을 하였다. 1934 년부터 1937년 사이에 선양(瀋陽)의 『민성만보(民聲晚報)』, 다롄(大連) 『만주보(滿洲報)』의 문예판, 창춘(長春)의 월간지 『명명(明明)』 등 간행물의 편집을 담당하기도 했다. 중일전쟁 승리 후에는 동북지역 중소우의협회 일을 보았으며 창춘 『광명일보(光明日報)』의 편집을 담당했다. 중화인민공화국 수립 후에는 랴오닝(遼寧)성 진저우(錦州) 철도인쇄국 국장을 맡았다. 대표작으로 단편집 『사람과 사람들(人和人們)』(1942)이 있다.

－강덕 원년(康德元年) 만주국 세관 수입세 세칙

1

11월의 차가운 바람이 동부 국경지대에서 불고 있었다.

내일이 오지 않을 것 같은 깊은 밤이 그렇게 끝없이 펼쳐져 있었다. 산과 계곡에 가득히 부는 밤바람은 흐르는 계곡 물 위를 타고 올라가 두꺼운 얼음을 만들었고 얼음 위에는 오후에 내린 눈이 한 층 더 쌓여 있었다. 이 황량한 국경지대에는 산맥이 끝없이 이어져 있고, 날마다 눈보라가 산과 산 사이에 도사리고 있었다. 사람이 살기에 부적합한 이곳에서 사람들은 모두 밤을 견디며 지내고 있었다.

밤이다.

눈보라가 끝없이 몰아치고 있는 세관 문 앞에 얼음 눈꽃이 반사하는 보석 같은 광채가 희미하게 흩어지며 빛나고 있었다. 오늘 밤 당직인 류장린劉長林은 화로를 감싼 채 청말 공안소설인 『팽공안彭公案』[1]을 보고 있다. 화롯불은 창밖의 바람처럼 소리를 내고 있지만 따뜻하지 않아 수시로 무명천을 바짝 잡아당겨 외투처럼 덮었다. 다리에는 개가죽으로 만든 장화를 신어서 냉기를 전혀 느끼지 못했다. 이따금 두 다리로 시멘트바닥을 문질러

---

1 [역주1] 청나라 말기 공안소설. 팽공은 청나라 강희제 시기 관리였던 팽붕을 가리킨다. 주인공은 실제인물이나 내용은 허구이다. 주요 줄거리는 팽붕이 강호협객의 도움을 받아 탐관과 산적들을 징벌하는 내용이다.

대면 적막한 소리가 났다. 가끔 추워서 몸을 웅크린 채 움직이면 하얀 벽에도 건장한 그림자가 따라 움직였다.

류장린은 주름살 가득한 얼굴에 짙은 눈썹과 큰 눈을 가지고 있었다. 두툼한 입술은 자줏빛 갈색을 띠고 있었다. 그는 영리하고 또 용감했다. 밀수 감시부서의 왕王씨와 스史씨 그리고 사환 장張씨도 모두 그를 좋아했다. 그는 조선말을 아주 유창하게 할 뿐 아니라 조선의 풍속과 조선인의 성격도 잘 알고 있었다.

끝없이 황량한 국경의 밤, 눈보라가 창과 문을 흔들어 댔다.

류장린은 『팽공안』을 덮고는 벽시계가 열 번 종을 치는 것을 보고 있다. 창의 반쯤을 두터운 서리가 가리고 있는 유리창 밖에서 안을 정탐하던 하얀 옷의 그림자가 스윽 지나갔다. 뜻하지 않은 이 감지는 피로를 싹 가시게 했다. 그는 책을 급히 내던지고는 일어났다. 그는 그 그림자가 문 앞까지 왔을 때 무슨 일이 일어날 수 있는지 잘 알았고 거기에 대비했다.

그는 세관원이 사용하는 가죽 곤봉[2]을 집어 들었다. 하지만 이것만으로는 두려움을 몰아내는 데 부족했다. 그는 결국 권총을 꺼내 들고는 유리창 앞에 숨어서 밖을 살펴보았다.

별빛도 없고 달빛도 없이 온통 암흑이다. 어떤 무서운 일이 일어나지는 않을 것이라는 것을 알기에 마음을 놓았다. 그는 총을 당겨 총알을 장전하고는 문을 밀고 바로 나갔다.

"뭐하는 거야?" 그는 눈보라를 맞으며 어둠을 뚫고는 하얀 그림자를 향해 소리쳤다.

우 와와…… 우 와와…… 메아리가 쳤고, 류장린도 우 와와…… 우 와와…… 하며 그를 건물 안으로 데리고 갔다.

---

2 拾手 : 가죽으로 만듦. 짧은 지팡이 같다. 사람을 때리는 무기. 세관원 전용.

개구리눈을 한 젊은이의 나이는 열여덟에서 열아홉 정도 되어 보였고, 뺨도 눈처럼 튀어나와 있었다. 얼굴은 건강한 기운이 넘쳤고 피부를 보니 산에서 자란 촌사람이라는 것을 알 수 있었다. 그의 옷에도 눈꽃이 수북이 쌓였지만 류장린 몸에 쌓인 눈꽃처럼 그렇게 수북하지는 않았다. 작은 배 같은 고무신에도 은백색 눈꽃이 달려 있었다.

그는 김씨라고 했다. 김이 자초지정을 다 보고하자 류장린은 그에게 화롯불을 쬐게 했다. 사환 장씨에게는 도박장에 가서 마작하고 있는 스씨를 찾아오라고 하면서 운전수에게도 알리고 여기저기에 전화를 걸어 왕씨도 찾으라고 했다.

긴장감이 감도는 세관 사무실에서 더 긴장한 것은 류장린이었다. 그는 몇 사람을 더 부르고 싶었다. 이 일이 흥분되기는 하지만 여기에는 두려움이 잠재되어 있었다. 그는 일을 잘 처리한 후에도 앉으나 서나 불편하고 뭔가 잘못됐다는 생각이 들었다. 사람이 얼마나 더 필요한 걸까? 장씨는 반드시 데리고 가야 한다. 덩치도 좋고 힘도 세니 좋은 조수 노릇을 할 것이다. 자동차는 운전수 포함해서 기껏해야 여섯 명을 태울 수 있다. 사람을 더 데려가려면 말을 몰아야 한다. 설원에서 말을 몰며 소리를 지르는 것은 좋은 방법이 아니다. 그는 좀 더 침착해지려고 했지만 침착할 수가 없었다. 사무실 안을 오가며 이따금 김의 표정을 넌지시 살펴보았다.

눈은 여전히 내리고 있었다. 피로한 얼굴과 조금 긴장된 표정을 한 사람들이 흐릿한 전등빛 아래로 모여 들었다. 왕씨는 이틀 동안 제대로 잠을 자지 않고 스씨처럼 눈 오는 밤 시간을 도박장에서 다 보냈다. 지금은 모두가 짐짓 긴장하고 있었다. 오늘밤에 60리에 달하는 길을 달려야 하기 때문이다.

"총은 모두 휴대하고, 가죽곤봉은 가져가도 되고 안 가져가도 된다. 지금 바로 간다." 류장린은 사람들의 얼굴을 훑어보고는 다시 몸을 돌려 김에게 말했다.

"일어나, 가자!"

무쇠덩어리 같은 청년은 두꺼운 솜옷을 입은 이 사람들 속에 섞여 있었다. 자동차 안은 여섯 사람으로 꽉 찼다.

하늘에는 달이 없고, 사람들 사이에는 등불이 없었다. 가는 길은 암흑으로 가득했다. 산과 고개는 모두 끝없는 어둠의 절벽이었다. 길 양쪽에서는 바람이 으르렁거리며 휘몰아치고 있었고, 차는 얼어서 눈이 얇게 덮인 강 위를 새가 나는 것처럼 앞을 향해 미끄러지며 달려 목적지가지의 거리를 줄이고 있었다. 사람마다 하고픈 말이 목구멍까지 올라왔지만 누구도 입을 열지 않았다. 속마음이 입에서 튀어나올까 봐 두려웠기 때문이었다.

"자오錢, 더 빨리!" 류장린은 운전수를 재촉했다. 자오가 한층 더 속도를 내자 차체가 땅바닥에서 붕 뜬 것처럼 더 빠르게 날아갔다. 자오는 이런 밤에 이렇게 빨리 차를 몰아본 적이 없었다. 차 앞 멀지 않은 거리에서 두 줄기 불빛이 번쩍거리며 비추고 있어 앞이 잘 보이지 않았다. 이따다 무슨 물체가 나타나도 자세히 볼 틈도 없이 차 뒤로 지나가 버렸다.

큰 소리가 나더니 차가 멈춰버렸다. 차 앞바퀴는 공중에 떠 있었고 뒷바퀴는 눈덩이 속에 빠져 있었다. 무섭게 울려 퍼지는 차의 진동은 사람들의 신경을 강렬하게 자극했다.

눈보라 속에서 여섯 개의 그림자가 차체를 뚫고 나왔다.

다시 새로운 공포가 시작되었다. 산과 들에 가득한 어둠, 차의 전등은 이미 꺼져버렸다. 손전등 몇 개만이 노르스름한 불빛을 희미하게 밝히고 있었다.

"스형이 그 녀석을 지키고 있어. 무슨 일이 생기면 그 녀석부터 지켜야 해." 스씨의 귀에 낮은 소리가 스쳐갔다.

"장형에게 그 녀석을 지키라고 하죠. 제가 힘이 없잖아요. 저 녀석 덩치가 얼마나 건장한지 보세요."

류장린이 다시 장에게 명령을 내리자, 장이 말했다.

"알았어요. 제가 그 녀석을 맡을게요."

장은 몸을 돌려 김의 흰옷자락을 거머쥐었다.

"따라와. 저쪽으로 가서 바람 좀 피하자."

소란스런 고함과 함께 산 정상에 횃불이 군데군데 밝혀졌다. 횃불 빛을 받은 사람 그림자가 한데 모이더니 곧 다시 흩어졌다.

이들은 일찌감치 집으로 돌아가는 노름꾼과 이제야 도박장으로 가는 사람들로 누구도 산 아래에서 일어난 일을 알아차리지 못했다. 습관적으로 한가로이 도박장으로 가도 또 돌아오는 사람들이었다.

밤은 점점 더 깊어갔다.

12시가 되기 전에 삼가자三家子에 도착해야 하는 이 일에 대해 누군들 조급하지 않겠는가? 몇몇은 차를 빼내려고 애쓰고 있었다.

12시까지는 1시간 5분 남아있었다.

2

눈 오던 전날 밤의 일이다.

구름 한 점 없이 맑은 밤하늘에 별들이 가득했고, 나무 없는 높은 산과 계곡 사이에선 산들 바람이 불었다.

스무 명 남짓한 사람들은 운이 지독히도 없었다. 계곡을 넘고 큰 고개를 넘어가도 쉴 곳이 없어 이렇게 5일 밤낮을 걸어갔다. 매일 밤 12시 이후에 길을 나섰고 해 뜨기 전에 숨어야만 했다. 이때 가지고 있던 수백 필의 인견은 다른 사람들이 모르는 곳에 숨겨두었다.

스무 명 남짓한 그들의 마음은 새끼줄을 하나로 이어 놓은 것 같았고, 그들 각자의 영혼은 하나로 융화되었다. 이 밤의 여정을 완수하기 위해 그들은 다시 조용히 고개를 넘고 있었다.

새벽 2시.

이복영李福榮은 산비탈의 누런 풀밭에 앉아 있었다. 삼가자에 도착하려면 4킬로미터는 더 가야 한다. 사람들은 여기에서 쉬고 나면 빨리 갈 수 있을 거라고 생각했다. 이복영 주위에 이삼십 세의 젊은이들이 둘러앉았다.

"내일은 삼가자에 머물 것이다." 이복영은 좀 쇠약한 목소리였다. "모레는 목적지에 도착할 수 있을 게야."

잔잔하게 부는 차가운 바람은 약간 들뜬 분위기를 바로 날려 버렸다.

"두세 번 갔다 와도 난 상관없어. 돈을 두 번 빌으면 봄에 논을 빌려서 떳떳하게 살아 갈 거야." 흰옷을 입은 그림자의 목소리이다.

"내일과 모레 물건을 넘겨주고 돈을 받으면 나눠줄 것이다. 난 더 이상 하고 싶지 않다. 나도 늙어서 더 이상 짐을 지지도 못하고 달리지도 못하겠다. 내 한평생 모은 재산도 모두 여기에 있다." 이복영이 말을 마치자 한동안 침묵이 흘렀다. 이복영은 쇠약해진 목소리로 다시 계속 말을 이어갔다. "나도 작은 밑천으로 장사를 하고 싶구나……."

여전히 침묵이 흘렀다. 어떤 이는 돈을 나누기를 원하고, 집이 없는 이는 돈을 받은 후에도 계속 이 일을 하기를 원했다.

사람들의 머릿속은 모두 저마다의 작은 세상을 꿈꾸고 있었다. 저마다의 작은 세상 속에는 태양도 있고 달도 있어서 이 작은 세상을 휘황찬란하게 비춰주고 있었다.

"제 수입이 50위안이면 다른 분들은 대강 얼마를 받을 수 있나요?" 가장 나이 어린 열다섯 살 먹은 아이가 질문했다.

"내가 셈해 보지!" 이복영은 말없이 잠시 생각하더니, "100위안 정도 되겠구나."

또 다시 침묵이 시작되자 사람들은 저마다의 작은 세상 속에서 들어간 밑천과 얻을 이문을 셈하고 있었다.

이 이문은 또 어떻게 써야 할까? 그들의 작은 세상 속에서 투기로 번 돈과 평범한 방법으로 모은 돈은 다 같은 것이었다. 어떤 이는 그 돈으로 장사밑천을 삼으려 했고, 어떤 이는 그 돈으로 빌린 논의 임대료와 세금으로 쓰려고 했다. 어떤 이는 그 돈으로 쌀을 싸서 부모님의 생계를 책임지려 했고, 어떤 이는 그 돈으로 자녀나 형제자매의 생활비로 쓰려고 했다.

스물댓 명의 청년들은 모두 매번 겪었던 고통을 바로 잊어버릴 수 있었다. 다만 이복영만이 갈가리 찢어진 마음의 상처를 수습할 수 없었다. 이번에도 운명을 건 도박 같은 일이었다. 빚을 지고 딸을 팔았다. 이번에는 좋아질 거라고 생각했다. 이복영은 삼가자에 살았다. 집에는 아내와 열아홉 살 딸이 있었다. 열일곱 살인 둘째 딸은 지난달 도시에 사는 한 여인에게 팔아버렸다. 아내가 집에 없는 날 밤에 팔아버린 것이다. 그가 큰 딸을 팔아버리지 않았던 이유는 첫째 이미 시집을 갔기 때문이고, 둘째는 사려는 이가 둘째 딸이 나이도 어리고 예뻐서 마음에 들어 했기 때문이었다.

이복영은 집에서 나온 지 벌써 보름이 되었다. 집만 생각하면 눈물로 얼룩진 아내의 얼굴이 떠올랐다. 그는 고통을 참으며 쇠약해진 목소리를 드높였다.

"형제 여러분! 삼가자에 가면 술을 준비하여 여러분의 노고를 위로하고

자 하니 한바탕 흥겹게 놀아봅시다."

환호하는 낮은 소리들 사이로 바람이 또 스쳐지나갔다.

"갑시다!" 낮게 웅성거리는 소리 사이로 구호를 외치는 큰 소리가 들려왔다. 곧이어 마른 풀이 바스락거리는 소리와 옷이 스치는 소리와 산들바람 부는 소리가 들려왔다.

별빛 아래 한 무리의 하얀 그림자는 마치 해질 무렵 푸른 들판을 걷는 거위 떼 같았다. 그들은 무거운 짐을 짊어지고 산을 또 넘고 있었다.

3

세관의 밀수단속반 차는 날쌘 바람처럼 차가운 설원 위를 미끄러지며 달렸다. 운전수 자오는 운진대를 꽉 붙잡으며 이를 악물었다. 검은 그림자와 거대한 돌이 차 옆을 지나갈 때마다 놀라서 눈을 질근 감곤 했다. 그는 자신이 얼마나 빨리 차를 몰고 있는지조차 몰랐다. 봄바람 속 제비처럼, 아마 제비보다 더 빨리 그 머나먼 길을 내달렸다. 맞은편에서 불어오는 바람이 쇠바늘처럼 얼굴을 찔러 대 견디기 힘들었다. 그들은 눈이 곧 그칠 것이고 날도 더 추워질 거라는 것을 알고 있었다.

동부 국경지대의 설원에는 이렇게 차가운 바람이 불고 있었다. 어제, 그들은 모두 어제가 가장 청명한 겨울날이라는 것을 알았다. 차 안은 사람들로 꽉 차 있어서 몸은 춥지 않았지만 발과 다리는 감각을 잃어버린 듯 했다. 사람마다 마음속에 불안감이 자리했다.

"자오, 빨리 몰아!" 류장린은 다시 말했다.

운전수 자오는 아랫입술을 더 악물고는 아무 말도 하지 않았다.

"암석에 부딪히면 안 돼, 목숨이 위험해." 왕씨는 말하며 스씨를 한번 쳐다봤다.

눈앞은 어둠으로 가득했고, 차는 활시위를 떠난 화살처럼, 날아가는 새처럼 광대한 어둠의 벽을 향해 돌진해 갔다.

김이 가는 길을 안내하고 있었지만 의구심은 류장린의 마음속에서 점점 깊어졌다.

"야, 만약에 우리를 속였다간 너부터 바로 죽는다." 류장린은 김을 윽박지르며 스스로에게 용기를 북돋아 주었다.

멀리서 반짝이는 불빛이 보였다. 김은 류장린에게 차를 멈추게 했다.

"바로 저 산허리 불빛이 반짝이는 곳입니다." 김이 말했다.

류장린은 김을 본체만체하고 운전수 자오에게 차의 속도를 늦추라고 말했다. 차가 불빛이 반짝이는 곳 가까이에 이르자 류장린은 차를 멈추게 하고는 스씨와 왕씨, 장을 구석 곳곳에 배치했다.

5분이 지나고서야 김을 풀어줬다.

10분 후에 류장린은 총을 들고 불빛이 있는 곳을 조용히 기습했다.

격렬한 소리가 울리더니, 나무 문짝이 류장린 발 아래로 떨어졌다. 두려움에 아우성치는 소리는 몇 번의 총소리에 잠잠해졌다. 지붕을 관통해서 깊고 아득한 밤하늘을 뚫고 지나가는 몇 줄기 붉은 불빛은 작은 무지개 같았다.

"움직이지 마라!" 류장린은 눈앞의 기이한 광경을 향해 명령했다. 사람들은 모두 얼굴에 색을 칠해 변장하고 있었다. 한 덩어리로 뭉쳐 있는, 스물댓 명의 사람들이 오들오들 떨면서 숨죽이고 있었다.

류장린의 등 뒤로 또 몇 사람의 그림자가 스쳐갔고, 손에 든 것은 모두 똑같은 총이었다.

체포되어 하얀 물오리처럼 한 줄로 늘어선 사람들은 두려움에 부들부들 떨고 있었다.

류장린의 손에 있는 곤봉이 사람들의 어깨와 머리 위에서 뱀꼬리처럼 오르락내리락하고 있었다. 그리고 이 밤, 이 고요한 국경지대의 차가운 바람 속에서 울부짖는 소리가 흩날리고 있었다.

"물건은 어디 있어? 말해!" 곤봉으로 또 다시 첫 번째 사람부터 마지막 사람까지 내리쳤다. 고난에 처한 사람들은 울부짖을 뿐 한마디도 말하지 않았다.

이렇게 건장한 류장린도 팔이 욱신거렸다. 그는 있는 힘껏 곤봉으로 또 이복영의 얼굴을 폭풍처럼 가격했다. 주름진 얼굴에는 뱀이 피부를 뚫고 들어간 것처럼 청홍색의 핏줄이 튀어 나왔고, 다시 내려치는 방망이에 결국 터져서 사방에 피가 튀었다. 하얀 옷에 꽃처럼 떨어진 핏방울은 설원 위의 단풍잎처럼 아름다웠다. 이복영의 눈은 진득한 피로 가득했고, 정신이 혼미해지더니 다른 사람 위로 스르르 쓰러졌다.

"왕형, 냉수 좀 끼얹어!" 류장린은 말했다. 곤봉을 멈추더니 이어 말했다.

"장형, 누가 대장인지 자백 받아서 대장을 잡아와."

곤봉의 완력이 이 사람들 몸에 다시 가해지고 있었다.

류장린은 샅샅이 뒤졌지만 어떠한 흔적도 찾지 못했다. 초조함이 그의 마음을 휘저었다. 참혹한 비명소리에 그는 입술을 더 악물었다.

부엌처럼 작은 방은 전등이 없어서 외양간처럼 어두웠다. 류장린은 어둠을 뚫고 들어가 손전등으로 두 여인을 비추었다. 그는 벌벌 떠는 나이든 여인을 들어 올리더니 주름 가득한 얼굴을 손으로 내리쳤다.

"빨리 말해! 물건은 어디다 뒀어?"

나이든 여인이 벌벌 떨면서 한마디도 하지 않자 또 손바닥으로 얼굴을 내리쳤다.

소리치며 울기만 할 뿐 아무 말도 하지 않는 것은 똑같았다.

류장린의 완력도 묵묵부답을 당해 낼 수 없었다. 때리는 소리와 비명 소리가 다른 방에서 계속 흘러나왔다.

입술을 꽉 다물고 한 마디도 하지 않는 사람들, 대장도 없고 물건도 없었다. 그는 나이든 여인을 종이 인형처럼 들어서 문 밖 눈구덩이 속에 내던지고는 다시 집 안으로 들어갔다.

"야!" 류장린은 화를 좀 가라앉히고는, 손전등으로 땅 밑에 숨어 있는 한 소녀를 비추었다.

"일어나 내 말에 대답해."

소녀가 울자 위협하며 억지로 앉게 했다.

"너 올해 몇 살이니?" 류장린은 점잖은 척하며 말했다. 소녀의 눈은 그의 손에 든 총을 보고 있었다.

"열아홉이요!"

"시집은 갔나?"

"흥!"

"넌 견디지 못할 걸, 봤잖아. 남자들이 맞아서 머리가 깨져 피 흘리고 얼굴은 상처로 전부 엉망인 것을. 말해! 물건을 어디에 뒀는지 나에게 알려주면 네가 말했다고 절대 말하지 않을게. 그러지 않으면 너도 이렇게 죽도록 맞는 거야. 맞아서 얼굴에 흉터라도 생기면 평생 좋은 데 시집도 못가. 설령 시집을 간다고 해도 남편에게 사랑받지 못할 걸. 너도 알거 아니야. 여자의 얼굴이……."

너무나 큰 위협과 충동질이 소녀의 마음을 압박해 들어왔다. 그녀는 침묵했고, 머지않아 세상의 종말이 올 거라고 생각했다.

'그 물건은 여동생이 몸을 판 대가이다. 이런 지경에 이르렀는데 그것을 지켜 낼 수 있을까?'

'만약에 내가 심하게 맞아서 얼굴이 추하게 된다면 나는 평생 행복하지 못할 것이다.'

그녀는 이렇게 생각하며 결국에는 흐느끼며 울었다. 이 흐느낌은 두려움 때문은 아니었다.

"빨리 말해!" 류장린은 재촉했다. "말하지 않으면 바로 시작할 거야."

말로 표현할 수 없는 갈등이 그녀 마음속에서 또 일어났지만 그녀는 말했다.

"북쪽 뜰에 있는 빈 집 안에 있어요."

류장린은 이 말을 듣고는 바로 작은 방을 빠져나왔다. 서너 개 되는 나무문을 발로 차 부시고는 볏짚이 쌓여 있는 방 안에서 꽁꽁 묶은 대량의 인조견을 발견했다. 그는 밀수품을 찾았다는 기쁨과 승리의 희열을 안고 울부짖음으로 가득한 그 집으로 날아가듯 달려갔다.

장씨의 곤봉은 김의 머리를 강하게 내리치고 있었다. 장씨는 눈을 질끈 감았다. 김의 애원도 들리지 않는 듯, 장난치는 것처럼 그를 때리고 있었다.

부어오른 김의 얼굴은 울퉁불퉁한 호박 껍질처럼 더 부풀어 올랐다. 그의 옷은 피로 얼룩졌다. 처참한 비명 소리와 밖에서 부는 사나운 바람 소리가 리듬 없는 음악을 이루고 있었다.

다른 사람들은 모두 김이 곤봉에 맞아 죽었을 거라고 생각했다.

이때 류장린이 왔다.

4

    세관은 대량의 인견을 압수했다. 사천 위안어치의 가치이다. 김은 한 병원에 입원했고. 세관으로부터 천이백 위안을 받았다.

    김의 치료비는 그리 많이 들지 않았다.

1938년, 봄밤

—원제: 「人絲」, 『명명(明明)』, 제3권, 1938

바다 저편

海的彼岸

수췬舒群

수췬(1913~1989)은 만주족 출신의 작가로서 '동북작가군(東北作家群)'의 대표주자이다. 본 명은 리수탕[李書堂]으로, 헤이룽장[黑龍江]성 아청[阿城]의 노동자 가정에서 태어났다. 동북 상선학교(東北商船學校)를 중퇴하고 1931년에 고향에서 항일의용군에 참가했고, 1932년 중 국공산당에 가입했다. 1933년에 등단했으며 1935년 중국좌익작가연맹에 가입했다. 수췬의 대표작으로는 본 선집에 수록된 「이웃」과 「바다 저편」을 비롯해 「조국이 없는 아이[沒有祖國 的孩子]」, 「노병(老兵)」, 「비밀 이야기[秘密的故事]」 등이 있다. 옌안 루쉰예술학원[延安魯迅藝 術學院] 문학과 학과장, 동북대학 부총장, 동북영화제작사[東北電影制片場] 사장, 중국작가협 회 비서장 등 직책을 역임하기도 했다.

조선의 원수인 일본 장군을 세 발의 총탄으로 암살한 후, 그는 홀로 멀리 도망치기 전에 한 사람을 만나야만 했다. 그 사람은 그로 인해 불행해진, 그의 어머니였다.

어두운 그림자를 떨어뜨리며 그는 조용한 해변에서 말없이 서 있었다. 이때, 우주는 그 혼자만 살아 있는 듯 고요하여 그가 인류의 유일한 계승자 같았다. 짙은 어둠은 그를 단단히 휘감아 형체조차 없애버렸고 그는 이미 밤이 된 것을 잊은 듯 했다. 바닷물이 밀려와 그의 발을 적시고 폭풍우가 몰아쳐 옷뿐 아니라 온몸까지 흠뻑 적셨지만 그는 이 모든 고난을 잊어버린 듯 했다.

그는 조선 왕족의 자제로 예전 "창덕궁昌德宮"[1]도 자유롭게 드나들었다. 어린 시절, "황앵무黃鶯舞"[2]가 펼쳐지고 "아악雅樂"[3]이 연주되던 그곳에서 본분을 잊을 정도로 즐거웠던 시절이 있었다.

비록 그가 지난날의 아름다운 기억들 속에서 여전히 "단군檀君"[4]의 영광과 자부심을 간직하고 있다고 하지만 이 모든 것은 이미 지난밤 꿈처럼 아득해져 찾을 수 없게 되었다.

이제 그는 그 시절 하늘에서 부여받은 지혜와 용감함으로 죽음을 무릅쓴 모험을 하곤 했다. 그는 죽음을 불사하고 "남천문南天門"[5]의 제일 밑바닥의 받침이 되려고 했다. 이제는 껍데기만 남은 나라에서 조국이 잃어버린 영혼을 찾고자 했다. 그는 국혼이 "이씨 조선"[6]을 따라 영영 사라져 버리는 것을 그냥 둘 수는 없었다.

1 　조선의 왕궁.
2 　조선의 궁중무용 중 하나.
3 　조선의 궁중음악.
4 　조선인이 숭배하는, 조선을 세운 첫 번째 황제.
5 　조선 한양에 있는 성문 중 하나. 역사상 보존된 조선을 대표하는 유일한 기념물이다.
6 　조선이 일본에 병탄되기 전 마지막 왕조.

국운이 쇠퇴함에 따라 그의 집안도 점점 기울어져 갔다. 지금 남아 있는 것은 과거의 만분의 일도 안 되는 손바닥만 한 땅과 몇 칸짜리 집 한 채 뿐이었다. 하지만 이 땅과 집도 지금 조선인 중에서는 드문 일이었다. 보통의 조선인들과 비교하자면, 그나마 먹고 살만하다고 할 수 있었다. 하지만 그의 집안은 이제 그가 과거처럼 자유롭게 집에 오가고 머무는 것을 더 이상 허락하지 않았다. 다행히 몇 십리 밖에 있는 이 해변은 그의 주인을 잊지 않고 그가 오랫동안 어머니를 기다리게 해 주었다.

과거에 왕족의 젊은 부인이었던 그의 어머니는 지금 쭈그러진 할머니가 되어 있었다. 그녀는 어린 시절부터 노년에 이르기까지 인생의 행복과 불행을 모두 맛보았고 조국의 번영과 몰락을 모두 겪었다. 그 사이 60여 년의 세월을 보냈다. 이 오랜 세월 동안 그녀는 다섯 명의 아이를 낳았으며 마지막 아이를 낳고는 얼마 지나지 않아 과부가 되었다. 그 시절 아직 젊었던 그녀는 평생 정절을 지키기 위해 어떤 남자와도 재혼하지 않았다. 그녀는 청춘의 말할 수 없는 고통을 참고 견디며 자식들 하나하나를 성인이 될 때까지 키웠다. 그녀는 이 모든 고생이 자신이 죽을 때 한순간의 행복으로 바뀌길 희망했다. 그러나 그녀의 운명이 이렇게 가혹할 줄 누가 알았겠는가. 이번 생에서 그녀는 더 이상 행복을 찾을 수 없게 되었다. 감옥에서, 형장에서, 종적을 찾을 수 없는 길에서, 그녀는 이미 네 명의 자식과 영원한 이별을 했다. 그녀는 지금 또 마지막 자식과 이별하려고 한다. 자식이 떠나면 그녀는 자기 무덤 외에는 의지할 곳 하나 없는 외로운 노인이 되는 것이다.

나라를 빼앗긴 조선인인 어머니와 아들은 항상 떨어져 있었고, 항상 고독했다. 그래서 혈육 간의 정이 무엇인지, 가정의 행복이 무엇인지도 잘 알지 못했다. 20년 전 조선은 치욕스런 "연행로北京路"[7]에 다시 치욕스런 "독

---

7   한양에서 북경으로 가는 큰 대로.

립문獨立門"[8]을 세웠고, 이때부터 국권을 빼앗긴 조선인들은 "아리랑"[9]을 더욱 더 부르기 시작했다. 비바람이 몰아치는 밤, 희미해진 해변은 구름안 개에 휩싸인 듯 아득했다. 채도만 다를 뿐 온통 검은색인 하늘과 바다는 모든 풍경과 흔적까지 그 속으로 완전히 빨아들였다. 들리는 것은 세차게 쏟 아지는 빗소리뿐이고, 가는 곳을 알 수 없는 바닷바람이 모래사장에 불어 와 남긴 것은 한바탕의 울부짖음이었다. 가을밤이 인간에게 가한 정신적 고통은 이미 정점에 달한 듯했다.

그는 어둠 속에서 천천히 움직여 오는 검은 그림자를 점점 보기 시작했 다. 검은 그림자가 낮은 소리로 그의 이름을 부르는 소리가 점점 들렸다. 그것은 몰아치는 비바람 소리를 뚫고서 그의 귓가에 다가왔다. 그는 바로 달려가 그의 어머니를 힘껏 껴안았다.

그는 아무 말이 없었고 어머니는 목 놓아 울었다. 이 침묵과 오열은 어머 니와 아들의 가슴 미어지는 고별 같았다.

그들은 차마 서로 바라보지 못하고 먼 곳을 바라볼 뿐이었다. 자유와 행 복 그리고 그들 모두의 이상은 그들이 바라보고 있는 하늘과 바다가 서로 맞닿아 있는 수평선 너머, 바다 저편에 있는 것 같았다.

시간이 지나고 그녀가 마침내 말을 꺼냈다.

"그쪽이 중국이냐?" 그는 아무 말이 없다.

그녀가 또 물었다. "내일 바로 그쪽으로 가는 거냐?"

"네, 내일 바로 그쪽으로 갑니다!"

"정말 혼자 가는 거냐?"

---

8   조선이 중국의 속국이었을 때, '연행로'에 중국사신을 환영하는 문이 세워졌었는데 나중 에 일본이 '독립문'으로 바꾸었다.
9   조선의 유명한 민요. 망명의 비애가 가득한 노래로 망명곡이라 할 수 있다. 지금 이것도 아리랑 노래 중 하나이다.

"……어머니, 저는…… 어머니를 모시고 갈 수 없어요. 저 혼자만……
어머니, 제가 가는 길이 쉽지 않은 길이라는 것을 아셔야 합니다!"

그렇다, "아리랑고개"[10]는 대리석으로 포장된 길이리 히더라도 가기 힘
든 길인 것이다.

이 순간, 어머니는 자신은 바다 이편에 있고 아들은 바다 저편에 있는 것
같았다. 무정한 바다가 그들을 갈라놓은 것 같았다. 아득하게 넓은 이 바다
에서 그들이 다시 만날 수 있는 곳은 도대체 어디에 있단 말인가? 그녀는
눈가에 머금던 눈물이 자기도 모르게 흘러내리자 그만 목이 메어 울어버렸
다. 그녀는 이제 늙어 체력이 약해졌다. 약해진 다리가 무거운 몸을 지탱할
수 없자 자신도 모르게 아들 품에 안기었다. 아들 품에 안긴 그녀는 옷 주
머니에서 손수건을 꺼내 눈물을 훔쳤다.

"어머니, 걱정 마세요! 언젠가 어머니가 저를 찾으러 오든 제가 어머니
를 보러 가든 어쨌든 우리는 반드시 만날 날이 있을 겁니다!"

"내 죽을 때 너를 다시 볼 수만 있다면 그것으로 충분하다!……"

하지만 그녀의 이렇게 소박하고 애잔한 소망도 이루어질 가능성이 전혀
없었기에 그녀의 울음소리는 점점 커져갔다.

어머니의 울음소리가 갑자기 두려워진 그는 어머니 입을 틀어막으며 울
지 못하게 했다. "어머니 울지 마세요! 어머니 울음소리는 다른 사람도 들
을 수 있어요."

인간의 이성은 때때로 인간의 감정을 억누를 수 없는 법이다. 불행한 한
노파가 아들과 이별하는 데 어떠한 미래도 약속할 수 없을 때는 더욱 그렇다.

"울지 마시고 손수건을 제게 주세요!"

---

10 조선의 백두산 아래에 있는 고개로 망명자들이 이곳을 지나서 망명했다고 한다. 아리랑
    노래는 이 때문에 나온 것이다. 그래서 이 고개도 아리랑 고개라고 할 수 있다.

그녀는 아들의 말을 따라 손수건을 주었다. 그녀는 울음을 그치고 바로 아들과 이별을 했다. 이별한 다음날 바로 그녀는 짧게 편지 한 통을 썼다. 아들의 주소를 알게 되면 바로 보내려고 했다. 하지만 하루, 이틀, 일 년, 이 년이 지나도 그 편지는 그녀·곁을 떠나지 않고 그녀를 따라 길고 긴 여정을 함께 했다. 그녀는 이미 '반역자의 어머니'로 지목당해 땅과 집도 빼앗겼고, 친척과 친구들도 그녀가 '화근'이 될 거라 여겨 집안으로 받아들이지 않았다. 이때부터 그녀에게 세상은 모두 '금지구역'이었고, 사람들과의 모든 관계도 끊어져 버렸다. 이때부터 그녀는 세상 밖 어디에서든 고독하게 살아갔다. 생활이 점점 어려워지자 가진 모든 물건들을 팔아버렸다. 마지막에 그녀 곁에 남은 것은 그 편지 한 통뿐인 듯했다. 편지에는 이렇게 쓰여 있었다.

아들아,

네가 가는 길이 평안하기를 바란다. 너의 평안이 바로 나의 행복이란다. 나는 예전처럼 언제나 너를 잊지 않을 것이다. 오늘도, 내년에도, 죽은 후 무덤 앞이 온통 잡초로 가득해도. 난 내가 젊고 네가 아직 어릴 때를 항상 생각한단다. 앞으로 긴 세월 동안 설마 우리가 한 번도 다시 만날 수 없겠느냐?

너를 만난 후에야 나는 너와 영원히 이별할 수 있으며 죽어도 여한이 없을 것이다.

너의 생활은 어떠한지 알려주길 바란다.

1929년 10월 11일, 네 어미가.

상하이에서 그가 이 편지를 받았을 때, 편지봉투와 편지지, 편지에 쓰인 글귀는 모두 오래된 것이었다. 수신인의 주소와 이름만이 새로 쓴 필적이었다. 그리고 편지 말미에 새로 쓴 글이 몇 줄 더 있었다.

내가 병중이라 이 편지를 다시 쓰지 않고 그냥 너에게 보낸다.

네가 나에게 많은 편지를 보냈다는 것을 알고 있다.

하지만 살아가는 게 급급하고 사는 곳이 일정하지 않아서 사람 편에 가지고 온 네 마지막 편지만 겨우 받았다.

앞으로 다시는 서로의 소식이 끊기지 않기를 바랄 뿐이다.

이외에 편지는 달라진 것 없이 원래 썼던 편지 그대로였다. 다만 편지 말미에 날짜가 "1938년 11월 22일"로 되어 있었다. 이와 원래 편지의 날짜를 비교해 보니, 지나간 세월은 아들이 청춘에서 노년이 되고 어머니는 노년에서 무덤가로 가야 될 만큼 긴 시간이었다. 꼿꼿했던 그의 등은 구부정해졌고, 흑발이었던 머리는 이미 백발이 되었고 머리카락도 반이나 빠져버렸다.

편지를 다 읽고 나자 조수가 밀려들어오다 빠져나가는 것처럼 자연스럽게 그의 뇌리에서 소소한 기억들이 떠오르기 시작했다. 기억을 떠올리는 동안 그는 즐겁기도 했다가 또 슬퍼졌다. 슬픔이 그를 좀 우울하게 하면 다만 긴 한숨을 한 번 쉴 뿐이었다. 혁명가가 된 이상 어머니가 있고 애인까지 있다 해도 외로울 수밖에 없고, 이 세상에서 그 혼자만 그런 것도 아니라는 사실을 알고 있기 때문이다.

이후 그는 그의 어머니와 자주 소식을 주고받았고 한 번도 중단된 적이 없었다. 마지막 편지에서 그의 어머니는 더 이상 오래 살 수 없을 것 같으니 무덤에 묻히기 전에 마지막으로 아들을 한번 만나보고 싶다고 말했다.

그는 마음이 이끄는 데로 어머니의 소망을 들어주었다. 하지만 이무렵 일본의 마수는 상하이 구석구석에 뻗어 있었다. 그들은 조선의 반역자와 혁명가를 제거하고는 또 은밀하게 지낼 것이다.

어머니가 상하이에 도착하던 날, 그는 어머니를 맞이하기 위해 부두에서 기다리고 있었다. 그는 바다 먼 길을 거쳐 온 기선 한 척이 황푸黃浦강으로 들어와 부두에 정박하는 것을 보았다. 그리고 승객 한 가운데를 비집고 나오는 한 할머니를 보았다. 머리는 백발이고 주름살로 가득한 얼굴에 지팡이에 의지하는 쇠약한 몸이었지만, 꿈꾸는 듯 행복하고 흥분된 표정이었다. 그는 그 할머니가 바로 자기 어머니라는 것을 알아보았다. 그러나 그는 어머니를 부축할 수도 없고 머물 곳으로 모실 수도 없으며 어머니를 나지막이 부를 수도 없었다. 게다가 어머니의 시선이 그에게 향하는 것을 피하지 않을 수 없었다. 왜냐하면 그녀 뒤에 일본 밀정이 따라붙고 있었기 때문이다. 그들은 그녀를 단서로 삼아 십 년 동안 잡지 못했던 '살인범', 바로 그녀의 아들을 체포하려고 했다.

일본 밀정의 뒤를 따라 다니던 그는 결국 어머니가 머물고 있는 여관을 찾아냈다. 3일 후에 그는 도둑처럼 담을 넘어 어머니의 방으로 찾아갔다.

깊은 밤, 방 안의 전등은 이미 꺼져 있었고 캄캄한 어둠이 주위의 모든 것을 덮고 있었다. 침대 위에 누워 있는 어머니는 요 며칠 아들을 기다리며 쌓인 초조한 마음으로 인해 지병이 다시 도졌다. 그녀의 신음소리는 삶의 마지막 희망을 잃어버린 탄식 같았다.

그는 가만히 침대가로 다가가 낮은 소리로 말했다.

"어머니, 제가 왔어요!"

처음에 그녀는 이 소리를 꿈이라고 생각했다. 그 후 소리가 분명하게 들리자 그녀는 바로 일어나 어둠 속을 향해 두 손을 뻗어 더듬거렸다.

"어디에 있는 거니? ……아들아, 얼른 오너라. 내 손은 여기 있다. ……
어디에 있니? 아가…… 불을 켜서 너를 잘 보게 해 줘!"

그가 생각하기에 불빛은 곧 모든 공포와 보험을 불러일으킬 노화선이었다.

"얼른…… 얼른 성냥을 그어야지. 성냥 한 개비만 있으면 되는데…….

이때, 그는 성냥의 작은 불빛도 불행과 죄악의 근원이 될 것이라 생각했다.

그리하여 그녀는 이 짧은 만남에서 아들의 몇 마디 말소리만 들었을 뿐
아들의 얼굴은 한 번도 보지 못했다. 그녀의 오랜 갈망은 이루어지지 않았
던 것이다. 그래서 아들이 떠나려고 하자 그녀는 간곡하게 부탁했다.

"내일 아침에 내 방 창문 아래에 와서 얼굴을 보게 해 줘!"

그는 어머니의 말씀에 따라 다음날 아침에 그녀의 창가 아래에 와서는
창가에서 어머니의 얼굴이 보이지 않을 때까지 몇 번씩 왔다 갔다 했다.

그 후, 그는 여관의 하인으로부터 그 방에 머물던 한 할머니가 해가 막
뜰 무렵에 돌아가셨다는 말을 들었다.

십 년, 십 년은 짧지 않은 시간이며 십 년의 이별은 더욱 긴 시간이다. 십
년 동안 그들은 한 번도 만날 수 없었다. 십 년 만에 만났지만 그저 망연할
뿐이었다. 누가 그 두 사람의 십 년 동안의 한을 기억해 줄까. 한 사람은 살
아서부터 죽은 후까지 가져갈 것이고, 한 사람은 지금으로부터 영원토록
가져갈 것이다. 누가 십 년이나 생각했을까. 십년도 기약 없는 세월이었다.

그는 걸었다. 아무도 없는 거리를 걷다가 왈칵 울음을 터뜨렸다. 그러다가
주머니에서 손수건을 꺼내 눈물을 닦았다. 그는 그것이 어머니의 울음을 억
지로 막았던 손수건이었다는 것도 잊어버렸다. 하지만 어머니에 대한 기억
이 떠오르자 그는 그 손수건을 어머니를 기리는 유품으로 보관하고는 더
이상 그것으로 눈물을 닦지 않았다. 왜냐하면 손수건으로는 눈물을 다 닦아
낼 수 없고, 눈물 또한 원한을 말끔히 씻어내지는 못할 것이기 때문이다.

―원제: 「海的彼岸」, 『문학월보(文學月報)』, 제1권 제1호, 1940.1

풋사랑*

莊戶人家的孩子

---

* 원제는 '소작농집 아이'라는 뜻이다. 그러나 소설의 의미나 분위기를 함축적으로 담은 제목으로 보이지 않아 내용과 좀 더 어울리는 「풋사랑」으로 바꾸어 붙였다.

뤄빈지駱賓基

뤄빈지(1917~1994)는 지린[吉林]성 훈춘[琿春] 출신으로 본명은 장보쥔[張璞君]이다. '동북작가군'에 속한 인물로 1935년부터 좌익 문학청년들과 어울리며 본격적인 창작을 시작했다. 샤오쥔[蕭軍]의『팔월의 향촌[八月的鄉村]』과 샤오훙[蕭紅]의『삶과 죽음의 장[生死場]』이 루쉰의 지원을 받아 출판되었다는 소식을 듣고 고무되어 역시 루쉰의 인정을 받고자 상하이로 가서 좌익작가연맹에 가입했다. 1936년 10월에 처녀작이자 명성을 안겨준 장편『변방의 경계선에서[邊陲線上]』를 탈고할 즈음 루쉰의 서거 소식을 듣게 되었다. 1938년에 중국공산당에 가입한 뤄빈지는 항일전쟁 기간 중 중화전국문예계항적협회(中華全國文藝界抗敵協會) 구이린[桂林] 분회 이사직을 맡았으며 이후 동북문화협회의 상무이사와 비서실장 등의 직책을 거쳤다.『전기(戰旗)』,『문학보(文學報)』,『동북문학(東北文化)』과 같은 간행물을 주관하기도 했다. 중화인민공화국 수립 후에는 산동성문련(山東省文聯) 부주석, 산동성문교위원회(山東省文敎委員會) 위원, 중국작가협회(中國作協) 베이징 분회 부주석 등 문예계 요직을 두루 역임했다. 문화대혁명 기간에는 다른 많은 혁명 세대 작가들과 함께 고초를 겪기도 했다.

1

어느 해 가을, 나는 어머니를 따라 수확한 농작물을 나누러 시골마을에 갔다. 그곳에서 초겨울까지 살았다. 여동생 두 명도 같이 갔었다. 그 시절, 나는 읍내에 있는 소학교에서 공부하고 있었다. 여름방학 때 병이 났었는데 개학할 때가 되어도 낫지 않아 할 수 없이 반년을 쉬게 되었다. 이 일은 처음으로 나에게 도시를 떠나 시골에서 지낼 수 있는 기회를 주었다.

아버지가 관리하는 움막집들은 러시아의 블라디보스토크와 조선의 함경북도 접경지대에 있는 마을에 있었다. 읍내와는 90리나 되는 먼 거리였다. 고려식 소달구지를 타고 가면 가는 길에 하룻밤을 묵어야 해서 산기슭에 작은 여인숙이 두 개 있었다. 다음날 일찍 산마루를 넘으려면 당일 밤에 가는 편이 나은데 산기슭 양쪽에 모두 묵을 곳이 있었다.

북방은 가을만 되어도 서리가 많이 내렸다. 9월이 되면 나뭇잎이 길에서 굴러다녔고, 잎이 무성한 자작나무와 백양나무들도 나뭇가지가 앙상해졌다. 길에서 굴러다니는 나뭇잎들은 바짝 말라 바스락거렸고 나뭇잎을 손에 쥐기만 해도 부서져 버렸다. 그렇게 바스락거렸던 나뭇잎들이 또 그렇게 부서져버리니 정말 생명이 다해 버린 백골 같았다. 개암나무 숲, 고양이 발톱, 미나리아재비 등도 모두 말라 시들어버렸다. 보이는 것은 민둥산뿐이었고 가을바람이 한번 휙 몰아치면 달구지를 덮고 있는 천막이 흔들리곤 했다. 비좁은 소달구지에 앉아 추위와 두려움으로 움츠리고 앉아 있으니 몹시 고달프고 피곤했다. 먼 길에 지루해서 몸을 비틀대다가 고꾸라질 뻔했기 때문이다.

소달구지의 바퀴는 천막보다 높았다. 가는 도중에 바퀴가 또 삐거덕삐거덕 날카로운 소리를 내는데 얼마나 단조롭고 처량한 소리인지! 달구지에 앉아 있는 사람들은 모두 조용하니 어떠한 재미도 없었다. 어머니는 한 담을 즐겨하는 그런 도시 여자였다. 집에 있을 때, 대문을 나서기만 하면 어머니가 목청을 돋우며 말하는 소리와 호탕하게 웃는 소리를 들을 수 있었다. 그것은 건장한 남자에게서나 들을 수 있는, 기세 넘치는 소리였다. 학교에서 돌아와 집 안이 쥐 죽은 듯 조용하다고 느껴지면 자주 집에서 떨어진 기름집에 가서 어머니를 찾았다. 그러면 멀리에서도 언제나 어머니가 쾌활하게 말하는 소리를 들을 수 있었다. 지금은 어머니도 아무 말 없이 멍하니 앉아서 지나간 일들을 아득히 생각하고 있는 듯 했다.

"엄마, 아직 멀었어요?"

"금방 도착할 거야. 네 코 좀 봐라. 전부 먼지투성이잖아."

아 내가 소 두 마리의 그 뿔을 바라보다가 넋을 놓아버린 것이 시작이었다. 그 소 두 마리의 날카롭고 뾰족한 뿔이 점점 굵어지더니 하나씩 하나씩 높은 탑 두 개가 되었고 그 주위는 안개같이 뿌연 먼지로 자욱했다. 나는 지녁에 야학당을 가다가 길을 잘못 들어신 듯 두 개의 높은 탑 앞에 섰는네 어떤 사람이 남몰래 나를 뒤쫓고 있다는 것을 어렴풋이 느꼈다. 그래서 탑 옆에 있는 사당 안으로 뛰어 들어가 몸을 피했다. 누런 얼굴에 누런 가사를 입은 한 승려가 중얼중얼 소리를 내고 있었다. 나는 바로 몸을 돌려 뛰다 대문에서 발걸음을 멈췄다. 하지만 다리는 아직도 부들부들 떨고 있었다. 누런 얼굴에 누런 가사를 입은 그 승려가 느릿느릿 다가오는데 마귀처럼 엄숙하고 신비스러웠다. 나를 보고 있지 않은 것 같았지만 뭔가를 중얼중얼 하며 내게로 걸어왔다. 나는 갑자기 발을 움직일 수가 없었다. 그가 중얼거리는 것은 분명 무슨 주문 같았다. 그의 눈은 여전히 나를 보고 있지 않은 듯 나를 바라보고 있었다. 얼마나 두렵고 무서운 눈이었던지! 마음은 조급했다. 하지만 두 다리가 굳어버려 그곳에 서서 움직일 수가 없었다. 나는 소리를 치고 싶었지만 그 승려의 주문이 내 소리까지 앗아가 버리는 것 같았다. 나는 있는 힘을 다해 소리를 치려고 했지만 끝내 소리를 낼 수 없었다. 그 승려가 나에게 다가오려고 했을 때 나는 초점이 없는 그의 두 눈을 분명히 보았다. 내 이마를 보는 것 같았지만 또 내 머리카락을 보는 것 같기도 했다. 그 순간 고요하고 당당한 그의 두 눈이 너무나도 무서워 나는 결국 소리를 확 질러버렸다. 바로 그때 어머니가 나를 부르는 소리가 들렸다.

나는 달구지에 그대로 앉아있는 채였다. 산등성이는 이미 저만치 멀리 내 등 뒤에 남아 노을빛에 희미해졌다. 별빛과 반딧불이의 빛이 밤하늘에 가득했다. 이때, 내 두 다리에 쥐가 나서 감각이 없어졌다. 그래서 양털담요를 걷고는 달구지에서 내려 짧은 거리를 뛰었다. 얼마 지나지 않아 끝없이 펼쳐진 하얀 물빛이 보였다. 여기가 2호 저수지였다. 아버지의 움막집은 9호 저수지에 있었다. 달구지가 마지막 산봉우리를 넘으니 별이 빛나는 밤하늘 아래 광활한 공간이 펼쳐져 있었다. 이 광활한 땅에 흩어져 있는 고려인 마을에서 개 짖는 소리가 여기저기서 시끄럽게 울려 퍼졌다. 눈 안에 들어온 것은 끝없이 펼쳐진 초원의 검은 그림자였다. 들판은 온통 찌르륵 찌르륵 벌레 울음소리로 가득했다.

이때 어머니는 이야기하는 재미에 신이 나서 물어보았다.

"아저씨…… 올해 왕王대인 댁은 땅을 얼마나 개간했어요? 어디에요?"

이따금 나에게도 땅을 가리키며 알려주었다. "이게 왕대인 댁 방목지다!"

"저것은 형邢씨 집안 일곱째 나리의 원보산元寶山이다! 봤어? 바로 오른쪽에 있는 원보元寶[1] 같은 산말이야." 짙은 남색 구름이 가리고 있어 내가 본 것은 연이어 솟아 있는 수많은 작은 산봉우리였다. 우리가 탄 달구지는 높은 산등성이를 지나가고 있었지만 원보처럼 생긴 것을 분간할 수는 없었다.

1   [역주1] 중국 명나라 시대부터 사용한 금이나 은으로 만든 화폐로 말발굽 모양이다.

"저거잖아! 이 녀석은……."

"아하, 봤어요." 사실 나는 보지 못했다. 하지만 본 것처럼 머리를 끄덕였다. 이미니는 그 원보산의 내력에 관해 밀해 주었다. 아마 루블화 가격이 내려가던 그해, 형씨 집안 일곱째 나리는 일찍이 소식을 듣고는 싼 값에 들여온 루블화와 금덩이 및 소량의 마르크를 전부 몰래 하얼빈의 헤이딩즈黑頂子로 옮겨놓았다. 그때 읍내에 있는 상점들은 모두 받지 않았었다. 하지만 90리 밖 변경 지방에서는 하룻밤 만에 이 산과 근처에 있는 2천 마지기의 넓은 목초지를 아주 신속하게 사들였다. 너무나 적막한 광야에서 어머니의 말소리는 밤하늘에 더 크고 또렷하게 울렸다. 어쩌면 서로가 검은 그림자로만 보였기 때문에 청력이 갑자기 두 배로 좋아진 것 같기도 했다. 그것은 우리가 밤길을 걸을 때 자신이 말하는 소리조차도 또렷이 귀에 들어오는 것 같은 느낌이었다. 마차꾼 아저씨는 얘기하는 재미에 신이 난 듯 채찍을 좌우로 휘두르며 지금 여기에 있는 고려인 마을은 민회民會[2]가 보호하고 있다고 말했다.

"아주 포악하지요." "말도 말아요." 예를 든다면, 우리 움막집이 있는 중국인 구역에서 누가 소를 데리고 가 8번 저수지가에 풀어놓고 풀을 뜯게 할라치면 그 고려인들은 채찍으로 쫓아버리는 식이라고 했다. 어머니는 이런 말을 들을 때마다 반드시 이렇게 말했다. "그 사람들이 아직도 대들겠다는 건가요? 가축들이 그 사람들 마을에 가서 풀을 뜯어먹었다고 채찍으로 내쫓는다면 나는 수로를 막아버릴 거예요. 8번 저수지건 7번 저수지건 그 마을에서는 우리 물을 끌어다 쓰지 않는데요? 우리 움막께의 샘물이 아니면 가뭄 들었을 때 어쩌려고 그런데요? 내 한번 묻고 싶네!"

어머니는 말을 하면서 주먹으로 수레의 끌채를 쳤다. 밤이라 어머니의

---

2   [역주2] 일제가 조선인으로 구성한 민간조직.

얼굴을 분명히 볼 수 없었지만 어머니의 말소리에서 어머니가 중국인 소작인들이 바깥 마을 고려인에게 당한 것을 직접 본 것처럼 아주 화가 났다는 것을 알 수 있었다.

이때, 달구지는 산기슭에 딱 붙어서 가고 있었다. 골짜기로 방향을 틀었을 때, 멀리 숲 사이로 크고 작은 불빛들이 눈앞에 펼쳐졌다.

"왕대인 댁에 곧 도착할 거다. 3리만 가면 된다." 마차꾼 아저씨가 나에게 말했다. 그 말은 '좀 더 힘내서 가면 바라는 것이 생길 거다'라는 뜻이었다. 달구지는 개 짖는 소리와 숲을 뒤로 하고 고개를 넘어갔다. 얼마 지나지 않아 또 다른 불빛이 반짝이는 고려인 마을이 보였다. 이곳은 아버지가 관리하는 움막 중에서 조선인 소작민들이 거주하는 곳이었다.

2

마차꾼 네가 바로 강姜씨 네를 도와 아버지를 위해 땅을 경작해주는 집이었다. 한 집이 여섯 식구인 경우에는 스무 마지기되는 땅을 거저 빌려주고 지대를 받지 않았다. 이외에 조선인 소작인들의 지도자라고 하는 김병호에게는 호수 주변의 땅 두 뭉텅이를 거저 빌려주었다.

우리가 사는 집은 바로 김병호金秉湖의 단정한 조선식 초가집을 분리하여 나눈 것이었다. 작은 온돌이 방 세 칸으로 되어 있었다. 하나는 밝고 하나는 어두운 작은 방 두 칸에는 각각 몸을 구부려야 출입할 수 있는 작은 문이나 있었다. 가장 큰 방은 작은 방 두 개를 합친 것만한 크기의 온돌이 있었다. 다시 말하면, 전체 온돌의 반을 차지하고 있는 셈인데 부엌으로도 사용하고, 담배 피고, 차 마시고, 얘기 나누고, 손님 대접하고, 모여서 밥 먹는 곳으로 삼았다. 이곳은 밝고 어두운 두 방의 쪽문으로도 출입할 수 있었고, 온돌 아래 아궁이 옆에 있는 방문으로도 드나들 수 있었다. 온돌 맞은편은 외양 간인데 가축들이 죄다 아궁이 옆의 문으로만 드나들었기 때문에 가축들의 똥냄새와 풀 비린내가 뒤섞여서 유난히 코를 찌르며 자극했다.

우리는 대개 밝은 방의 햇볕이 잘 드는 다락문 같은 작은 문으로 드나들었다. 그 방 서쪽 벽에는 종이로 막은 두 개의 창문이 있었다. 온돌에는 자리를 깔아놓아서 신발을 벗을 수밖에 없었는데 완전히 일본식 방이었다. 그래서 나도 핑계를 대고는 하루 종일 산골짜기에 가서 놀았다. 밥 먹을 때 빼고는 돌아가고 싶지 않았다. 나는 책상다리를 하고 그 온돌에 앉아 있는 것이 죄인이 받는 징벌이라는 생각이 들었다. 하지만 나는 두 여동생을 데리고 나가는 것도 싫었다. 어머니가 매번 나를 불러 "롄얼連兒, 커커克克와 쉐이롄水蓮을 데리고 나가라!"하면 나는 궁시렁거리며 도망쳐버렸다. 그러면 어머니는 항상 내 등 뒤에다 욕을 해댔고 키거와 쉐이롄은 울었다. 하지만 집에 돌아오면 항상 아무 일도 없었고 어머니와 동생은 다 잊어버린 듯했다. 내가 다시 나가려고 할 때면 어머니는 또 나를 불렀고 여동생들은 또 울었다. 하지만 그저 그때 뿐이었다.

다음날은 내가 영원히 잊을 수 없는 날이었다. 집 뒤 타작하는 마당에서 내가 보리寶莉를 만난 것이다. 그녀는 예쁘고 발랄한 고려인 소녀였다. 그녀는 어미 소를 끌고는 뒷산 오솔길에 서서 우리를 향해 손을 흔들었다. 여기서 말하는 우리는 나와 마차꾼 아저씨의 둘째 동생 건투根土이다. 그때 우리는 타작하는 마당에서 수말을 훔쳐 타려고 했었다. 타작하는 마당을 빙빙 두 바퀴 돌았지만 쉽지 않았다. 그러고서는 그녀에게 걸어가는데 그녀가 건투와 조선어로 말하고 있는 것을 본 것이다. 그 순간, 그녀는 초롱

초롱한 눈망울을 반짝이며 나를 힐끗 쳐다보았다. '나는 건투와 너에 대해 말하고 있어!'라고 말하는 듯, 눈처럼 새하얀 이를 보이며 미소 지었다. 나는 멀찌감치 서서 경치를 구경하는 척했지만 나도 모르게 바지주머니에 두 손을 넣고는 휘파람을 불며 걸어갔다.

"그 애가 뭐라고 그래?"

"그 애는 너를 진작 봤는데 네가 자기를 보지 못했대."

"어디에서 나를 봤대?"

"집에서. 너네 그 애네 집에서 살잖아!"

이때 보리가 또 건투에게 뭘 말하는 것 같은데 방금 내가 한 말을 물어보는 것 같았다. 이것은 흑진주처럼 빛나는 그녀의 큰 눈에서 알아볼 수 있었다. 그 후 다시 또 나에게 호감 있는 눈짓을 슬쩍 보냈다. 그녀가 나를 볼 때마다 내 마음 깊은 곳에서 울렁거리는 마음이 솟구쳐 날아올랐다. 그것은 홀로 외로이 밤길을 걸어가던 사람이 길에서 환하게 빛나는 불빛을 만났을 때의 그런 느낌이었다. 어찌나 달콤하고 유쾌한 눈빛이던지! 난 바로 그녀에게 빠져버렸다.

"그 쪽으로 가!, 그 쪽 산꼭대기." 나는 도시 학생의 기품을 완전히 잃어버렸다. 천진난만하고 성스러운 소녀 앞에서 나는 자제력을 잃어버렸다. 건투는 나와 보리가 처음 만났는데도 오랜 친구처럼 친하고 다정하게 지내는 것에 대해 조금 놀란 것 같았다. 1분 전까지만 해도 나는 도시적인 기품 있는 태도로 말을 했기 때문이었다. 그 때 나는 겨우 열다섯살이 되었지만 냉정하게 말했었다.

"건투, 가서 말을 끌어내와! 넌 뭐가 그렇게 무서우냐!"

꼭 아버지가 부리는 사람에게 명령할 때 쓰는 말투 같았다. 게다가 어젯밤부터 나는 이 시골 촌뜨기에게 호감이 없어지기 시작했다. 건투는 왜 목도 씻지 않는지 모르겠다. 오이처럼 우툴두툴한 그의 얼굴과 뾰족한 아래턱 그리고 속눈썹에서 전부 흙먼지가 뚝뚝 떨어졌다. 게다가 발에는 어른 신발을 신었고 웃옷은 너무 컸다. 모든 것이 다 마음에 들지 않았다. 보리와 만나고 난 후부터 나는 쭉 그를 쳐다보지 않았다. 내 앞에는 마치 선녀 같은 고려인 소녀만 있는 것 같았다. 우리 둘 외에 우리 옆에 거만하게 엎드려 있는 북산과 산기슭을 따라 구불구불 이어진 오솔길도 모두 존재하지 않는 것 같았다. 건투가 우리를 위해 통역해 주지 않았다면 그 아이 자린 그저 텅 빈 공간에 불과했을 것이다. 건투가 통역하면 보리의 얼굴에 즐거운 반응이 나타났다. 그녀의 눈은 나를 바라보고 있었고, 아름다운 입술은 미소를 흩날리고 있었다. 그녀는 머리를 가로저으며 나에게 무엇을 말했는데 내가 알아들을 수 없다는 것을 깨닫고는 바로 건투에게 통역하라고 눈짓을 했다.

"보리 아버지가 저쪽에서 보리가 소를 끌고 오기를 기다려."

그래서 내가 말했다. "우리도 가 보자."

보리는 신이 났는지 손짓 몸짓으로 쉬지 않고 소곤소곤 속삭였다. 오솔길은 한 사람만 지나갈 수 있어서 우리들 사이를 그 어미 소가 또 갈라놓았다. 보리는 고개를 돌려 말하며 미소를 짓기도 하고 앞을 바라보기도 했다. 나는 몇 번이나 그 어미 소 건너로 가서 그녀와 어깨를 나란히 하고 걸어가고 싶었지만 어미 소 옆으로 가면 또 무섭기도 해서 꼬리 뒤쪽으로 뒷걸음질치곤 했다.

길옆에는 양 방목지가 펼쳐져 있었다. 야생 오리가 사람 소리에 놀라 꽥꽥 울어대는 소리가 맞은 편 산기슭으로 날아갔다. 산골짜기는 아주 고요했고 이따금 청량한 계곡물이 콸콸 흐르는 소리를 들을 수 있었다. 북산 뒤에 논밭이 나타났고 산을 등지고 옥수수가 빽빽이 숲을 이루고 있었다. 김병호는 젊은 고려인 두 명을 이끌며 수확하고 있었다.

어머니의 말소리가 적막한 산골짜기에 휘날리고 있었다. 왜냐하면 어머니가 사람들이 옥수수의 강냉이를 거의 다 뜯어버린 것을 발견했기 때문이었다. 지주가 가져가는 것은 이렇게 남겨진 옥수숫대뿐이었다. 이는 중국인 지주와 조선인 소작인이 수확물을 분배할 때마다 일어나는 갈등이었다. 사실 가난한 소작인들은 일 년 내내 먹을 것이 부족했다. 그래서 여름이면 어쩔 수 없이 아직 덜 익은 옥수수와 감자 등을 지주와 6대 4로 나누기 전에 훔쳐서 식량으로 삼았다. 김병호는 "어쩔 수 없잖아요. 주인나리. 먹을 것이 부족한 걸요!"라고 말하면서 계속 옥수수를 거둬들였다. 때때로 허리를 펴고는 크게 웃으며 몇 마디 변명을 하기도 했다.

나는 건투와 함께 방목지 입구에 멈춰 서서 보리를 기다렸다. 사실 나는 어머니가 김병호를 질책하는 그런 모습을 보리가 보는 것이 싫었다. 보리는 황궁에 사는 공주여야 하는데 왜 김병호의 딸이란 말인가. 보리가 입은 얼룩덜룩한 치마와 빛바랜 붉은 저고리도 내 눈에는 모두 새롭고 아름다웠다. 게다가 그녀는 맨발이었다. 얼마나 매혹적인 모습인가!

얼마 안 있어 보리가 뛰어왔다. 나는 그녀 앞에 서면, 강가에서 물속을 휘젓고 다니는 물고기를 바라보는 고양이 같았다. 건투가 우리 둘 사이를 방해하면, 다시 말해 그가 보리와 이야기를 나누고 있으면 나는 기분이 나쁘고 질투가 났다. 게다가 그가 유창하게 고려말을 하는 것도 부러웠다. 하지만 나도 그들이 얘기를 나눌 시간을 주지 않았다. 예쁘고 귀여운 눈빛의 보리가 건투를 보고 있을 때면, "무스거(뭐하니)? 무스거(뭐하니)?"라고 물어보며 그녀의 주의를 내게로 돌렸다. 마치 그녀가 하는 말이 무엇인지 바로 알아들을 수 있는 듯, 그녀가 다른 사람에게 말할 필요가 없다는 것을 알려주었다. 나에게 직접 말했더라도 아마 난 이해한 것처럼 굴었을 테다.

사실은 "뭐하니?"라는 말만 방금 배웠을 뿐이었는데.

건투가 바로바로 그녀의 말을 통역해 주었다. 우리는 9번 저수지가에 가서 마름열매를 딸 수 있었을 거다. 그곳에 연꽃도 있다. 우리는 자주 북산 뒤에 가서 고지새를 잡았는데 고지새들이 모두 숲에다 둥지를 틀었다. 건투는 올 여름에 콩밭에서 종달새 둥지를 발견했다. 즉 그녀의 말은 내가 한 달 일찍 왔다면 더 재미있었을 거라는 뜻이었다. 건투가 말하는 동안 보리는 계속 나를 쳐다보고 있었다. 유혹적인 보리의 검은 눈은 건투가 통역하는 말에 내가 흥미를 느끼는지 알려는 눈빛이었다.

처음부터 주의해서 들으니 나중에 건투가 그녀의 말을 다 전달하지 않고 자신의 말을 끼워 넣었다는 것을 알게 되었다. 누가 종달새가 어쨌느니 하는 말을 듣기 원하겠는가! 게다가 그는 보리와 자기를 우리 둘이라고 부르기도 했다. 나는 건투가 방해를 하느니 차라리 우리 둘이 말을 하지 않아도 눈빛으로 서로 기쁨과 즐거움, 행복을 나누기를 원했다.

결국 우리는 한달음에 뛰어 도망쳤다. 우리는 무아지경에 빠진 채 신이 나서 한달음에 탈곡장에 이르렀고 나는 우리의 빠른 발걸음에 놀랐다. 나는 1초 만에 왔다고 느꼈다.

이날 저녁, 보리는 밥을 하고 나는 마른 장작으로 아궁이에 불을 피웠다. 우리 둘만 있었기에 어수선한 와중에도 서로 즐거운 눈빛을 주고받았다. 내가 불을 꺼뜨리자 보리는 까르르 웃었다. 그 때문에 두 번이나 일부러 불을 피우지 못해 초조한 척했다. 장작을 더 넣자 불이 꺼졌고 나는 어찌할 바를 모르는 척하며 고개를 숙여 입으로 바람을 불었다. 그러자 보리의 웃음소리가 멀리서 은은하게 들려왔고 부뚜막 위에서도 흩날렸다. 그때 나는 왜 그렇게 순진하게 어린아이처럼 그녀의 마음을 얻으려고 했을까? 지금도 모르겠다. 그때 나는 계속 허둥댔고 연기 때문에 눈이 매워서 눈물이 났고 관자놀이는 땀으로 흠뻑 젖어 있었다. 나는 보리의 웃음소리가 점점 울려 퍼지며 그녀의 볼도 왜 점점 붉게 빛났는지 알 수 없었다. 그녀가 내 얼굴을 가리키며 거울 조각 하나를 들어 내 얼굴을 비쳐 주었다. 나는 그때서야 검댕이 묻고 땀으로 번들거리는 내 얼굴을 보게 되었다. 까마반드르해서 나도 거의 알아보지 못할 정도였다. 아궁이의 그을음이 묻어 까맣게 된 이마에 땀이 흘러 온 얼굴에 번져버린 것이었다. 그래도 나는 더 득의양양하게 보리에게 혀를 삐죽 내밀며 우스꽝스런 표정을 지었고 즐거워하는 그녀의 웃음소리를 들을 수 있었다. 이날 밤이 내 소년시절 중에서 가장 행복하고 가장 즐거운 밤이었다. 그 후 나는 학교 시험에서 1등을 할 때나 학교 친구들과 카드놀이를 해서 판돈으로 내건 권련을 전부 땄을 때도 영혼 깊은 곳에서 올라오는 그 어떤 감동도 느낄 수 없다는 것을 알게 되었다. 얼마 지나지 않아, 달구지 바퀴가 굴러가는 소리가 들리자 우리 둘은 바로 얼어붙어 버렸다. 다람쥐가 행인을 몰래 살피는 것처럼, 보리는 날쌔게 부뚜막 위로 뛰어내려 나에게 조용히 몇 마디 말을 하고는 외양간 옆문을 열고 나가버렸다.

나는 그녀가 "아부지"라고 부르는 소리를 듣자마자 바로 부뚜막 위 바깥으로 통하는 작은 문으로 도망쳤다. 도대체 우리는 무엇을 두려워했던 것일까? 내 마음은 그렇게 콩닥콩닥 뛰었다. 좀 지난 후, 나는 조용히 부뚜막 가운데에 서서 눈도 깜박이지 않고 엿들었다. …… 달구지에서 소를 풀어주는 소리가 들리고 소를 끌고 가는 기척을 느꼈다. 소 뒷다리에 고삐가 걸린 듯 했지만…… 소를 끌고 가는 사람의 발걸음이 날렵한 것으로 보아 분명히 보리였다. 얼마 지나지 않아 어머니와 여동생 둘의 말소리도 들렸다. 그때서야 쿵쿵 뛰던 심장이 차츰 가라앉았다. 그래서 얼른 젖은 수건으로 얼굴을 깨끗이 닦았다.

저녁상에 러시아식 수프가 있었다. 푹 삶은 감자와 소고기에 토마토를 좀 넣은 것인데 평소에 내가 아주 좋아하는 음식이었다. 하지만 이날 밤엔 많이 먹지 못했다. 여동생 둘은 입에 착 감기는 맛이 좋았던지 아주 즐거워 했다. 여동생들은 습지에서 야생오리 알을 어떻게 주웠는지 말하며 내일 아침 일찍 다시 찾으러 가겠다고 말했다.

"오빠는 갈 거야?"

"난 안 가!" 난 귀찮은 듯 말했다.

"알았어. 오빠는 보리와 사이가 좋더라. 오빠가 방목지 입구에서 보리 기다리는 거 봤어." 커커가 말했다.

"봤다고? 어떻게?"

"엄마에게 말할 거야……."

"그래 일러라! 가서 말해!"

"둘이 손잡고 그랬다고……."

"누가 손을 잡았다는 거야?" 니는 여동생 무릎을 있는 힘껏 걷어찼다.

"엄마!" 여동생이 소리쳤다. "엄마, 오빠가 나 때려!"

"누가 널 때려. 자자 여기에 좀 앉아 봐."

"흥!"

어머니는 애원하듯 말했다. "제발 소란 좀 피우지 마라."

어머니는 오늘 나눈 농작물의 수량을 계산하고 있었다.

3

보리와 헤어지고 난 뒤 1분 1초도 얼마나 긴 시간인지!

해가 지고 달이 환한 빛을 비추며 떠오르자 나는 틈을 타 몰래 빠져나왔다. 집 뒤 창문에 엎드린 채 보리가 뭐하는지 몰래 살펴보았다. 김병호가 누군가와 조선말로 낮게 뭔가를 말하는 소리가 들리는 것 같았다. 나는 까치발을 하고 탈곡장까지 걸어가 건투에게 보리를 불러내라고 할 생각뿐이었다. 달빛 아래, 볏짚더미와 돌절구 등등이 긴 그림자를 이루며 조용히 자고 있었다.

"건투 집에 있나요?" 나는 바지주머니에 손을 집어넣고는 초가집 문 앞에 서 있었다.

"밥 먹다 말고 보리가 끌고 나갔다." 말한 사람은 중년의 아낙네였다. 헝클어진 머리가 자꾸 얼굴을 가리자 머리를 쓸어 올리는데 요괴 같았다. 게다가 나를 '건투 큰 형'이라고 불렀다.

"언제 나갔어요? 그러면 어디에 간 거죠?"

"9번 저수지가 쪽 길에서 찾아봐라. 애들이 거기서 정신없이 놀고 있을지 누가 알아."

나는 슬퍼서 혼령처럼 아주 고독하게 9번 저수지가 쪽으로 걸어갔다. 그러면서 여러 번 다짐했다. 영원히 다시는 보리와 만나지 않을 거라고. 하지만 다리는 여전히 끝없이 하얗게 펼쳐진 저수지가 쪽으로 걷고 있었다. 기껏해야 좀 머뭇거리며 잠깐 멈추어 섰을 뿐이었다. 고려인 무덤이 있는 곳을 지날 무렵 나는 한바탕 울고 싶어졌다. 왜 보리는 건투를 찾아가 노는 것일까? 게다가 나를 배신했다. 나는 귀신을 아주 무서워했고 더욱이 밤에 어두컴컴한 길은 감히 걷지도 못했다. 그러나 이 밤에 나는 고려인 무덤 근처를 두 번이나 갔다 왔다. 허나 조금도 무서운 생각이 들지 않았다. 게다가 매장하지 않은 나무 관을 봤지만 전혀 아무렇지도 않은 돌처럼 보였다. 적막한 호수는 신비한 말을 속삭이고 있었고, 동쪽 산에서도 이따금 이리가 울부짖는 소리가 처량하게 들려왔다.

온 들판은 풀벌레 소리로 가득했고 별들은 눈부시게 반짝이고 있었다. 사람 소리라고 할 만한 것은 하나도 없었다. 크나큰 슬픔을 안고서 쓸쓸히 돌아온 나는 영원히 보리와 다시 만나지 않겠다고 결심했다.

집에 돌아오니, 어머니는 여동생 둘과 함께 카드놀이를 하고 있었다. 나를 보자 물었다. "어디에 갔다 온 거야!"

"읍내로 돌아가고 싶어요!" 내가 말했다. "이곳에 적응을 못하겠어요."

"아직 수확물도 다 나누지 않았는데 왜 돌아가자고 하는 거야!" 어머니는 내게 무슨 말 못할 일이 생긴 것을 알아차린 눈빛이었다.

"왜 그러는 데…… 근데 너 내일 7번 저수지에 가서 총 두 자루를 빌려와야 하는데. 네 큰 외삼촌이 야경꾼 두 명을 데리고 올 거거든. 농작물이 밖에 있는데 야경꾼이 없으면 안 되잖니. 너도 알다시피 감자는 아직 캐면 안 되는데 요 며칠 가난한 고려인들이 밤에 몰래 캐가는 것이 적지 않아서." 어머니는 나에게 여기 있는 것이 싫으면 7번 저수지에 가서 며칠 지내도 된다고 말했다.

보리와 만나지 않으려고 나는 다음날 아침 일찍 나섰다. 하지만 가는 길에 나는 다시 조금씩 후회가 되었다. 내가 가는 것은 너무 느닷없는 짓이었다. 보리가 무엇을 하는지 몰래 살펴보거나 내가 밖에 나가는 것에 대한 그녀의 마음을 한번 떠봐야 했다. 게다가 그들은 어젯밤에 도대체 무엇을 했단 말인가? 대관절 어떻게 된 건지 분명하게 밝혀야 했다. 이때 나는 어젯밤에 보리 마음에 들려고 했던 바보 같은 내 행동도 몹시 후회했다. 연인의 환심을 잃은 사람이 전에 연인 앞에서 했던 여러 가지 경박한 행동을 후회하는 것처럼 말이다. 자존심에 난 상처가 몹시 쓰라렸다.

7번 저수지는 아버지 움막집 구역과 멀리 떨어져 있었다. 큰 외삼촌은 형邢씨 집안 일곱째 나리의 마름인데, 일 년 내내 술을 달고 사는 사람이었다. 그날 나는 야경꾼 두 명과 9번 저수지를 또 돌아보았다. 길에서 키가 큰 중국인 인부 둘이 총으로 야생토끼 한 마리를 잡고 있었다. 그 둘은 담소를 나누며 손에 쥐고 있던 아직 온기가 남아있는 그 토끼를 서로 빼앗으려고 했다. 난 조금도 유쾌하지 않았지만 토끼의 귀만 쓰다듬고는 그 둘에게 빨리 가라고 다그쳤다.

탈곡장 우물 앞에서 나는 보리와 마주쳤다. 원래 큰 길로 가도 됐지만 나는 보리가 있는 작은 길로 지나갔고 야경꾼 두 명에게 나를 따라오도록 했다, 역시나 보리는 작고 가지런한 치아를 드러내며 멀리서 나에게 미소를 보내고 있었다. 그것은 무한한 기쁨으로 충만하다는 뜻이며 벌 받을 준비를 하고 있다는 미소였다. 나는 바지주머니에 양 손을 집어넣고 휘파람을 불면서 시치미를 떼고 그녀 옆을 지나갔다. 굽이를 돌 때 그녀를 슬쩍 쳐다보았다. 보리는 여전히 거기서 나를 쳐다보고 있었다. 얼굴이 창백해지며 자기도 모르게 눈물이 흐르는지 울먹울먹하는 표정이었다. 하지만 나는 동요하지 않았다. 누가 어젯밤에 내 마음을 다치게 하라고 했는가! 야경꾼 두 명을 보내고 나서 건투 집에서 밥을 먹고 있는데 보리와 또 다시 마주쳤다. 이때 보리는 가는 속눈썹을 드리우며 고개를 숙였다. 그러자 나는 슬퍼졌다.

나는 건투가 동쪽 산에서 나무를 파내고 있다는 것을 알게 되었다. 그곳은 소련 국경을 수비하는 기병대가 자주 출몰하는 지역이었다. 여기에 온 첫날 어머니는 나에게 동쪽 산골짜기에 가서는 안 된다고 주의를 주신 적이 있었다. 하지만 지금 내게 그런 것은 상관없었다. 드넓은 산골짜기 어디에나 풀이 빽빽이 들어찬 초원이 있었다. 나는 빠르게 걸었다. 이곳은 사람 흔적도 없고 가축 그림자도 보이지 않았다. 간혹 매가 산골짜기 사이를 유유히 날아다니는 모습만 보일 뿐이었다.

세 번째 골짜기에 이르자 멀리서 건투가 나무를 파내는 소리가 들렸다. 산봉우리 사방에서 메아리가 세차게 울려 퍼졌다.

"건투, 너희들 어젯밤에 어디 갔었어?"

"어디 안 갔는데." 건투는 뭔가 주저주저하는 눈빛이었다. "9번 저수지에서 놀았어."

"너 나한테 말해줘야 해." 나는 갑자기 그가 뭔가 숨기는 것이 있어서 얼버무린다는 것을 깨달았다. "어디에 가지 않았다고?"

"못 믿겠으면 보리에게 물어봐. 호숫가에서 물고기 잡고 있었어." 그가 말했다.

내가 분명히 저수지에 가서 그들을 찾았다는 것을 알고 나자 그는 더 이상 둘러낼 수 없게 되었다. 그때서야 그는 내가 집에 가서 어머니에게 말하지 않겠다고 한다면 전부 알려주겠다고 말했다.

"우리는 사거리 입구에 있는 그 밭에 가서 감자를 몰래 훔쳤어." 그가 말했다.

"누구네 건데?"

"우리 집 거. 내일 모레면 감자를 파내서 너희 집과 4대 6으로 나눠야 하잖아."

나는 오늘 밤에 나도 꼭 갈 테니 보리에게 나를 기다리라고 그에게 신신당부했다. 그리고 나는 또 보리가 오늘 나에 대해 물어보았는지 물었고, 어젯밤에 왜 나를 찾지 않았는지도 물어보았다. 만족할 만한 해답을 얻은 나는 휘파람을 불며 발꿈치를 들고 한 바퀴 빙그르 돌았다. 보리와 건투의 우정이 나와의 감정을 넘어서진 않았다는 것보다 더 기분 좋은 일이 어디 있겠는가? 보리가 나를 두고 건투와 같이 간 것은 내가 이를까 봐 두려웠기 때문이었다. 나는 질투로 인한 괴로움에서 완전히 벗어날 수 있었다. 내 마음은 두 팔을 펼쳐 한적한 골짜기를 날아가는 것 같은 상쾌한 느낌으로 가득했다.

뜻밖에도 나는 보리의 모습을 다시 보았다. 그녀는 우물가에 쪼그리고 앉아서 채소를 씻고 있었다. 나는 신발을 바꿔 신으려고 얼른 집 안으로 뛰어 들어갔다. 왜냐하면 그 신발은 7번 저수지에 있을 때 방목장 진창의 진흙이 잔뜩 묻어 있었기 때문이었다. 왜 지금도 가끔씩 생각나는지 모르겠다. 나는 엄마와 여동생들이 집에 없는 틈에 과자와 바나나맛 사탕 두 개를 훔쳐 신발도 갈아 신지 않고 내달려 보리에게 뛰어갔었다. 보리의 눈은 놀란 듯 나를 한 번 쳐다봤지만 그 뒤 쌀쌀맞게 일어서더니 우물가를 떠나려고 하는 거였다.

"보리야, 이거 먹어!" 지금 생각하면 얼마나 부끄럽고 얄팍한 마음인지!

그때 보리는 고개를 돌려 나를 보더니 싫다고 했다. 완전히 절망한 나는 넋이 나간 채 그 자리에 서서 한마디 말도 할 수 없었다. 손발은 굳어버린 듯했고 살아 있는 것은 아마도 내 두 눈뿐이었던 것 같았다. 그녀의 아름다운 속눈썹 사이로 수정 같은 눈물이 한 방울 맺혀 있었다. 나는 웅얼거리며 말했다. "네 거야. 하라쇼!" 이는 당시 유행하던 러시아말이었다. 그녀는 내가 준 슬픔을 털어버리듯이 대야를 들고 가려고 했다. 나는 거기에 멍하니 서서 그녀가 내 옆을 지나가는 것을 쭉 바라보다가 갑자기 앞으로 달려가 그녀가 가는 길을 막아섰다. 그녀가 막 화를 내고 이리저리 몸을 피해도 결국에 나는 과자와 바나나맛 사탕을 그녀의 옷 주머니에 넣어주었다. 한 줄기 햇빛이 구름 사이로 비치는 것처럼 광채를 띠며 환해진 그녀의 얼굴은 감동적이었다. 시무룩했던 내 얼굴도 그 빛나는 광채에 물들어 웃으며 그녀의 손을 잡고 흔들었다. 처음에 그녀는 원망 어린 눈빛을 드러내기도 했지만 내기 속삭이며 그녀의 대야를 들어주자 우리 사이의 오해는 완전히 풀어졌다.

그날 밤, 우리는 두근거리는 마음을 품고 감자를 훔치러 갔다. 우리는 아주 조용히 걸으며 야경꾼의 발소리가 들리는지 귀를 쫑긋 세우며 주위를 살폈다. 그것은 세상에서 가장 즐거운 놀이였다. 우리 모두는 무서워서 벌벌 떨었지만 두려움을 무찌를 준비가 되어 있었다. 깊은 밤, 이국의 아름다운 소녀와 손짓과 눈짓으로 교감하며 살금살금 기어가 감자를 훔치는 것보다 행복한 일이 또 어디 있겠는가? 게다가 우리는 야경꾼이 연발총을 가지고 있는 것을 알고 있었다. 더구나 나는 그들이 도둑들 중에 주인집 아들이 있다는 것을 알게 될까 봐 두려웠다.

—원제: 「莊戶人家的孩子」, 『문예잡지(文藝雜誌)』, 제1권 제3호, 1945.9

저들의 '이웃'을 소설에서 만나다

민정기(인하대학교 중국학과)

1

'되놈'이란 말은 저 옛날 여진인이 세운 금金이 몽골에 의해 망한 뒤로 오래도록 나라를 이루지 못하고 두만강 너머 여기저기 흩어져 살던 그 후손을 한반도에 떡하니 눌러 살던 우리가 얕잡아 부르는 호칭이었다고 한다. '만주'로 스스로를 새롭게 칭하게 된 그들이 세운 나라가 조선의 왕을 무릎 꿇리고 '중화' 명明을 대체한 뒤로는 아예 그 괘씸하고 미운 '되놈'들이 세운 나라 사람들을 다 싸잡아 부르는 말로, 즉 '중국인'을 아울러 비하하는 말로 사용되었다. 개항기에 들어오면서 문명을 추구하기 위해서는 되놈들로부터 '독립'해야 한다는 인식이 점차 퍼졌고, 일제에 의해 강점된 상태에서 이루어진 비틀린 근대화의 과정 속에서 중국은 조선이 버려야 할 거추장스럽고 흉물스런 과거로 전락했다.[1] 만주 벌판에서, 상하이의 흥청거리는 조계의 뒷골목

---

1 오늘날 중국에 대한 우리의 바른 인식을 가로막는 뿌리 깊은 편견에 관해서는 김용옥 「잔잔한 미소, 울다 울다 깨져버린 그 종소리－최근세사의 한 반성으로」, 라오서, 최영애 역, 『루어투어 시앙쯔』 윗대목, 서울 : 통나무, 1989, 특히 1~60쪽을 볼 것.

또는 장강長江을 거슬러 올라가 대륙 저 안쪽 안개 잔뜩 낀 충칭重慶의 벙커에서, 피압박 민족의 해방과 사회주의 국가 건립을 위해 어깨를 나란히 했던 유격의 전장에서, 저네들과 우리는 종종 동지에를 나눴지만 그럼에도 그와 같은 인식의 대세는 크게 변하지 않았다. 냉전체제하 이편저편으로 갈라진 세상에서 한반도 남쪽의 우리에게 중국은 전쟁에 개입해 통일을 가로막은 밉살스럽고 두려운 '오랑캐'일뿐이었다. 이에 상응해, 더러 영웅적인 동지나 따뜻한 이웃 형상이 없는 것은 아니나, 우리의 문학과 대중문화에 등장하는 중국인 형상은 대개 탐욕스런 '비단장수 왕 서방'이나 악덕 지주, 흉포한 마적이나 비열한 한간漢奸 이미지에서 맴돌았다. 특히 아동문학에 나타나는 중국인은 부정적 이미지 일변도였다.[2]

이쪽에서 저네를 건너다보던 시선이 이러했을진대, 저쪽서 우리네를 바라보던 시선은 고왔기를 기대한다면 공평치 않을 것이다. 하지만 저편에서는 이쪽을 좀 낫게 봐주었길 하는 바람도 없지 않은 것이 사실이다. 자기중심적 내지는 자기애적인 이런 심리는 어쩌면 자연스러운 것인지는 모르겠지만, 미래의 한중 간의 보다 성숙한 상호인식과 관계의 기초가 되긴 어려울 것 같다. 거북스럽더라도 과거의 그리고 오늘날의 적지 않게 복잡한 관계 속에서 서로를 어떻게 인식했고 인식하고 있는지를 짚어보는 것이 미래를 위해 요긴하겠다. 그런 의미에서 이번에 이렇게 엮어 나오게 된 단편선은 퍽 반가운 작업이다. 관련 연구가 적지 않게 이루어졌고[3] 해당 작품들이 산발적으로 번역되기도 했지만[4] 이렇게 한 자리에 여러 편이 한국어로 번

---

2 유인순, 「근대 한국소설에 투영된 中國·中國人」, 『한중인문학연구』 8, 2002 및 김성욱, 『韓國近代小說에 나타난 '타자 이미지' 硏究─中國人 '形象'을 中心으로』, 한양대 박사논문, 2009.2, 제3장과 제4장의 논의를 볼 것. 일제강점기 아동문학에 나타난 중국인 이미지에 관해서는 원종찬, 「근대 한국아동문학에 나타난 중국인 이미지」, 『동북아문화연구』 25, 2010을 볼 것.
3 뒤의 '관련 연구 목록' 참조.

역되어 묶인 것은 처음이다. 특히 일제의 피해자라는 동병상련의 시선에 의해 포착된 조선인의 모습이나 일제에 저항하는 동지이자 영웅으로서의 조선인 형상, 다시 말해 우리가 쉽게 수긍할 수 있는 형상을 보여주는 작품들은 더러 소개된 반면 저들이 본 우리네의 부정적인 면모가 담긴 작품들은 잘 알려져 있지 않다. 이 선집은 항일을 주된 제재나 주제로 삼고 있으면서 영웅적인 조선인 형상이 등장하는 작품은 제했고, 주로 일상 속에서 저네들이 만난 '이웃'으로서의 조선인 형상을 담고 있는 작품 아홉 편을 가려 뽑아 번역해 수록하고 있다. 그 가운데에는 결코 선한 이웃이라고는 할 수 없는 모습을 그리고 있는 작품들도 포함되어 있는데, 불편하지만 대면해야 할 우리 자신의 모습이라는 점에 의의가 있다고 하겠다.

2

두 차례의 호란 이후, 목메어 죽은 명나라 마지막 황제의 연호인 숭정崇禎을 굳이 써가면서 '오랑캐'가 지배하는 청국과 그 나라 사람을 애써 무시하며 소중화로 자처하던 조선과 조선인을 정작 그쪽에서는 그다지 낮춰 보거나 부정적으로 보지 않았던 것 같다. 조선에 대한 한인漢人 사대부들의

4　郭末若의「牧羊哀話」는 일찍이 양백화에 의해「金剛山哀話」라는 제목으로 번역되어 1932년 월간지『東方評論』에 실린 바 있다. 이범석 장군을 모델로 한 많은 작품을 쓴 無名氏(卜乃夫)의『北極艶情(北極風情畵)』가 홍순도의 번역으로『톰스크의 연인들』(문화일본사, 1996)이라는 제목으로 출판되었고, 같은 이의「狩」,「奔流」,「露西亞之戀」,「龍窟」과 이범석의 회고담 명목으로 발표한「韓國의憤怒－靑山里喋血實記」가 김영욱의 번역으로『龍窟』(백산서당, 1999)이라는 제목으로 묶여 출판되었다. 민병덕이 엮은『고향』(정산미디어, 2009)에는 郭末若의「牧羊哀話」가「목양애화(금강산의 애가)」라는 제목으로, 蔣光赤(蔣光慈)의「鴨綠江上」이「압록강상」으로 번역되어 있다.

187

시선이야 명대와 크게 다를 이유가 없었을 테고 만주 조정의 시선 또한 그랬다. 동아시아 질서 내 위계 속에서 이쪽을 번속藩屬의 하나로 여기는 것은 당연했다고 할 때, 최근 연구에 따르면 여러 번속과 조공국들 가운데 가장 '대접'받는 축에 속했다.[5] 역내 여러 민족들과 함께 가깝고 먼 나라 사람들의 모습을 담고 있는 『황청직공도皇淸職貢圖』[6] 같은 데서도 이러한 형편을 엿볼 수 있는데, 이 책에서 조선 사람은 서문에 이어 맨 처음 제시되어 있으며, 다른 민족들이 신분 고하 등에 상관없이 대부분 '이인夷人'과 '이부夷婦' 남녀 한 쌍의 모습이 제시된 데 비해, 조선인은 매우 예외적으로 '이관夷官'과 '관부官婦' 그리고 '민인民人'과 '민부民婦' 두 쌍 남녀의 모습이 실려 있다. 곁들인 설명을 보면 "조선은 옛 영주 바깥의 땅으로 주나라 때 기자를 그 땅에 봉했으며 한 말에 부여 사람으로 고씨 성을 가진 이가 그 땅을 차지하고 나라 이름을 고구려라 바꾸었다. (…중략…) 본조 숭덕 원년 태종 문황제께서 친히 원정하여 제압하니 그 국왕 이종이 나와 항복하였다朝鮮古營州外域, 周封箕子於此, 漢末夫餘人高姓據其地, 改國號高句麗 (…中略…) .本朝崇德元年太宗文皇帝親征克之, 其國王李倧出降며 청에 복속한 나라임을 강조하고 있고, 책봉을 받으며 때마다 조공하고 있음을 적고 있다. 또한 당나라의 관제와 복식을 이어가고 있고 문자를 알아 책 읽기를 좋아하며 관리는 품위와 위엄을 갖추고 있다는 등의 서술은 '중화'의 교화를 입은 이른바 '동문동종同文同種'이라는 인식을 보여주고 있다. 그런데, 저들의 태종 문황제가 누구이고, 조선의 국왕 이종이 누구인가. 무슨 사건을 이야기 하고 있는가. 병자호란에 다름 아

---

5 구범진, 『키메라의 제국』, 서울 : 민음사, 2012, 5장 "청 제국 질서와 조선"을 볼 것.
6 청 건륭 16년(1751)에 아홉 권으로 간행된 圖册이다. 각 지 총독과 순무에게 관할지역 경내의 각 민족 남녀의 모습을 그려 올리게 했으며 조공 관계가 있거나 내왕이 있는 나라들의 남녀 모습 또한 그리도록 했다. 원본을 두고 목각화를 제작해 도책으로 만들었다. 그림과 함께 각 나라 역사와 국정에 관해 간략한 설명이 붙어 있다. 채색 그림 원본은 베이징 고궁박물원에 소장되어 있다.

〈그림 1〉『황청직공도』권1, '朝鮮國民人'

니다.

　이와 같이 조선(인)을 '동문동종'으로 본 저들의 인식은 19세기 들어 변화하는 세계질서 속에서 점차 타자화 된 다른 국가/민족이라는 인식으로 변해가는 것이 사실이지만, 청 말을 지나 그 뒤로도 조선(인)에 대한 중국인의 '집단상상'에 면면히 이어지는 것 또한 사실이다.

　'또 다른 나'와 같은 가까운 이웃 조선이 19세기 후반의 격동하는 세계-동아시아 정세 속에서 빠르게 저희들 울타리에서 벗어나 일본의 영향 하에 편입되고 급기야 그 식민지로 전락하는 과정을 청나라 조야는 안타까움과

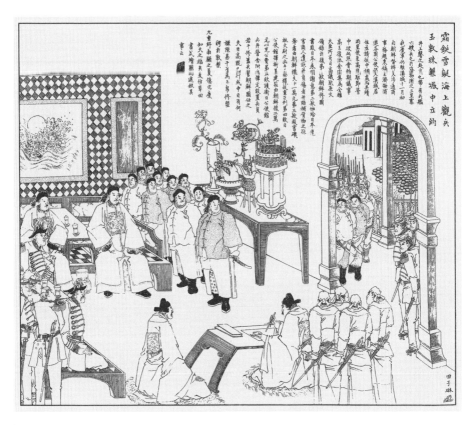

〈그림 2〉『점석재화보』(제31호, 청 광서 11년 1월 중순, 1885.3). 갑신정변을 수습하기 위해 조선과 청·일 삼자가 모여 협상하는 광경을 그린 그림. 조선의 대표는 청과 일 앞에 숙이고 앉아 반성문을 쓰고 있는 것과 같은 모습으로 그려져 있다.

울분 그리고 경악의 눈으로 바라보았다. 상하이에서 발간되던『점석재화
보點石齋畵報』와 같은 새로운 성격의 매체에서도 조선 관련 기사가 이따금
실렸는데, 조선을 중국 자신도 부득불 편입되어가고 있던 근대 세계체제의
위계적 질서를 내면화한 시선으로 바라보고 있다는 점이 흥미롭다. 즉, 중
국에서 가장 '근대화'된 상하이에 발붙인 이 매체가 재현하고 있는 조선은
문명-반문명-야만의 위계 가운데 중국의 농촌 지역과 비슷하게 반문명과

야만의 언저리에 위치 지워져 있다. 조선은 상하이 조계 밖의 광범한 중국의 전통 공간 내지는 농촌 공간과 마찬가지로 유교적 미담의 세계요 민간신앙과 관련된 괴담의 세계다. 이런 부류의 기사들이 주조를 이루는 가운데, 1885년 3월 초에는 한 호 전체를 「조선란략朝鮮亂略」이라는 제목을 붙여 약 석 달 전 1884년 12월 초에 조선에서 일어난 갑신정변을 여덟 면의 글-그림 기사를 통해 상세히 전했다. 이 일련의 화면에서 조선은 보호하고 지켜야 할 연약한 이웃으로 그려진다. 십 년 후 청일전쟁과 관련된 보도에서 자신들의 우세를 터무니없이 과장되게 전한 경우에도 마찬가지다.[7]

『점석재화보』가 그려 보인 '상상적 승리'와는 달리 청일전쟁은 일본의 승리로 매듭지어졌다. 시모노세키 조약을 통해 청국은 일본에 타이완을 할양했고 조선에 대한 종주권을 상실했다. 청 말 중화민국 초의 영향력 있던 언론인이요 정치가이자 사상가였던 량치차오梁啓超는 여러 차례 조선에 관한 글을 썼는데,[8] 그 가운데에는 조선 망국의 과정을 냉철하게 기록하고 분석한 「조선망국사략朝鮮亡國史略」이나 「조선 멸망의 원인朝鮮滅亡之原因」 같은 글도 있고 안중근의 이토 히로부미 저격 소식을 듣고 지은 「가을바람이 등나무를 꺾다秋風斷藤曲」와 같은 절절한 장편 시가도 있다. 량치차오는 무엇보다도 열강의 분할통치 위기에 직면한 중국을 돌아보며 동병상련의 입장에서 조선 멸망을 안타까워하고 있으며 중국인은 이를 거울삼아 분발해야 한다고 호소한다. 동시에 과거 속방屬邦의 이탈과 몰락을 아쉬워하는 심사도 드러내는데, 이는 아마도 제 나라와 조선의 관계를 인지하고 있던 당시

7   『점석재화보』에 실린 조선 관련 기사를 다룬 논문으로는 홍석표, 「『점석재화보(點石齋畵報)』의 조선 재현 양상과 중화주의적 욕망」, 『中國語文學誌』 21, 2006; 김성남, 「상해[上海]의 『점석재화보(點石齋畵報)』가 그려낸 19세기의 조선」, 『史林』 27, 2007; 주현호, 「청말 『點石齋畵報』의 儒家 조선에 대한 인식 변화」, 『명청사연구』 38, 2012가 있다.
8   이 글들을 모두 뽑아 번역해 놓은 책이 나와 있다. 최형욱 편역, 『량치차오, 조선의 망국을 기록하다』, 파주 : 글항아리, 2014.

청국의 식자라면 죄다 비슷한 입장이었을 것이다. 량치차오는 일본의 패권주의를 견책하면서 동시에 조선인의 우매함과 지배층의 완고함을 비판하는데, 종종 보이는 조선에 대한 편견에 가까운 입장과 지나치다 싶은 질책과 조소는 무술변법의 실패 후 망명해 있으면서 일본의 언설을 경유해 형성된 인식을 반영하고 있는 것으로 보인다.[9] 아무튼, 망해가는 나라를 다시 세우고 나아가 부강으로 이끌리라는 열망으로 가득 찬 중국의 근대 주체가 과거 속방의 멸망을 바라보는 시선은 착잡하기 그지없다. 1910년 9월 4일에 지은 「조선애사朝鮮哀詞」의 한 대목이다.[10]

> 시운도 신진대사 되어 다해 버리니 / 사람도 하늘도 한없이 슬프다 / 애달퍼라 기자(箕子)의 제단이여 / 측은하구나! 망국의 노래 「서리(黍離)」[11]여 / 초(楚)나라에 나라 빼앗기니 하늘도 바야흐로 취한 듯 / 형(邢)나라 되살리는 일은 의문뿐이로다 / 창망히 큰 재앙 바라보노라니 / 먼 외국서 부질없이 눈물만 흘린다

량치차오에게서 나타나는 이와 같은 인식은 비슷한 시기 소설 속의 조선/조선인 형상에서도 확인된다. 동시대 조선에서 벌어지고 있던 일들과 조선인을 제재로 한 청 말의 시문과 소설에 드러나는 정서는 주로 비탄과 울분이다. 화자들은 주로 동병상련의 감정을 대상에 이입하고 있다. 조선은 강한 나라들의 틈바구니에서 이러지도 저러지도 못하고 피동적으로 스러져가는 모습이며, 조선인들은 비운의 주인공들이다. 조선의 영웅적 인

---

9   위의 책, 260~275쪽("량치차오의 조선에 대한 인식")을 볼 것.
10 위의 책, 211~212쪽의 번역을 약간 고쳐 인용했다.
11 『시경』 '옥풍(玉風)'의 망국의 슬픔을 읊은 시편.

물에 대한 관심이 환기되기도 하지만 대세를 이루는 이미지는 망해가는 나라의 가련한 존재들이었다. 나라의 명운이 곧 개인의 명운이라는 인식이나 조선을 가련한 여인과 같은 존재로 빗대어 보는 시선은 전통적인 중화사상의 그것이라기보다는 전통/근대, 서양/동양, 제국/식민지, 중심/주변, 남성/여성 등의 대립 쌍으로 세계를 나누고 위계화 하던 근대 서양의 사유가 내면화된 광경을 보여준다.

이런 의식은 중국이 급격히 배만排滿 혁명의 길로 치닫고 있었고 조선은 급속한 식민화의 나락으로 떨어지고 있던 1909년 8월부터 이듬해 10월까지 상하이에서 발간되었던 대중매체인 『도화일보圖畵日報』에서도 찾아볼 수 있다. 세계에 관한 교양을 표방하던 이 일간 그림신문에는 신지식의 가장 중요한 구성요소였다고 할 수 있는 지리 지식에 상응하는 몇 개의 전란專欄이 있었다. 매 호 첫 면에 게재된 '대륙의 경물大陸之景物'은 세계 곳곳의 명소들을 소개하는 코너였다. 상하이는 가장 특별한 공간으로 '상하이의 건축上海之建築'과 '상하이의 저명한 상업 장소上海著名之商場'라는 코너를 따로 두었다. 그런데 조선은 '상식'으로 알아두어야 할 단 하나의 의미 있는 '장소'도 제공하지 못하고 있다. 반면, 조선(인)은 연재소설「망국의 눈물亡國淚」을 통해 예의 비운의 주인공으로 그려지고 있다. 첫 회의 그림에 조선 갓을 쓴 사내들이 도포자락으로 눈물을 훔치고 있는 모습이 그려져 있는바, 조선(인)이 어떤 맥락에서 어떻게 재현될 것인지에 대한 예고에 다름 아니다. 소설의 내용은 중국으로 망명한 조선의 청년이 중국인 여성과 사랑을 하게 되는 등 연애담과 영웅 활극의 요소를 겸비한 대단히 통속적인 내용인데, 그 배경에는 서구-일본-중국에 (그리고 조선 자신에까지) 걸쳐 있는 조선에 대한 대단히 근대적이고 상투적인 인식과 단정이 놓여 있다. 일본의 식민지로 전락해 가고 있던 조선은 열강에 의한 '과분瓜分'의 위기 속

〈그림 3〉『도화일보(圖畫日報)』제89호(1909.11.12)「망국의 눈물[亡國淚]」첫 회분의 글-그림.

에서 어떻게든 근대적 국민국가로의 전환을 이루고 부강을 달성하려는 중국 주체의 욕망과 공포, 그리고 연민이 투사된 타자였다.[12] 1909년 10월 26일, 안중근이 하얼빈역에서 이토 히로부미를 사살한 사건은 중국 전역을 진동시켰다. 그의 의거는 여러 장르의 문학을 통해 재현되어 조선인의 기개를 중국인들에게 전했다.[13] 하지만 청 말의 중국 소설에서 바라보는 조선인은 필경 가련한 망국의 백성 형상에서 크게 벗어나지 않았으며, 오사운동 전후, '신문학' 초기의 중국 소설에서 형상화된 조선(인)의 모습 역시도 마찬가지였다.

3

중국인들이 저희 '문학'과 그것을 이루는 언어에 대해 크게 각성하고 새로운 '문학'을 향해 움직이기 시작한 것으로 간주되는 때는 대개 1917년부터로, 이른바 신문화운동의 시기에 와서다.[14] 이 시기에 들어서 쓰인 작품

---

12 본 선집을 구성하며 대상으로 삼은 시기(1917~1949, 아래 주석 14 참조) 이전 청 말, 중화민국 초 시기 소설 가운데 조선(인)을 제재로 한 작품의 대체적 경향에 관해서는 다음을 참조할 것. 유창진·정영호·송진한, 「'韓國' 題材 中國 近代文學 作品 目錄 및 解題」, 『中國人文科學』 26, 2003, 406~427쪽, 'Ⅱ 한국 제재 중국 근대소설'; 문정진·이등연·송진한, 「淸末의 '韓國' 題材 小說 硏究-近代 國民과 國家의 형성 과정을 중심으로」, 『中國小說論叢』 18, 2003.

13 다음을 볼 것. 梁貴淑·金喜成·蔣曉君, 「中國近代關於安重根形象的文學作品分析」, 『中國人文科學』 39, 2008; 蔣曉君, 『중국 근대문학 속의 安重根 형상 연구』, 전남대 석사논문, 2009.2.

14 중국에서는 아편전쟁 시기부터 신문화운동 전까지의 문학을 '近代文學', 신문화운동 시기부터 1949년 중국인민공화국 수립 전까지의 문학을 '現代文學', 그 뒤로의 문학을 '當代文學'으로 명명해 구분한다. 본 선집에 뽑아 실은 작품들은 저네들 용어로는 '現代文學'에 속한다. 한국의 중문학계에서는 이를 수용해 해당 시기의 문학을 '중국현대문학'이라

가운데 조선의 현실과 조선인을 한가운데 둔 첫 작품이 바로 1919년 11월 『신중국新中國』잡지에 실린 궈모뤄郭沫若의 「양치기의 슬픈 이야기牧羊哀話」다. 이 작품은 신문화운동의 주역들이 주장한 구어체 문장, 즉 백화白話로 쓰였을 뿐 아니라 전지적 화자에 의한 자연적 시간 흐름에 따른 서사가 여전히 일반적이었던 청 말 소설의 상투를 분명 탈피하고 있다. 화자의 고백적인 자기성찰이 소설의 처음과 끝을 차지하며 중간중간 개입하는 어지간히 '현대적'인 작품이다. 죽은 '양치기'의 어머니의 진술과 편지글의 인용을 통해 사건의 주요 대강을 전한다거나 하는 점 역시 작자가 번역을 통한 서양 문학의 세례를 받았음을 잘 보여준다. 그런데 작품이 그려 보이는 조선(인)은 기실 청 말의 소설에 그려졌던 그것과 크게 다르지 않다. '망국' 백성으로서의 조선인, 그들의 '애달픈 이야기', 매국노와 의사義士의 형상, 상황을 응시하는 중국의 착잡한 시선. 합방을 앞두고 일본인 세상이 된 한양을 등지고 가솔을 다 데리고서 금강산 계곡에 들어와 은거하게 된 인물의 이름이 민'숭화'閔'崇華'로 설정되어 있는 데서 당시 가장 진보적이었다고 할 중국 지식인 가운데 한 명이었던 궈모뤄의 조선(인)관이 단적으로 드러난다. 그리고 민숭화나 그의 딸 패이佩黃, 주인을 암해하려는 집사 윤석호尹石虎와 이를 저지하려다 애비 손에 죽임을 당하는 그의 아들 자영子英은 이 이야기의 주인공 격이지만 죄다 평면적이고 상투적 인물이다. 청 말의 서사와 다른 점이 있다면, 이야기를 전해주는 윤씨네 아주머니와 화자 자신, 즉 이야기를 매개하는 주체들이 이 이야기의 생동하는 존재로 부각된다는 점이다. 이런 면에서 이 이야기는 대단히 '모던'하다. 궈모뤄는 1923년 작 「백합과 토마토百合與番茄」와 1933년 작 「닭이 돌아온 이야기鷄之歸去

고 대개 칭하지만 한국문학 연구자들은 해당 시기의 문학(소설)을 '중국근대문학(소설)'이라고 칭한다.

未」에서 관동대지진 후 조선인 노동자들의 처참한 상황을 등장인물들의 대화 속에서 언급한 바 있으나 조선(인)을 제재로 삼았다고 볼 수 있는 소설을 더 쓰지는 않았다.

타이징눙臺靜農의 「나의 이웃我的鄰居」은 '현실을 위한 문학', '인생을 위한 문학'이 주조를 이루었으며 좌익문학이 태동하던 1920년대 후반에 발표된 작품이다. 타이징눙은 신문학운동을 이끈 천두슈陳獨秀와 루쉰魯迅으로부터 직접 영향을 받고 배운 인물이었다. 이 작품은 베일에 싸여 어느 정도 시간이 경과하고 나서야 조선인이라는 것을 알게 되는 '이웃' 청년에 대한 회고적 서술과 그를 응시하는 화자 자신의 시선과 심정에 대한 자기반성적 서술을 부단히 교차시켜간다. 피억압 민족을 다루는 예의 전통을 답습하면서도 현대적 서사기법을 어느 정도 발휘하고 있다.

우리가 중국 신문학의 '주류'라고 하는 작가들이 조선(인)을 제재로 한 작품을 거의 써내지 않았음은 이들의 문학적 분투의 장에서 조선은 기실 그다지 중차대한 현실이 아니었다는 점을 말해준다. 중국 신문학에서 조선(인)이 어지간히 중요한 현실로 부상하는 것은 1930년대에 이루어진 일본의 만주 침탈과 중국 침공과 관련해서이다. 특히 일제-조선이라는 현실을 몸소 겪게 된 소위 '동북작가군'에 속하는 작가들의 작품 속에서 조선인은 제법 자주 등장하게 된다.

본 단편선에 작품이 실린 수췬舒群, 리후이잉李輝英, 자오샤오쑹趙小松, 뤄빈지駱賓基는 '동북작가군'에 속한 이들로 만주 지역에서 여러 유형의 조선인들이 각양으로 사는 모습을 가까이서 보고 들은 경험을 바탕으로 소설을 썼다. 이들의 작품에는 기왕의 망국의 유랑하는 백성이나 투사의 형상 외에도 일제가 점유한 만주 지역을 배경으로 한 훨씬 다양한 조선인 형상이 등장한다. 지금까지 조사된 바로 이들은 장, 단편을 합해 조선인이 주요 인물 혹은 부수적 인물로 등장하는 소설을 각기 3편, 6편, 2편, 4편씩 남겼다.[15] 향후 더 찾아질 법도 하다.

조선인을 그린 수천의 단편 작품 세 편 가운데 「이웃鄰家」과 「바다 저편海的彼岸」 두 편이 본 선집에 실렸다. 1936년, 일제의 대륙 침공을 한 해 남짓 앞둔 시점에 발표된 「이웃」의 조선인 아주머니는 독립투쟁을 하던 아들들은 체포되어 조선으로 압송 당하고 일제가 지배하는 만주 땅에서 어린 딸에게 몸을 팔게 해 생계를 이어가는 처지다. 본 선집에는 싣지 않은 작품으로, 같은 해에 발표한 「조국이 없는 아이沒有祖國的孩子」의 조선인 소년은 잡혀 처형당한 독립운동가의 아들로 이역을 떠도는 형편인데, 같은 또래의 시선을 통해 멸시와 압제 속에서 '고려인'으로서의 자신의 정체성과 나아갈 바를 각성해 가는 모습으로 그려져 있다. 본 선집에 수록한 수천의 또 다른 작품으로 1940년에 발표된 「바다 저편」에는 조선에서 일제의 유력 인사를 암살하고 중국으로 망명한 주인공과 그의 노모 사이의 가슴 에이는 사연이 그려져 있다. 헤어진 지 한참 만에 상하이로 찾아온 노모 앞에 아들은 자신을 추적하는 일제의 눈길 때문에 창밖에서 어른거리는 그림자로밖에 스스로를 드러내지 못하지만 아들의 건재를 겨우 확인한 어머니는 이역 땅에서 안도하며 숨을 거둔다. 수천의 작품들에서 조선의 형편과 조선인을 바라보는 시선은 기본적으로 우호적이며 따뜻하다. 그의 시선은 조선의 망국과 지사들을 바라보던 착잡함과 연결되어 있으면서도 동지애적 입장이 물씬 풍긴다. 그 배면에는 동북작가들의 직접적인 경험과 사회주의 혁명에 대한 전망 속에서 민족의 경계를 초탈하고자 했던 세계관의 감성화가 놓여 있는 것으로 보인다.

또 다른 잘 알려진 동북작가의 한 사람인 리후이잉李輝英은 우리로서는

---

15 뒤에 붙인 '조선인 제재 중국소설 목록(1917~1949)' 참조.

불편한 대면이 될 만주 땅 조선인의 또 다른 모습을 보여준다.[16] 1936년 작 「또 다른 거래另一種交易」의 조선인은 아이들을 유괴하고 인신매매를 하는 흉악한 이들로 묘사되어 있다.[17] 이들이 이런 작태를 보이게 된 저간의 사정은 생략되어 있다. 하지만 유괴당한 아들을 갖은 모욕 끝에 터무니없는 값을 치루고 되찾게 되는 젊은 중국인 부부의 시선에 "하얀 바탕에 붉은 원이 그려져 있는 깃발"이 들어오는 묘사를 통해 만주국 치하의 복잡한 민족관계에 대한 저자의 인식이 드러나긴 한다. 1937년에 발표된 「새로운 계획新計畫」에 등장하는 '고려인' 김구동金九東과 김구여金九如[18] 형제는 사업을 번성케 해주겠다며 순박한 중국인이 소유한 여관에 마약, 도박, 매춘을 끌어들여 결국 파탄에 이르게 하는 무뢰배들이다. 역시 'XX인'으로 칭해지는 일본인이 악덕의 배후로 거듭 언급되지만(조선인 역시 한 차례를 제외하고 'XX인'으로 칭해진다) 그렇다고 조신인의 악행이 상쇄되는 것은 아니다. 수천과는 달리 리후이잉이 단편으로 그려낸 조선인은 대개 이런 유형의 인물들이다. 그의 장편에서는 현실이 보다 입체적으로 그려졌다. 일제의 농간에 의해 중국인 농민과 조선인 농민 간의 충돌이 일어난 실제 사

16 '동북작가군'에 속하는 작가들의 소설 속에는 다른 지역 출신 작가들의 작품에 비해 부정적 조선인 형상이 많이 등장하는데, 이는 그들이 만주 지역 조선인의 실상을 그만큼 잘 알았기 때문일 것이며 일제에 의해 부득이하게 대립하는 처지로 내몰려 있던 상황에서 자유롭지 못한 탓도 있을 것이다. 이에 관해서는 김철, 「'동북작가군' 작가들의 문학작품 속에 '타자화'된 조선인형상 연구」, 『한중인문학연구』 35, 2012, 406~409쪽의 '부정적인 조선인형상 부각과 그 의미'를 볼 것.
17 이 소설이 나온 같은 해에 쓰인 바진[巴金]의 글에는 '북방의 어느 청년 벗'이 보내온 편지의 일부를 인용하고 있는데, 고려인에 대해 "이집 주인들은 공공연히 길거리에 나다니는 어린애를 안고 들어가서는 그 집 어른들더러 돈을 갖고 와 아이를 찾아가게 합니다"라고 옮겨 적고 있다. 위의 글, 407쪽에서 재인용.
18 작자가 굳이 이 조선인 형제의 이름에 당시 조선에 관심을 가지고 있는 독자라면 들어 알고 있었을 법한 조선 독립운동의 지도자 '金九'의 이름 두 자를 넣은 것 역시 조선(인) 전체에 대한 반감을 드러내기 위해 의도적으로 그랬다고 보는 것은 지나친 것일까. '東'은 같다는 의미의 '同'과 발음이 가깝고(중국어로는 '둥'과 '퉁'이다) 중국의 동쪽에 있는 조선을 암시한다. '如' 역시 '같다'라는 뜻을 갖고 있다.

건[19]을 두고 쓰인 리후이잉의 장편 『만보산萬寶山』은 만주 지역에서의 중국인과 조선인 사이의 불편한 관계와 일제의 교묘한 책동에 의해 촉발된 유혈 사태에 대한 소설적 해명이라고 할 수 있다. 소설 속의 조선인 가운데에는 비열한 자들과 악한도 더러 있지만 중국인과 조선인이 결국 반제반봉건 혁명의 길에서 동지로서 결합하게 됨을 드러내는 것이 소설의 기조다.

장쑤성江蘇省 출신이며 항일전쟁 중 좌련 소속으로 문필 활동을 했던 페이인牌厂의 1936년 작인 「어느 조선인一個"朝鮮人"」은 가장 밑바닥으로 추락해가는 조선인 소년의 가련한 이야기를 생생하게 전하고 있다. 화자는 이 이야기를 오래 전 도쿄 교외의 어느 학교에서 겪은 일로 전하고 있으며, 글 말미에는 "민국 25년 쌍십절 도쿄에서"라고 적고 있는데, 이 모두가 소설적 설정인지 확인할 길이 없다. 실제 가까이서 겪었거나 전해들은 조선인의 이야기를 어느 정도 극적 요소를 더해 회고담 형식으로 쓴 것이 아닌가도 싶은데, 저자의 행적에 대해서 알려진 바가 많지 않아 일본에서의 유학 여부나 그 후 이 글을 써서 발표할 즈음(민국 25년, 즉 1936년) 다시 일본에 체류했었는지는 알 수 없다.

수췬, 리후이잉 등과 동북작가군에 속하는 자오샤오쑹趙小松의 1938년 작 「인견人絲」은 처음부터 끝까지 팽팽한 서사의 긴장을 유지하는 역작이

---

19 '만보산(萬寶山) 사건'으로 불리는 사건이다. 1931년 7월 2일, 창춘[長春] 교외 만보산(완바오산) 발치에서 농수로 점유에 대한 갈등이 중국인과 조선인 농민 사이의 유혈 충돌로 비화되었는데 이는 만주사변의 한 빌미가 되었다. 『조선일보』 등이 사실 확인을 하지 않은 채 조선인에 대한 '학살'을 보도함으로써 조선 내 각지에서 화교 배척운동이 일어났으며 많은 수의 중국인 사상자가 발생했다. 정정 보도가 이루어지면서 수습되는 국면으로 접어들었지만 한국 내 화교의 입지와 만주 지역에서의 조선인의 입지가 크게 줄어들었다. 사건을 최초로 조선에 알린 『조선일보』의 김이삼 기자는 정정보도와 사죄문을 기고한 뒤에 피살되었다. 이후 사건의 발생부터 조선 내 오보와 화교에 대한 폭동 등이 모두 만주 진출의 명분을 확보하려는 일제의 술책에 의한 것임이 밝혀졌다.

<그림 4> 페이안의 「어느 조선인」의 목판화 삽도. 눈을 가리운 채 사슬에 발이 묶이고 상반
신이 포박 당한 사내가 둘러싼 군중에 의해 손가락질 당하고 조소당하고 있다. 상단 우측의
몽둥이를 들고 있는 대머리 사내의 자세와 표정은 위협적이기까지 하다.(『질문(質文)』 제
2권 제2기, 1936.11)

다. 생계를 위해 목숨을 걸고 인조견을 밀매하는 조선인 무리의 우두머리
인 이복영은 밑천 마련을 위해 딸까지 팔아버린 신세다. 그를 위시해 어떻
게든 한 몫 잡아 번듯한 생활을 꾸려보려는 이름 없는 조선인 밀매꾼들, 그
들을 팔아넘기고서는 배신을 숨기기 위해 단속반원의 모진 폭행을 감수해

야 하는 '김'씨 청년, 고문 위협을 견디지 못하고 숨겨놓은 인조견의 행방을 대고야 마는 이복영의 딸, 모두 참담한 모습이다. 역시 목숨을 건 추적 끝에 이들을 찾아내어 때리고 윽박지르는 류장린劉長林 이하 중국인 세관 단속반 무리도 자신들의 짐승 같은 거친 삶을 평시에는 밤샘 도박으로나 달래는, 기실은 하등 나을 것도 없는 처지다. 소설 서두의 "인조견 : 세율 40%―강덕康德 원년 만주국 세관 수입세 세칙"이라는 언급, 그리고 "세관은 대량의 인견을 압수했다. 그 가치는 사천 위안이다. 김은 한 병원에 입원했고. 세관으로부터 천이백 위안을 받았다. 김의 치료비가 그리 많이 들었을 턱이 없다"라는 소설 말미의 서술은 일제의 만주 치하에서 불가피하게 적으로 살아가는 조선인과 중국인의 가련한 처지의 배경이 무엇인지 웅변한다.

역시 동북작가 가운데 한 명인 뤄빈지駱賓基의 1945년 작 「풋사랑莊戶人家的孩子」에 나오는 조선인 소녀 '보리'는 동북작가들의 작품에 종종 등장하는 거칠고 막무가내인 조선인 소작농의 딸이다. 도회에서 온 '나'와는 신분, 민족, 생활환경 모든 면에서 차이가 크고 말도 통하지 않는 사이이지만 '나'는 이 생명력 넘치는 이국적인 소녀에게 매료되어 버린다. 아련한 첫사랑을 추억하는 투로 쓰인 이 작품에 등장하는 목가적 농촌과 조선인 소녀 '보리'를 갈망하는 '나'의 시선은 제국주의 문학에서의 이국(여인) 취향의 만주 버전인 듯도 하다. 조선(인)을 제재로 한 중국 소설 가운데에서는 특별한 예에 속한다고 하겠다.

4

중국의 신문학 전통 가운데 조선(인)을 제재로 한 소설은 분명 선진적 문학의 실험장은 아니었다. 언어의 혁신과 플롯의 신선함을 통해 인간과 사회를 탐색한다는 작업이 굳이 조선(인)을 들먹이며 이루어질 이유는 없었다. 조선(인)은 상투적 선전이나 감상이 개입할 여지가 더 많은 제재였다. 앞서 언급한 대로 오사 세대 작가들 가운데 조선(인)을 다룬 이들은 극히 적었을 뿐 아니라, 본 선집에 수록한 타이징능의 「나의 이웃」을 제외하고는 그 같은 상투성에서 크게 벗어나지 못하고 있다. 궈모뤄의 작품도 그렇고 본 선집에는 수록되지 않은 대표적인 초기 좌익 작가인 장광츠蔣光赤의 「압록강 위에서鴨綠江上」나 장핑촨張萍川의 「유랑인流浪人」 같은 작품도 그렇다.

오히려 전혀 예기치 않은 작가의 작품에서 상투를 벗어난 서사를 발견하기도 한다. 인물과 서사의 독특함이라는 견지에서 보면 본 선집에 수록되지 않은 작품까지 포함해서 가장 눈에 띄는 작품 가운데 하나가 1935년에 발표된 무스잉穆時英의 「어느 부인某夫人」이다. 무스잉은 국제적 대도시 상하이에서의 모던한 경험과 감각을 주로 그려내 많은 호응을 얻었던 작가다. 조선(인)을 제재로 해서 무엇인가를 써냈을 법하지 않은 작가의 작품에서 조선인을 만나게 된다는 것은 1931년 9·18사변(만주사변)을 일으킨 일제가 중국의 동북 지역을 장악하고 괴뢰국을 세운 이래 국가 차원의 거대한 현실에는 눈을 두지 않던 작가들조차도 중국이 처한 상황 전반에 관심을 두고 작품으로 그려내지 않을 수 없도록 강제하고 있었음을 암시한다. 아무튼, 그의 펜이 그려낸 조선인은 특이하게도 마타 하리 같은 여성 인물이며, 첩보 영화를 보는 것 같은 전개의 속도감이나 이야기를 내내 감싸고 있는 관능적 분위기는 1930년대에 조선인 제재 소설을 많이 써낸 동북지역(만주) 출신 작가들을 위시해 좌파 성향 작가들의 작품에서는 찾아볼 수 없는 바다.

그럼에도, 본 선집에 뽑아놓은 단편에 한해 보더라도 그 상투성에는 어느 정도 스펙트럼이 있었다. 일제 강점기의 이쪽 소설에서 그려낸 중국인이 거의 다 부정적 형상이었다면, 저쪽에서는 분명 더 다채로운 조선인 형상을 보여주고 있다. 흡족하지는 않지만 더러는 조선(인) 제재를 가지고 '인간'에 대한 탐색으로 나아간 작업도 없지는 않다. 이와 같은 비대칭성이 혁연한 가운데 중국에서 개최한 학회에서 '한국 근대문학에 나타난 중국 인상'이란 주제의 기조연설을 해야 했던 동료 교수 중문학자 'K형'의 난감함을 앞에 둔 김윤식 선생의 통찰처럼, 그것은 '인간의 위엄'을 위해 분투해온 한국의 근대문학이 한편으로 가질 수밖에 없던 파행성 내지는 한계성과 관련이 있는 것인지도 모른다.[20] 그 파행성과 한계성의 전반적 양상은 여기선 논외로 치고, 한국 근대문학이 중국(인)에 관한 태도에서 가질 수밖에 없던 파행성과 한계성이란 과연 무엇일까. 결국 그것은 땅의 크기, 인구의 다소, 군사력의 강약, 문화적 다양성의 정도 등등에서 기인하는 부정할 수 없는 역사의 비대칭성, 현실의 비대칭성에서 기인하지 않을까. 저들이 소설을 가지고 부끄럽고 숨기고 싶은 우리의 이야기를 더러 들추어냈다면, 우리는 저이들에 관해 쓰면서 저들이 숨기고 싶어 했을 법한 이야기들만을 주로 들추어냈다. 저들의 붓끝에 우리의 치부가 들어났다는 부끄러움이나 불쾌함보다 이게 더 난감하지 않은가. 저들은 생각보다 우리를 친근하게, 관대하게, 어여쁘게도 봤던 것이고, 우리는 그저 악귀와 같은 존재로 주로

---

20 김윤식, 「한국 근대문학속 중국인상, 중국 근대문학속 한국인상」, 『인터넷 한겨레』, 2005.6.30.(http://legacy.www.hani.co.kr/section-009100003/2005/06/009100003 200506301910076.html)

형상화했던 터다. 밉살스런 오랑캐가 결국 우리보다는 배포가 컸다니.

어쩔 수 없었다. 우리가 '인간의 위엄'을 위해 분투하는 과정에서 저이들은, 저 되놈들은, 저 오랑캐들은 온전히 극복해야 할 타자였다. 나아가 일제의 시선을 내면화한 식민지 조선의 작가가 그려낸 중국인은 새로운 문명의 '공영共榮'을 저해하는 사악하고 저열한 족속들일 뿐이었다. 반면, 저들 처지에서 우리는 '인간의 위엄'을 위해 분투하는 과정에서 때에 따라 동지적 시선으로, 때에 따라 비판적 시선으로 거론할 만큼의 타자였다.

이런 비대칭성을 허심탄회하게 받아들이는 것이 유익할 것이다. 선배들이 쓴 소설에 나타나는 서로의 모습, 그것을 진술하는 주체의 감성까지 비평적으로 읽는 데서 시작하는 것도 한 방법일 것이다. 그런데, 과연 저이들은 한국 근대소설에 나타난 중국인 형상이란 데 얼마나 관심이 있겠으며, 우리처럼 이런 선집이라도 꾸려 볼 터인지는 또 다른 문제이겠다.

조선인 제재 중국소설 목록(1919~1947)[1]

저자	제목	발표·간행(출판사)	발표·간행년월	비고
郭沫若	牧羊哀話	『新中國』第1卷 第7期	1919.11	『郭沫若全集』에는 1922년 개작판이 실림
蔣光赤	鴨綠江上	『創造月刊』第1卷 第2期	1926.4	
臺靜農	我的鄰居	『地之子』(未名社)	1928.11	
張苹川	流浪人	『新流月報』1929年 第2期	1929	
李輝英	萬寶山	上海湖風書局	1933.3	장편
	人間世	『申報』副刊 "自由談"	1935.1.16/28	2회 연재
	古城裏的平常事件	『文學』第7卷 第3號	1936.9	
	另一種交易	『文學界』第1卷 第4號	1936.9	
	夏夜	『光明』第3卷 第1號	1937.6	
	新計劃	『文學』第8卷 第4號	1937.4	
穆時英	某夫人	『婦人畫報』第25期	1935.1	
蕭軍	八月的鄕村	上海奴隸社	1935.8	장편
舒群	沒有祖國的孩子	『文學』第6卷 第5期	1936.5	동년 9월 上海生活書店 간행 동명 단편집에 실림
	鄰家	『文學大衆』第1卷 第1期	1936.1	위 단편집에 실림
	海的彼岸	『文學月報』第1卷 第1期	1940.1	동년 9월 重慶烽火社 간행 동명 단편집에 실림
巴金	髮的故事	『作家』第1卷 第2期	1936.5	
	火(第一部)	『文從』第1卷 第1~6期	1938.5 ~1939.9	장편, 1940년 上海文化生活出版社에서 단행본 간행
戴平萬	滿洲瑣記	『光明』第1卷 第1期	1936.6	1941년 上海光明書局에서 출판된 단편집 『苦菜』에 「佩佩」라는 제목으로 실림
非厂	一個"朝鮮人"	『質文』第2卷 第2期	1936.11	
端木蕻良	大地的海	上海生活書店	1938.5	장편
駱賓基	邊陲線上	上海文化生活出版社 (新時代小說叢刊 4)	1939.10	장편
	罪證(水火之間)	文藝陣地 第1輯	1940	장편

1 박재우, 「중국현대 한인제재소설 시탐(1917~1949)」, 『中國硏究』 18, 1996에서 제시한 26편(단편 18, 장편 8) 및 박재우, 「중국 현대 한인제재소설(韓人題材小說)의 심층적 연구」, 『中國硏究』 33, 2004에서 더 찾아내어 제시한 5편(단편 4, 장편 1)에 인하대학교 한국학연구소에서 새롭게 조사해 추가한 9편(단편 8, 장편 1)을 보탠 40편(단편 30, 장편 10)의 목록이다.

	混沌(幼年; 姜步畏家史第一部)	桂林三戶圖書社	1944.5	장편
	莊戶人家的孩子	『文藝雜誌』第1卷 第3期	1945.9	
王秋螢	羔羊	『去故事』 (『東北文藝叢刊』書 文藝叢刊之四)	1941.1	조선인 보조인물
趙小松	人絲	『明明』第三卷	1938	
	鈴蘭花	『學藝』 (長春益智書店)	1941	조선인 보조인물
無名氏 (卜乃夫)	騎士的哀怨	『露西亞之戀』 (重慶中國編譯出版社)	1942.2	미완 장편의 부분. 1947년 上海眞善美圖書出版公司에서 당 작품에 실린 『露西亞之戀』재간행
	露西亞之戀	『露西亞之戀』 (重慶中國編譯出版社)	1942.2	미완 장편의 부분, 상동
	北極豔情(北極風情畫)	『華北新聞』副刊 연재	1943.12.1 ~ 1944.4.27	장편, 1944년 上海無名書屋에서 단행본으로 출간
	野獸・野獸・野獸	上海眞善美圖書出版公司	1946.12	장편
	幻	『火燒的都門』 (上海眞善美圖書出版公司)	1947.9	미완 장편의 부분
	伽倻	『龍窟』 (上海眞善美圖書出版公司)	1947.9	
	狩	『龍窟』 (上海眞善美圖書出版公司)	1947.9	각각 미간행 장편의 네 부분 중 하나
	奔流	『龍窟』 (上海眞善美圖書出版公司)	1947.9	
	抒情	『龍窟』 (上海眞善美圖書出版公司)	1947.9	
	紅魔	『龍窟』 (上海眞善美圖書出版公司)	1947.9	미완 장편의 제1장
	龍窟	『龍窟』 (上海眞善美圖書出版公司)	1947.9	
	金色的蛇夜	上海眞善美圖書出版公司	1947	장편
劉白羽	金英	『金英』 (東方叢書 8, 重慶東方書社)	1944.3	

관련 연구 목록

1. 논문

김시준, 「臺靜農 文學論」, 『中國現代文學』 14, 한국중국현대문학학회, 1998.

_____, 「中國文學作品에 투영된 韓國人像—滿洲族작가의 소설을 중심으로」, 『中國文學』 31, 한국중국어문학회, 1999.

_____, 「亞洲文化圈與現代韓中作家的體驗—通過文學所看到的二十世紀二、三十年代韓中知識分子之間的相互關係」, 『中國現代文學』 27, 한국중국현대문학학회, 2003.

김창호, 「만주라는 하나의 공간과 한중 두 민족의 마주보기—한국과 중국동북 현대문학에 투영된 '타자' 형상 비교」, 『만주연구』 7, 만주학회, 2007.

김철, 「'동북작가군' 작가들의 문학작품 속에 '타자화'된 조선인형상 연구」, 『한중인문학연구』 35, 한중인문학회, 2012.

류창진·정영호·송진한, 「'韓國' 題材 中國 近代文學 作品 目錄 및 解題」, 『中國人文科學』 26, 중국인문학회, 2003.

류창진, 「「朝鮮痛史(亡國影)」小考」, 『中國人文科學』 29, 중국인문학회, 2004.

박와호 「조선망국 전후 중국신문에 게재된 조선 망국 논의 고찰」, 『中國人文科學』 32, 중국인문학회, 2006.

박신우, 「복내부와 그 한인제재소설고—작가 생애 및 창작 경위와 작품들에 대한 내외적 조망을 중심으로」, 『中國學報』 41, 한국중국학회, 2000.

박재우, 「중국현대 한인제재소설 시탐(1917~1949)」, 『中國研究』 18, 한국외대 중국연구소, 1996.

_____, 「中國現代 韓人題材小說 發展趨勢考(1917~1949)」, 『외국문학연구』 2, 한국외대 외국문학연구소, 1996.

_____, 「中國現代 韓人題材小說의 發展趨勢 및 反映된 韓人의 文化的 處境考(1917~1949)」, 『東亞文化』 34, 서울대 동아문화연구소, 1996

_____, 「중국 현대 한인제재소설(韓人題材小說)의 심층적 연구」, 『中國研究』 33, 한국외대 중국연구소, 2004.

_____, 「중국현대작가의 한인 항일투쟁에 대한 반영과 묘사」, 『中國學研究』 35, 중국학연구회, 2006

_____, 「일제시기 한국과 대만 문화 상호작용의 또 다른 공간—중리허 鍾理和의 만주체험과 한인제재소설 『버드나무 그늘』의 의의」, 『외국문학연구』 25, 한국외대 외국문학연구소, 2007.

송진한·이등연·문정진, 「淸末의 '韓國' 題材 小說 硏究—近代 國民과 國家의 형성 과정을 중심으로」, 『중국소설논총』 18, 한국중국소설학회, 2003.

신정호, 「소설에 나타난 한중 양국의 상호 인식」, 『中國小說論叢』 22, 한국중국소설학회, 2005.

_____, 「臺灣文學之韓國認識－二十世紀前半期東亞文學的一風景」, 『中國現代文學』 32, 한국중국현대문학학회, 2005.

_____, 「전후 대만문학의 한국 인식」, 『中國人文科學』 61, 중국인문학회, 2015.

_____, 「現代中國詩歌의 韓國認識－資料 調査 및 國譯 方向 摸索」, 『중국인문학회 정기학술대회 발표논문집』, 중국인문학회, 2005.

양귀숙, 「梁啓超의 詩文에 나타난 朝鮮問題 인식」, 『중국인문학회 정기학술대회 발표논문집』, 중국인문학회, 2003.

梁貴淑・金喜成・蔣曉君, 「中國近代關於安重根形象的文學作品分析」, 『中國人文科學』 39, 중국인문학회, 2008.

이등연, 「周家祿『朝鮮樂府』의 조선 인식」, 『中國人文科學』 34, 중국인문학회, 2006.

이등연・양귀숙, 「중국 근대 시기 詩歌에 나타난 朝鮮 문제 인식」, 『中國人文科學』 29, 중국인문학회, 2004.

이등연・정영호・류창진, 「한국 제재 중국 근대소설『亡國影』연구(1)」, 『中國小說論叢』 20, 한국중국소설학회, 2004.

정영호, 「한국 제재 중국 근대소설『亡國影』연구(2)－작가의식을 중심으로」, 『中國語文論譯叢刊』 14, 중국어문논역학회, 2005.

_____, 「한국 제재 중국 근대소설『亡國影』의 인물 연구」, 『중국어문학논집』 32, 중국어문학연구회, 2005.

정영호・엄영욱, 「한인제재 소설에 나타난 한국인식－중화사상을 중심으로」, 『中國小說論叢』 22, 한국중국소설학회, 2005.

정영호・엄영욱・양충열, 「한국 제재 중국 근대소설에 나타난 한・중・일 인식 연구」, 『中國人文科學』 38, 중국인문학회, 2008.

호광수・김창진・송진한, 「근대 한・중 지식인의 '한국' 제재 漢詩에 나타난 비유 표현－「朝鮮哀詞五律24首」와『兒目淚』를 중심으로」, 『中國人文科學』 26, 중국인문학회, 2003.

2. 학위논문

무정명, 『중국 근대 소설에 나타난 한국과 한국인－1920년대 한인제재 소설을 중심으로』, 인하대 석사논문, 2014.8.

徐榛, 『중국 현대 한인 유격대원 제재 소설연구』, 한국외대 석사논문, 2012.2.

송동석, 『蕭軍의「八月的鄕村」연구』, 경희대 석사논문, 2011.2.

吳敏, 『民族主義的自我觀照－中國現代文學中的韓國敍事研究』, 한국외대 박사논문, 2010.2.

이한님, 『無名氏의 韓人題材小說『北極風情畵』研究』, 한국외대 석사논문, 2008.2.

蔣曉君, 『중국 근대문학 속의 安重根 형상 연구』, 전남대 석사논문, 2009.2.

조영주, 『한국 제재 중국 근대소설에 대한 고찰－『朝鮮通史(亡國影)』, 『英雄淚』, 『朝鮮亡國演義』를 중심으로』, 전남대 석사논문, 2014.8.

3. 단행본

최형욱 편역, 『량치차오, 조선의 망국을 기록하다』, 파주: 글항아리, 2014.

4. 기타

김윤식, 「한국 근대문학속 중국인상, 중국 근대문학속 한국인상」, 『인터넷 한겨레』, 2005.6.30(ht
　　　tp://legacy.www.hani.co.kr/section-009100003/2005/06/009100003200506301
　　　910076.html).

김성욱, 「중국 근대사의 부침과 같이한 상상적 동일시 존재─중국 소설에 나타난 한국인 이미지의
　　　변모양상」, 『웹진 대산문화』, 2009.여름(http://daesan.or.kr/webzine_read.html?uid
　　　=624&ho=31).